# AMY LANE

# TALKER : INTÉGRALE

# AMY LANE

# TALKER : INTÉGRALE

DREAMSPINNER PRESS

Publié par
DREAMSPINNER PRESS

5032 Capital Circle SW, Suite 2, PMB# 279, Tallahassee, FL 32305-7886 USA
www.dreamspinnerpress.com

Talker : Intégrale
Copyright de l'édition française © 2021 Dreamspinner Press.
Titre original : Talker Collection
© 2012 Amy Lane.
Première édition : mai 2012
Traduit de l'anglais par Laurent Tigrou et Anne Solo.

Illustration de la couverture :
© 2021 L.C. Chase.
http://www.lcchase.com
Les éléments de la couverture ne sont utilisés qu'à des fins d'illustration et toute personne qui y est représentée est un modèle

Édition e-book en français : 978-1-64405-988-3
Édition imprimée en français : 978-1-64405-989-0
Première édition française : juillet 2021
v 1.0
Talker publié mai 2012
Talker, la rédemption publié décembre 2013
Talker, la décision publié mai 2014

Édité aux États-Unis d'Amérique.

# TABLE DES MATIÈRES

# TALKER

# REMERCIEMENTS

TOUT MON travail, d'aussi loin que je me souvienne, est dédié à mon époux. « Mon Partenaire » et moi-même sommes ensemble depuis que nous avons dix-neuf ans.

Nous étions ces jeunes avec un travail de restauration, suivant leurs cours tout en vivant dans un appartement merdique. Nous étions ces jeunes avec un pauvre arbre de Noël qui devaient choisir entre la chaleur et la lumière (nous avons choisi la lumière et nous étions reconnaissants pour les grands sacs de couchage que mes parents nous avaient donnés à Noël. Ils ont ensuite été volés, parce que hé, ai-je mentionné que c'est un appartement merdique ?).

J'écris beaucoup d'histoires concernant l'amour naissant et les amoureux de la première fois et je le fais toujours avec l'optimisme des premiers amants parce que mon Partenaire et moi nous l'avons fait. Alors, quand vous arrivez à la fin, ne vous inquiétez pas pour Brian et Talker. Ayez un peu de foi. Il s'avère que parfois la foi et le sens de l'humour sont tout dont vous avez besoin (et la chance de pouvoir faire un raid dans le jardin de vos parents ou manger gratuitement la nourriture des restaurants, cela aide aussi).

# I
# JE SUIVRAI

*A l'époque*

BRIAN COOPER *était dans le bus en chemin pour sa première rencontre avec l'équipe d'athlétisme quand il rencontra pour la première fois Tate Walker. Il était assis seul, car il ne connaissait personne et qu'il se sentait comme la seule personne au monde sans un Ipod ou téléphone portable dernière génération. Tate était en retard et ça c'était un signe.*

*La moitié de son visage était occupée par un impressionnant tatouage tribal, un de ceux qui s'étendent derrière le col de sa chemise et jusqu'à sa main gantée. Plus tard, Tate aura une manche complète en tatouage et il pourrait arrêter de porter des manches longues, mais le tatouage n'était même pas la plus étonnante partie de son look.*

*Son oreille droite, celle du côté du tatouage, était percée vers le haut une douzaine de fois ainsi que son nez, son arcade et sa lèvre (bien que celui-ci fût le premier piercing à partir). Ses cheveux couleur d'encre sombre étaient coupés en crête et le tatouage s'étendait sur la moitié de son cuir chevelu. Bien que la crête soit en queue de cheval ce jour-là, Brian avait déjà vu Tate à l'école et, à chaque fois, il portait ses cheveux coiffés en pointes de dix centimètres. Brian supposait qu'elles tenaient grâce à de la colle forte et beaucoup de travail.*

*Il était donc d'allure effrayante et Brian n'était pas conscient du fait que les jeunes dans le bus racontaient des conneries sur lui. Mais Brian s'en moquait étant donné qu'aujourd'hui Tate avait regardé la place à côté de Brian et souri timidement avant de s'asseoir. Il avait un écouteur dans une oreille et était à moitié en train de danser sur la chanson qui se jouait comme s'il était seul. Il avait tendance à remuer parfois, quand il n'était pas dehors sur la piste, et cela semblait à des contractions de sa peau, mais il ne regardait pas Brian comme s'il était un monstre et, pour la première fois depuis qu'il avait commencé l'école le mois précédent, quelque chose en Brian s'était détendu.*

3

*Oh, merci mon dieu, Brian n'était pas seul dans ce satané bus.*

*Il était assis du côté gauche du bus, il ne pouvait donc pas voir le tatouage de Tate et, il devait l'admettre, il était curieux. Ce n'était pas un problème, quelqu'un s'était assis à côté de lui, quelqu'un était en train de lui parler... et, wow, ce gars parlait.*

*— Hé, j'espère que cela ne te dérange pas si je m'assois. Je sais que les autres parlent de moi comme étant gay et d'autres conneries (ils le faisaient et n'étaient pas tendres en plus). Mais je le jure cela ne s'attrape pas. Voilà, j'écoute ce groupe appelé* The Doves, *tu veux écouter ?* Kingdom of Rust *est une chanson tellement géniale. Triste, mais tu sais géniale. Mais si tu n'es pas d'humeur pour la tristesse, j'ai quelque chose qui bouge vraiment, pour t'aider à te booster avant un rendez-vous. Bien que, je ne sais pas... il hésita. Tu sembles faire beaucoup de lancers ? Tu as plutôt besoin de sortir ton côté zen ou de te vider complètement ?*

*Il s'arrêta finalement et regarda Brian comme s'il attendait une réponse. Brian cligna des yeux et essaya d'en donner une.*

*Je n'y connais rien en musique, dit-il gêné. Mais j'aimerais écouter ce que tu as à me proposer.*

*Le jeune avec le tatouage et la crête avait alors souri, son sourire éclatant et pur (et un peu chargé, peu de soins dentaires ici), puis il tendit son écouteur à Brian.*

*— Je t'ai vu lancer, non ? Et tu peux aussi courir. Pas étonnant que tu ais eu une bourse d'études.*

*Brian rougit.*

*— J'ai eu plus ou moins une audition quand même, marmonna-t-il. J'ai été scolarisé à la maison et c'était le seul moyen d'aller au lycée.*

*Son épaule lui donnait déjà des élancements. Il avait déjà commencé à réfléchir sur la façon de payer ses études quand la bourse serait épuisée.*

*Tate hocha la tête comme si cela se produisait tous les jours.*

*— Tu vois, je voulais être skateur, mais la seconde, troisième et sixième fois que je me suis cassé le poignet, un des entraîneurs de l'école m'a jeté sur une piste d'athlétisme avec une paire de chaussure de course et m'a dit de garder les pieds sur terre. Il m'a aidé à avoir une bourse d'études donc on est, comme qui dirait, pareils.*

*Brian regardait cette expression de vulnérabilité, qui disait « s'il te plaît, s'il te plaît laisse nous être semblables. », et se demandait pourquoi quelqu'un qui a choisi d'encrer un côté de son visage, raser sa tête, porter des bijoux, des jeans taille basse et des t-shirts pailletés, sentirait le besoin de ressembler à quiconque. Mais, ça c'était seulement parce que je venais de rencontrer Tate et que j'étais assis à sa droite.*

*Mais le garçon semblait attendre une réponse et Brian lui dit la première chose qui lui vint à l'esprit.*

*— Tu as cassé ton poignet six fois ?*

*Au jour d'aujourd'hui*

TATE ÉTAIT en train de lacer ses chaussures de course quand il parla à Brian de son nouveau passe-temps.

Brian pensait très sérieusement vomir. Il changea d'idée et pensa à mettre son poing dans le mur. Mais Tate continuait de parler, aussi aveugle qu'une bactérie à la puissante supernova émotionnelle de Brian, et, le temps qu'il finisse, son innocente question pour savoir pourquoi Brian ressemblait à quelqu'un ayant avalé un rat empoisonné se solda par une réponse qui fit reculer Tate.

— Va te faire mettre, trou du cul.

Ces mots résonnèrent entre eux pour un moment qui sembla durer une éternité et Tate laissa tomber la façade du « dur-à-cuire ».

— C'est quoi le problème ? Demanda-t-il, véritablement blessé.

C'était dur de voir la blessure sur son visage. Déjà parce que le tatouage tendait à masquer ses émotions ; Brian était presque sûr que c'était même le but initial de Tate en le faisant. C'était également dur de le voir blessé, principalement parce que Tate ressemblait à une boule de cellophane, froissé, transparent et brisé.

Brian avait appris à ne plus voir le tatouage, les piercings et les cheveux et il avait appris à vraiment aimer la façon dont Tate sautillait sur ses orteils ou les crispait, et cela même quand il était immobile.

C'était Tate, toujours à écouter de fantastiques morceaux de musique étrangère ou de succomber à l'urgence de danser.

Ainsi, même si regarder Tate était un jeu de fausses pistes, entre sa coupe de cheveux travaillée avec soin, son corps (il avait fini sa manche de tatouage), ses vêtements et son visage, tout était fait pour attirer le regard et l'attirer loin des choses qu'il ne voulait pas que les gens voient. Brian avait appris à voir au-delà tout cela.

Voilà pourquoi ce nouveau hobby le faisait chier de peur.

# II
# LES APPARENCES SONT TROMPEUSES

*ILS ÉTAIENT dans leur seconde année d'athlétisme avant de devenir vraiment bons amis. C'était surtout la faute de Brian. Comme il avait été orphelin jeune et élevé par sa tante dans les collines, il avait des difficultés à lire les indices sociaux. Du coup, il n'avait pas su répondre aux tentatives de Tate pour lui tendre la main et devenir son ami.*

*Cela n'avait pas aidé non plus que Tate continue à attendre de lui qu'il soit aussi mesquin que le reste des gars de l'équipe d'athlétisme. Brian ignorait ces gars, il n'aimait pas les gens mesquins. Par contre il commençait à aimer la musique de Tate et il appréciait les rencontres d'athlétisme seulement pour les trajets en bus, et c'était à cause de Tate.*

*De plus, ils avaient des tests tôt le matin et souvent pour le dépistage de drogues, donc quelle que soit la chose qui faisait bouger Tate, c'était forcement dans sa propre tête.*

*Et Tate (ou Talker comme les gars l'appelaient parfois) continuait de s'asseoir à côté de Brian dans le bus ou s'attardait à ses côtés pour lui parler pendant l'entraînement, et c'était cool. L'équipe d'athlétisme seule était plus grande que l'équipe d'encadrement de l'école à domicile, grade K-12.*

*Après la première réunion, il attendait vraiment avec impatience ces trajets en bus avec cette personne remuante et bavarde qui semblait vouloir attirer son attention. Il n'allait certainement pas refuser cette offre de compagnie sous prétexte que Talker était ouvertement gay. Même pas après qu'une fille de son cours d'anglais, celle avec les grands yeux sombres, commence à le draguer et à laisser entendre qu'il avait besoin d'une petite amie.*

*Talker était différent des autres gars de l'équipe, ceux qui attendaient de Brian qu'il contribue en spiritualité ou en sarcasme. Talker voulait parler de films de musique ou de sites Web durant des heures, sans pauses, sans même attendre une réponse ou voir si Brian était à l'écoute.*

*Brian était toujours à l'écoute. Il apprenait plus concernant la culture pop et la nature humaine dans ces trajets en bus et ne pourrait jamais rendre autant à Tate qu'il lui offrait. Tate cependant était toujours reconnaissant à la fin du voyage.*

*— Mec, merci de supporter ma diarrhée verbale. Tu es le meilleur auditeur de tous les temps. La prochaine fois, j'apporterai un jeu supplémentaire d'écouteurs et on pourra écouter Placebo en stéréo, OK ?*

*Tate tenait toujours ses promesses et Placebo devint l'un des groupes préférés de Brian.*

*Donc, Brian connaissait Talker depuis à peu près un an et demi quand il eut soudain un aperçu de qui Tate Walker était vraiment. C'était comme une fenêtre sur un tout nouveau monde.*

*Brian s'était attardé après l'entraînement ce jour-là. Cela commençait à être douloureusement évident que son épaule n'allait certainement pas tenir les trois prochaines années et il voulait la dorloter dans les meilleures conditions possibles pour garder sa bourse. Il avait entendu d'autres jeunes parler de jobs d'étudiants, mais il décida qu'il y serait bien assez tôt quand l'athlétisme serait fini. Autant qu'il reste dans la meilleure santé possible aussi longtemps qu'il le pourrait.*

*Il était sur le banc en slip blanc et T-shirt gris simple, refroidissant son épaule quand il entendit Talker brailler du Dropkick Murphys à plein poumons et le faire passablement bien, depuis que le groupe tendait vers le Rap irlandais et chantait vite ! Tate devait penser qu'il était complètement seul parce qu'alors qu'il tournait au coin, essuyant sa grande bande de cheveux avec une main et tenant la serviette enroulée autour de sa taille de l'autre, il chantait encore, mais il arrêta brusquement et tomba sur le cul quand il vit Brian là, puant le Ben-Gay et faisant doucement des rotations de l'épaule.*

*Brian regarda Tate silencieusement surpris et alors il vit les cicatrices.*

*Talker n'avait pas encore fini la manche de tatouage à ce moment et Brian avait cessé depuis longtemps de regarder son tatouage facial comme s'il était un visiteur de zoo. Il savait que Tate portait des manches longues tout au long de l'année et ce en dépit de la chaleur extrême de Sacramento en été, ou du fait que l'été durait jusqu'en octobre. Il savait même que le coach laissait Tate porter ses manches longues alors que le reste du monde était en débardeur. Après un an et demi à se connaître, Brian sut enfin pourquoi.*

7

Le tatouage original se terminait au bord de son cou et la cicatrice, une combinaison tachetée de vieilles brûlures cicatrisées et de greffes de peau, s'étendait sur tout le côté droit de son corps. Soudain le hasard du tatouage prenait un sens : tatouer sur le tissu cicatriciel était difficile et douloureux. L'artiste avait simplement suivi le modèle du tissu pour un meilleur effet. Et puisque la couleur passe avec le temps, le noir sombre prenait tout son sens. Le tatouage dans son intégralité était un camouflage afin de cacher les cicatrices de Tate à la vue de tous.

La raison pour laquelle Tate était toujours le dernier à sortir de la piste et ne se douchait jamais avec le reste de l'équipe était aussi évidente à présent.

L'expression dans les yeux bruns de Tate était... déchirante.

Il jeta un regard maussade à Brian alors qu'il se relevait dignement et un écho silencieux tomba sur eux alors que Tate le défiait de dire quelque chose.

Brian voulait dire beaucoup de choses. Il voulait dire – oh, je comprends mieux maintenant - parce que tant de choses dans la personnalité de Tate prenaient un sens à présent. Il voulait aussi dire – Regarde, je m'en moque de tes cicatrices, je ne vais pas me moquer d'elles, tu n'as pas à te méfier de moi, je suis un bon gars. Il voulait vraiment dire – Putain mais qu'est-ce qu'il t'est arrivé ! Mais, même cela, il savait que ce n'était pas la chose à dire.

Il avait dit « Aïe » et il le dit doucement sans le côté dramatique. Brian n'a jamais eu un tempérament dramatique, il était tranquille et autonome, même quand il était un enfant.

C'était apparemment la bonne chose à dire. Tate haussa les épaules et écarta une grande mèche de cheveux de devant ses yeux. Sans sa queue de cheval, ses pointes ou son eye-liner, il semblait vulnérable et jeune. La courbe de ses lèvres était pleine et sensuelle, une chose que Brian n'avait pas remarquée jusqu'alors.

— Ouais, ça fait mal, dit-il, comme si la douleur ne comptait pas. J'étais un enfant quand c'est arrivé, tu sais.

Brian secoua la tête

– Quel âge ?

Tate marcha jusqu'à son casier et commença à fouiller dans ses affaires, pantalon camouflage, Rangers, un T-shirt à manches longues, même si on était à la fin mai.

— J'avais six ans. Ma mère s'est endormie avec une cigarette et une bouteille de Whisky. La couverture sur laquelle je dormais en était trempée.

Aïe en effet.

— Ta mère ?

— N'a pas survécu.

— Mes parents non plus. Accident de voiture.

Tate eut une de ses grimaces, une de celles qui semblaient littéralement le tirer d'une pensée, d'un temps ou d'un endroit vers le réel, le physique ici et maintenant.

— Les vendeurs de journaux étaient une armée en guenilles, de pauvres orphelins, des fugueurs sans direction... jusqu'au jour où tout a changé, dit-il avec conviction, comme s'il citait quelque chose. Et Brian se sentit mou et lent face à cette rapidité. Il avait toujours été lent à parler à côté de Talker, mais celui-ci ne semblait pas le penser.

Cette fois-ci ne fit pas exception.

— Je ne comprends pas, s'excusa-t-il.

Tate se tourna vers lui, l'enthousiasme se lisait sur son visage, comme le nez au milieu de la figure.

— Les vendeurs de journaux ? Tu n'as jamais vu de vendeurs de journaux ? C'est, comme, la comédie musicale avant High School Musical, qui n'était pas terrible... mec, tu dois voir ce film, c'est génial !

— Euh, OK. Brian cligna des yeux, dur, se demandant comment leur conversation avait pu finir de cette manière surtout que Brian n'avait pas senti le virage, mais c'est là que Tate prit la conversation en main. Si quelque chose devenait trop intime, il prendrait la direction opposée.

— Je peux l'amener à ton dortoir, si tu as un ordinateur, on peut le regarder. Tu vas aimer.... Ce fut la première fois en un an et demi de connaissance qu'ils avaient progressé vers leur actuelle amitié. Le meilleur moment de la vie de Brian.

— D'accord. Brian avait un ordinateur portable, sa tante et lui avaient mis en commun chaque centime qu'ils avaient dedans. Jusqu'ici, il n'avait été utilisé que pour taper des articles et surfer sur You Tube. Il se sentait vaguement honteux de n'avoir aucun porno pour en parler, mais cela ne semblait pas l'intéresser pour l'instant.

— Euh, sauf si cela te dérange d'avoir une pédale dans ta chambre de dortoir. Tate s'était détourné, il faisait son show en utilisant le petit miroir de son casier pour mettre son eye-liner bleu autour des yeux.

9

Brian réalisa de manière choquante que Tate parlait de lui-même. Il réalisa aussi qu'il était terrifié que Brian puisse être d'accord avec lui.

— Je n'ai pas beaucoup d'amis, dit-il avec honnêteté, je ne peux pas me permettre de faire la fine gueule. Il fit une pause et regarda les épaules de Tate se redresser un peu, le pressentiment crispé parti avec l'acceptation de Brian. Par contre, je déteste les gens qui se donnent des surnoms.

— Qui ? Tate se tourna bouche grande ouverte, les yeux maquillés comme s'il défiait Brian de nier ce qu'il était.

— Mes amis.

Tate hocha la tête puis rougit. - Bon OK-, il sourit.

Brian avait appris à bien connaître ce sourire, avec canines proéminentes et morsure de la lèvre du bas . Mais le sourire de Tate était lumineux, pur et brillant, spécialement à cet instant et Brian réalisa avec une boule dans la gorge que, pour cet instant au moins, il était nécessaire à quelqu'un. Tate Walker avait besoin de lui comme ami comme personne n'avait jamais eu besoin de lui de toute sa vie.

Ce fût si facile après cela.

L'épaule de Brian avait finalement lâché pendant un exercice de lancer de poids. Il avait perdu sa bourse d'études et avait dû prendre un travail pour s'en sortir, et ils emménagèrent ensemble peu de temps après cela.

— Hé Brian, où vivrais-tu si tu pouvais quitter les dortoirs ?

— Je ne sais pas, je devrais trouver un appartement.

— Voilà, mon pote de la rue machin vient de me filer un dépotoir au second étage. C'est un quartier merdique, mais il y a deux chambres et c'est juste derrière un Starbucks donc on pourra leur pirater leur Wi-Fi.

— On ?

— Et bien... si cela ne te dérange pas d'avoir un colocataire qui préfère les gars.

— Non, pas du tout.

Bien qu'il ne l'ait jamais dit à Brian, Tate abandonna son dortoir parce que Brian était son meilleur ami et il ne voulait simplement pas perdre la possibilité de se promener dans les couloirs et de mettre un film dans l'ordinateur de Brian alors qu'il essayait de taper un article.

Ils ont tous les deux prit un travail dans un restaurant : Tate comme barman au Gatsby's Nick, un bar gay flamboyant, et Brian comme serveur à l'Olive Garden. Tate avait toujours sa bourse mais, aucun des deux n'avait beaucoup d'argent. Leur appartement était nul, leur mobilier de seconde

*main et quand ils n'étaient pas en train de subtiliser de la nourriture, ils*
*vivaient de Top Ramen et pommes-frites.*

    *Brian n'avait jamais été aussi heureux.*


ET MAINTENANT, après deux ans et demi d'amitié, Brian ne pouvait pas croire ce qu'il venait d'entendre.

    C'était le nouveau passe-temps de Tate ?

    — Tu vas faire quoi ? Demanda-t-il calmement, quand l'écho de son inexplicable fureur s'était éteint.

    — Ce n'est pas la fin du monde.

    — C'est pas une collection de timbres non plus ! Redis-moi ce que tu veux faire.

    — Tu sais, je… je parle.

    — Ouais, j'ai entendu, grogna Brian. Il courrait avec Tate depuis qu'il ne faisait plus partie de l'équipe. Il aimant courir pourtant. Il aimait passer du temps avec Tate quand il était libre des fers qui le liaient à la terre. En ce moment, cependant, il n'était pas sûr d'arriver jusqu'à la piste cyclable parce qu'il était trop mal fichu et encore sous le choc. Sa chaussure qu'il tenait par le lacet, se balançait au bout de son doigt et pendant un instant il fut tenté de s'en servir comme matraque contre son colocataire, histoire de le faire revenir à la raison.

    — Tu vas aller dans des box après le travail et parler à des gars jusqu'à ce qu'ils jouissent. Tu as dit cela. Un opérateur en téléphone rose mais en personne. Tu l'as dit aussi. Ce que tu n'as pas dit… Il dût faire une pause parce que sa voix sonnait comme une voix de crécelle. Pourquoi, au nom de Dieu, voudrais-tu te mettre en danger de la sorte.

    Et merde. Là, sa voix était partie et il ne put rien y faire. Il ne pouvait pas. Oh mon Dieu… Tate était si vulnérable.

    — Ce n'est pas si dangereux que cela, maintient Tate avec ferveur. Vraiment, Brian, je n'ai même pas à les voir. C'est comme… je ne sais pas. C'est puissant. Il leva alors les yeux. Il n'avait pas encore son eye-liner et ses cheveux n'étaient pas encore en pointes, donc ce fut seulement… ses yeux. Ils étaient noir d'encre et blessés et il avait une fossette au menton comme s'il devenait plus fort à travers la douleur. C'était la manière dont Tate commençait chaque jour.

    — Puissant, fit Brian en écho, mais sa voix sonnait vide.

11

— Ouais, c'est comme… tu sais. Je peux avoir le sexe mais, je n'ai pas à… mettre quoi que ce soit en jeu. Les gens repartent heureux, mais ils ne peuvent me faire de mal. Tu vois ? C'est parfait.

Brian laissa tomber sa chaussure sur le sol de leur entrée, puis il s'affaissa sur le carrelage fissuré, ramena ses genoux contre sa poitrine et repoussa une longue mèche couleur des blés de devant ses yeux avec sa paume moite.

— Ouais, c'est parfait, murmura-t-il. C'était parfaitement censé. Tate avait été si souvent blessé. Son corps était littéralement crispé par son besoin d'être aimé, mais son cœur… son cœur ne pouvait se permettre une blessure de plus qui anéantirait sa bonne humeur.

— Allez, Brian, dit Tate accroupi à ses côtés. Il posa une main sur l'épaule de Brian parce qu'il le pensait hétéro, Brian ne représentait pas une menace pour lui, il ne pouvait pas lui faire du mal de cette façon, et Brian rencontra ses yeux noirs, mâchoire serrée, regard confiant avec la gorge si serrée qu'il pouvait à peine respirer.

— Je pense, dit Tate avec douceur, ce n'est pas comme si tu pouvais faire ça pour moi, tu comprends ? Tu es le meilleur ami qu'un gars puisse avoir, mais…je… je veux vraiment avoir quelqu'un. Il se leva et dansa au rythme industriel-techno-pop de son cœur. Je suis si seul, dit-il sans fausse pudeur et Brian fût enfin capable de laisser ces mots sortir.

— Mais je t'aime, dit-il d'une voix rauque et Tate se pencha, lui caressa la tête comme à un enfant, un chat ou n'importe quoi d'autre.

— Eh bien, ouais, mais, nous savons tous les deux que ce n'est pas ce dont tu as besoin. Sa voix s'étranglait en disant cela et avant que Brian puisse le contredire, expliquer que la catégorie dans laquelle Tate l'avait enfermé aussi sûrement qu'une fille dans un manga était erronée, il avait dit – Bon, je dois y aller… je vais y aller… je prendrai… je prendrai une douche au travail… Bye.

Brian essaya péniblement de le rattraper, mais il avait mis tout son poids sur la mauvaise épaule et, quand sa vision s'éclaircit du masque de points noirs qui étaient devant lui, Tate était parti depuis longtemps. Brian avait été décathlète, Tate était un sprinteur et ils avaient une demie douzaine de parcours différents ; difficile de choisir entre les rues de la ville et la piste cyclable au bord de la rivière. Les chances de l'attraper réellement quand il était de cette humeur étaient aussi minces que le tissu cicatriciel sur le cœur de Tate.

— Merde. Merde, merde, merde, merde, merde, merde…

Brian se retrouvait sur le cul à nouveau alors que de chaudes larmes salées coulaient sur ses genoux sales.

— Mais c'est ce dont j'ai besoin, murmura-t-il. C'est ça, Tate. C'est exactement ce dont tu as besoin. Mais Tate ne voudrait pas l'écouter, pas maintenant. Pas après tout ce que Brian a vu, ou la façon dont Tate avait mis son cœur à nu parce qu'il pensait que Brian était « sans risque ». Oh mon Dieu, maintenant que Tate avait réellement besoin de Brian-l'amoureux, comment Brian pourra-t-il l'amener à croire Brian-l'ami ?

# III
## Les Vieux Amants

BRIAN AVAIT un rendez-vous avec Virginie la première nuit où Tate avait essayé d'avoir des relations sexuelles. Il se souvint de cela, le rendez-vous.

Il avait eu des relations sexuelles assez régulièrement depuis sa dernière année d'école à domicile. Déjà enfant c'était un bel enfant, il le savait mais n'en abusait pas. Entre ses cheveux couleur du blé, ses yeux bleus, ses taches de rousseurs, sa grande bouche souriante, et son corps bien taillé, car il aimait le sport et non pas les muscles. Les filles ne se faisaient pas prier pour le suivre sous la couette, et ce n'était jamais planifié. Il aimait les filles, il aimait leur faire plaisir, il était donc assez doué au lit (et quand il pouvait en trouver une, il était aussi pas mal dans une voiture), mais toute l'aventure semblait... curieusement sans passion pour lui. Il n'y avait pas d'excitation, de transpiration ou même de dévouement dans l'acte. La totalité du « prends-moi, prends-moi, prends-moi, ça vient », toute cette simulation semblait perdue, et cela l'avait été jusqu'à ce qu'il vive avec Tate. Alors il commença à comprendre pourquoi.

Depuis qu'il avait emménagé avec Tate, il était devenu obsédé par le pli de la cuisse de Tate, celui allant de sa hanche vers son aine. Peut-être était-ce parce que les parties intimes de Tate étaient comme par hasard toujours cachées quand il sortait de la douche ou qu'il s'habillait, mais cet endroit précis capturait l'attention de Brian d'une bien étrange façon.

La verge de Tate était-elle longue ? Épaisse ? Pendait-elle lourdement quand il sortait de la douche ? Y avait-il des cicatrices ? (Pauvre chéri, j'espère qu'il n'a pas de cicatrices !) Avait-il des piercings ? Ses poils étaient-ils de la même couleur noir d'encre que ceux de sa tête ?

Et ce n'était pas la seule partie du corps de Tate qui semblait avoir retenu l'attention de Brian. La cambrure de son dos, l'échancrure de sa taille, la position subtile de ses petits grains de beauté secrets sur son épaule sans cicatrice... soudain, Brian pensait à ces choses alors qu'il allait s'endormir la nuit. Il rêvait d'elles et se réveillait avec une main sur sa bite raide et la peau couverte de sueur, incapable de raconter les détails de son rêve, simplement qu'ils avaient fait battre son pouls dans son aine et sa respiration s'étranglait dans sa poitrine.

Il commença à soupçonner qu'il n'était pas aussi hétéro qu'il pouvait le penser, mais ce ne fut pas avant la nuit où Tate rentra tout excité au sujet d'un rendez-vous de fin de soirée à venir avec un autre barman que Brian su que son colocataire comptait plus pour lui que sa petite amie.

Tate n'avait pas encore eu de relations sexuelles. Ce fut un aveu douloureux pour Brian, une nuit après que Virginie l'ai quitté. Il avait fricotté un peu, beaucoup de séances de baisers, quelques tâtonnements ou frottements comme il les appelait, mais non... pas de peau contre peau. Pas d'intimité. Pas de corps enveloppé par l'autre, le protégeant. Aimé.

Bien entendu cela n'avait pas été ses mots, mais il avait été si transparent, du moins pour Brian.

Le père de Tate l'appela pour la première fois en neuf mois ou du mois depuis qu'ils étaient colocataires. Tate était très réservé quant à son histoire familiale, mais apparemment son cher vieux père avait été déclaré incompétent comme parent et Tate avait passé beaucoup d'années en famille d'accueil. C'était grâce à ça, admit-il candidement, qu'il avait obtenu sa bourse d'études ; la grande carte de la pitié, comme il l'appelait. Apparemment, cela n'avait pas empêché « Papa » de lui infliger autant de dommages qu'il pouvait, même à longue distance.

L'appel arriva pour l'anniversaire de Tate. Tate décrocha le téléphone, écouta pendant un moment et dit – Oui Papa, toujours gay.

Brian avait entendu un mot moins gentil à l'autre bout du téléphone, audible même = l'autre bout de la pièce. Le mot résonnait encore quand Tate raccrocha le combiné dans le chargeur.

Brian avait traversé la pièce, attrapé la main de Tate et lui avait dit – Allez viens.

— Où allons-nous ?

— Dîner. C'est ton anniversaire.

— Tu n'as pas d'argent ! Brian était perpétuellement dans le rouge, pas de bourse, pas d'argent c'est aussi simple que ça.

— M'en fous. Brian avait besoin de joindre sa tante pour un Top Ramen et des pommes de terre du jardin cette semaine, mais il n'en avait rien à faire. Cela valait la peine d'emmener Tate au Red Robin et de lui offrir un hamburger, de parler de musique dont Brian n'avait jamais entendu parler et de faire chanter les serveurs pour lui devant une coupe de glace et de se créer des souvenirs de ces mots qui s'effaceront pour *toujours en s'attardant pendant une heure au-dessus d'une assiette pleine de friture.*

*Il avait alors pensé que son obsession n'était en fait que de la compassion, une fascination pour quelqu'un de si durement blessé physiquement et moralement, jusqu'à ce que Tate ramène Blaize avec un Z, qui avait le crâne rasé, de pétillants yeux vert sombre et des écarteurs grand comme un quart de ses lobes.*

*Il avait aussi une bouche pleine, douce et pulpeuse, des clavicules proéminentes et des bras long et désarticulés et une taille fine. Ce n'était pas dur de voir la plupart de ces choses, car il portait un débardeur en résille et des jeans déchirés.*

*Tate regardait Blaize comme s'il était son meilleur espoir. Il jeta un « Soit gentil avec lui, Virginie » au bout du couloir, puis sortit de la maison avec un baiser envoyé et un clin d'œil plein d'espoir, laissant Brian rentrer dans sa chambre comme dans un état second.*

*Virginie leva les yeux du film qu'elle regardait sur l'ordinateur portable et sourit. Elle était en tenue relax, short et T-shirt et ses pieds dans des socquettes se balançaient au-dessus de ses fesses alors qu'elle était allongée sur le ventre en travers du lit. Ses cheveux noirs s'échappaient de sa queue de cheval, elle était la fille la plus douce qu'il ait jamais rencontrée.*

*— Yo Brian ? Ton poisson rouge est mort ?*

*Brian détacha son attention de la porte fermée du couloir et de son inquiétude pour Talker.*

*— Poisson rouge ?*

*— Euh ouais, tu as l'air, tu sais, un peu déprimé.*

*Brian haussa les épaules, pas vraiment sûr de pouvoir mettre des mots sur son malaise. Bien sûr, les mots n'ont jamais été son truc de toute façon.*

*— Il... Il n'avait pas l'air assez fort, fut ce qu'il dit et Virginie se tourna vers lui, surprise.*

*— Assez fort pour quoi ?*

*Brian soupira et s'assit sur le lit à ses côtés. Il aimait son contact, sa peau était douce et elle aimait la simplicité d'une main glissant au creux de ses reins. Ce n'était pas à cause de cela qu'il se souciait d'elle cependant. Ce qu'il aimait vraiment était son âme naturelle, son esprit vif et son incroyable patience quand Brian prenait son temps, suivant cette rapidité avec son propre cerveau méthodique. Virginie était, avant tout, une bonne personne.*

*— Il a besoin de quelqu'un de fort, dit-il après un moment.- Quelqu'un sur qui il peut compter. Je ne pense pas que ce mec puisse compter sur lui-même pour brosser ses propres dents régulièrement. Il secoua la tête. Talker peut trouver mieux.*

*Virginie sourit gentiment – Et bien bébé, c'est pas comme si tu pouvais te cloner, non ?*

*Brian ne su jamais ce que voulait dire le sourire qu'elle lui fit à cet instant, mais l'expression de Virginia changea subtilement et elle remonta jusqu'à lui pour un baiser affamé. Il lui rendit son baiser et ils firent l'amour. Elle commença affamée, vorace, le supplia de plus de passion et il répondit par de la technique. C'était tout ce qu'il avait-à lui offrir.*

*Quelque part entre les deux, c'était devenu un au-revoir.*

*Dans la foulée, ils se couchèrent dans le lit, face à face et Virginie toucha son visage. - Je voudrais t'avoir épousé, dit-elle doucement, ses yeux brillants à la lumière du réverbère extérieur.*

*Il fronça les sourcils – Sommes-nous en train de rompre ?*

*A ce moment-là, la porte d'entrée s'ouvrit et ils pouvaient entendre Tate se déplacer dans le couloir. Il essayait d'être discret mais échoua lamentablement, trop d'énergie refoulée pour ça. De plus, même le bruit de ses Rangers n'aurait pu étouffer le son de ses reniflements étouffés.*

*Brian se redressa dans le lit et regarda Virginie en fronçant les sourcils. - Oh merde… je me demande ce qui lui arrive.*

*— Nous avons rompu, dit-elle calmement mais, il l'avait à peine entendue et ne lui en avait pas tenu rigueur. Il commença à chercher son short et son T-shirt de nuit afin d'aller aider Tate. Virginia soupira et s'assit dans le lit.*

*— Je reviens dans une minute, marmonna-t-il et le coin de sa bouche se leva dans un faible sourire.*

*— Je ne serai plus là…*

*Elle dit probablement d'autres choses, mais il avait déjà passé la porte et Tate était assis sur l'horrible plaid du canapé regardant une rediffusion de Friends sur leur petite télé du salon en mangeant une crème glacée. Brian soupira et attrapa des mouchoirs en papier au cas où Talker ne ferait pas attention ; il allait mettre de l'eye-liner sur la crème glacée et c'était le parfum préféré de Brian.*

17

— *Que s'est-il passé ? Demanda-t-il doucement, en lui tendant un mouchoir. Tate prit le mouchoir et donna la crème glacée à Brian. Brian prit quelques bouchées sans eye-liner pendant que Talker se nettoyait le visage.*

— *Un bon vieux combat idiot pour le choix du passif, renifla Tate. Il voulait que je sois dominant, et merde, et moi... je ne peux pas le faire. Quelqu'un doit prendre la responsabilité, quelqu'un doit dire où va quoi et il attendait de moi que je le fasse et je ne sais pas plus que lui comment faire. Et l'autre chose, je sais que c'était à qui laisserait tomber le premier et il m'a traité d'idiot et je suis juste... juste parti. Tout ce qu'il voulait c'était baiser, mais même ça c'était à peine correct. J'aurais pu simplement aller au cinéma ou regarder la télé, mais il a fallu qu'on aille vers un vieux combat sur le receveur, tu sais ?*

*Brian prit une bouchée de crème glacée et se dit qu'il n'avait aucune idée de ce dont son colocataire parlait et il le dit. Quelque part au milieu de l'explication de Tate sur qui « lance » et qui « reçoit »dans un plan cul entre hommes, Virginie descendit le couloir, complètement habillée.*

*Brian leva les yeux de sa crème glacée et lui offrit une bouchée, mais elle secoua la tête avec un sourire incroyablement triste puis se pencha sur le dossier du canapé et lui embrassa la joue.*

— *Je te ramènerai tes chemises demain, murmura-t-elle et il la regarda, surpris.*

— *Nous avons vraiment rompu ? Demanda-t-il depuis le canapé, très confus. Virginie tapota doucement sa joue, lança à Tate un regard d'une patience à toute épreuve et dit – on en parlera demain.*

*Brian passa le reste de la nuit à consoler Tate, à peine curieux de ce qui venait de se passer. Le matin, il savait ce qu'un « combat pour le choix du passif » voulait dire. L'après-midi, Virginie et lui avaient parlé, pleuré, crié, s'étaient battus et câlinés, et finalement il avait réalisé pourquoi il devrait faire attention à qui est « actif » et qui est « passif » quand deux hommes sont nus, haletants et d'humeur à avoir un plan cul.*

VIRGINIE. CE fut la première pensée de Brian alors qu'il se levait du sol et vacillait vers sa chambre. Il mit ses chaussures de course de côté et enfila des jeans et un T-shirt. Voilà, un vieux jeans clair, délavé, un t-shirt gris si usé qu'il était presque transparent par endroits. Brian aimait les choses claires et simples. Tate était la chose la plus compliquée de sa vie. Même

Virginie était simple, mais il était sûr que Virginie l'aiderait à s'en sortir avec cela.

Pourquoi pas ? Virginie avait été celle qui l'avait aidé à sortir du placard, pourquoi ne pourrait-elle pas l'aider avec Talker ?

Sa sœur répondit quand il appela chez elle. Apparemment Virginie ne pouvait pas l'aider avec Tate parce qu'elle était partie pour le week-end avec son nouveau petit ami ; le petit ami hétéro, Alex, qui ressemblait beaucoup à Brian à l'exception du fait qu'il ne l'aurait pas laissée nue au lit pour son colocataire désemparé pour un million de dollars et des cacahuètes.

Et merde. Il ferma les yeux et tenta de penser ; il n'avait jamais été bon à cela. Tate était celui qui pouvait penser aux choses. Tate avait dit à Brian combien de jours il devait attendre avant de donner des nouvelles et qu'ils puissent voir une avant-première ensemble avec la réduction du matin. Il avait aidé Brian avec ses devoirs, anglais et histoire. Talker était là, posant à Brian des centaines de questions jusqu'à ce que Brian soit capable d'écrire son devoir et non de se sentir comme le dernier des imbéciles. Tate gérait le budget et découpait les bons gratuits, pour qu'ils puissent occasionnellement se permettre une pizza et que Brian puisse quelques fois se prendre des plats chinois à l'épicerie. Tate « au cerveau rapide comme l'éclair » pouvait parler à un étranger, dans les WC aux murs éclaboussés d'un club bondé, alors que Brian « petit pois dans le cerveau » ne pouvait pas trouver une façon de dire « Je suis gay et je t'aime » et faire en sorte que ça colle.

Merveilleux. Merdiquement merveilleux.

Il prit une profonde inspiration, s'assit sur son lit et essaya de penser à Virginie ; elle était toujours si gentille et avait tant de bon sens. Des bribes de leur conversation la nuit après que Tate eut le cœur brisé (la première fois) lui furent inestimables.

# IV
## LA DOULEUR D'ÊTRE SI PROCHE

— *VIRGINIE… ALLEZ viens…*

*Virginie roula des yeux. - Tu me prends pour une conne ?*

*— Je m'inquiète pour lui… Il n'a personne d'autre.*

*Virginie soupira, frotta ses yeux rouges avec le talon de sa main. Ils étaient tous les deux fatigués. Virginie apparemment parce qu'elle était restée debout à penser à lui et Brian parce qu'il était resté debout à parler avec Tate.*

*— Brian, aurais-tu un porno ? Demanda-t-elle enfin, comme par hasard.*

*Il rougit – Non. Il n'avait aucun porno. C'était simplement… bizarre… peu importe à quel point cet ordinateur est censé être personnel.*

*Ok, voilà. Laisse-moi cinq minutes et ton ordinateur, je voudrais voir un truc ou deux.*

*Y avait-il quelque chose de plus embarrassant que d'avoir sa presque ex petite amie sortant des pornos de votre ordinateur ? Brian n'avait pas été autorisé à regarder ce qu'elle avait choisi mais, quand il revint dans sa chambre, elle dit : - appelons ça une expérience sur l'hétérosexualité, bébé. Voilà. Elle appuya sur lecture sur une petite vidéo puis se leva et recula pour laisser Brian s'asseoir au bureau et regarder…*

*Regarder deux femmes, se léchant mutuellement la vulve, rose et gonflée de plaisir, enthousiastes et gémissant beaucoup. Brian rougit et détourna le regard et les mains fermes de Virginie le tournèrent à nouveau vers l'écran, mais c'était si embarrassant. Les filles… elles utilisaient leurs doigts, leurs langues, des sex-toys, leurs minous frémissants et des anus plissés, c'était tout simplement trop personnel à regarder.*

*Brian se tortilla, mortifié, mais comme la main de fer de Virginie le tenait par la braguette cela s'est avéré être le moment le plus inconfortable de sa vie et, en plus, ça ne l'avait même pas excité.*

*Ok, dit-elle doucement alors qu'il ne voulait pas croiser son regard, maintenant phase deux.*

*La phase deux était une vidéo identique, mais cette fois entre deux hommes, sauf qu'aucun des deux ne ressemblait à Tate. Brian lui lança un regard furieux mais elle le tourna vers l'écran et il se trouva fasciné par la scène. Il pouvait à peine regarder leur équipement, ça semblait si personnel, comme pour les filles, mais il aimait regarder l'inclinaison de leurs épaules, les plis de leurs cuisses, les estomacs fermes et leurs tout petits nombrils. Finalement, l'un des hommes se retrouva sur ses mains et ses genoux et le gars derrière lui se mit du lubrifiant sur les doigts et commença à le pénétrer, doucement, un doigt à la fois. Le receveur (passif était le terme) avait les yeux fermés et la bouche ouverte, frémissant d'excitation, alors que le gars derrière lui se penchait, embrassait son épaule et le bas de sa nuque pendant que cette traîtresse de main jouait, étirait et pénétrait. Brian ne pouvait s'empêcher de regarder comment l'actif déroulait un préservatif sur sa queue et il regardait avec fascination parce que la queue était plus longue et plus fine que celle de Brian. Les lèvres de Brian s'entrouvrirent et sa respiration se fit plus rapide, il se demanda ce que cela ferait de tenir la bite d'un autre homme, ce qu'elle ferait dans sa main et si elle palpiterait dans sa paume de la même manière qu'il le pensait...*

*La main de Virginie sur son entrejambe était la bienvenue parce que sa bite était dure et douloureuse. Il grogna un peu et se rapprocha d'elle. Très doucement, elle retira sa main de son côté et la mit plus bas sur son pantalon.*

*Il n'eut même pas à toucher sa propre peau avant de jouir dans son jeans, durement et violemment. Quand ce fut fini, il se retrouva assis à son bureau alors que le reste de la scène se jouait devant lui. Virginie très doucement ferma son ordinateur et le força à la regarder dans les yeux.*

*Ouais, dit-elle, d'une voix nerveuse, et il ne pouvait l'en blâmer. - Ayons cette conversation sans faux semblant, OK ?*

*Et ils parlèrent. Mais, avant ça, il avait eu besoin d'une douche et de changer de vêtements et aussi d'une longue et intense crise existentielle en cherchant à nettoyer le sperme sur sa peau.*

BRIAN SE souvint de ce moment, et il s'en souviendrait pour sa vie entière et de manière éclatante, car Virginie lui avait appris plus que sa propre sexualité. Elle lui avait appris que parfois, quand quelqu'un était dans un état de déni émotionnel, cette personne avait besoin de preuves de combien ils se trompent sur leur vraie nature. Parfois, on a besoin d'actions plus que de mots. Parfois, on a besoin que quelqu'un prenne la décision difficile ou dise la chose douloureuse, sinon on restera perdu et enfermé dans ses propres mensonges pour toujours.

Avec un soupir il s'affala en arrière sur son lit, ferma les yeux et commença à planifier. OK, donc le problème n'était pas que Tate ne croyait pas que Brian l'aimait, mais plutôt qu'il ne comprenait pas combien Brian l'aimait. Que faisait-il de la mauvaise manière ?

Brian savait qu'il était gay. Après sa conversation avec Virginie, il était réticent d'en parler parce qu'il n'était pas sûr d'être attiré par Tate parce que c'était un homme ou parce qu'il était tout simplement Tate. Virginie l'avait également aidé sur ce point.

Elle l'emmena avec elle à quelques fêtes, celles du style que les gentilles filles de banlieue ne devraient pas connaître mais connaissaient pourtant, et il avait fini dans des coins sombres de pièces inconnues, distinguant à peine les beaux gosses qui ne lui demandaient pas son nom.

Il les avait appréciés. Il avait mis ses mains sur leurs tailles étroites et longilignes, et senti leurs corps musclés sous ses paumes. Il avait apprécié la sensation de leurs mains fermes sur son torse, les pincements forts sur ses tétons et la sensation d'une barbe de trois jours sur sa joue. Toucher de ses lèvres la nuque d'un homme le faisait frissonner d'un désir qu'il n'avait jamais ressenti pour une femme et il repartait de chaque fête un peu plus sûr de l'homme qu'il était vraiment.

Mais l'homme qu'il était vraiment, était l'homme qui empêchait toujours ces hommes du hasard de toucher ses jeans et de passer à des choses plus personnelles qu'un simple frottage à une fête.

La première fois que quelqu'un avait essayé, il avait expérimenté un sentiment de honte réelle. Il se sentait déloyal envers Tate. La dernière fois qu'il avait été à une fête avec Virginie, il était presque sûr qu'il ne serait pas capable d'embrasser un autre homme et il avait eu raison. Sa cible et lui avaient fini par boire de la tequila toute la nuit, et Brian n'avait qu'un seul souvenir de cette nuit. Celui de s'être répandu sur ses malheurs et son amour malheureux pour son colocataire face à un total inconnu.

C'est pour cela que cette soirée fût la dernière. Le matin suivant avait été une révélation pour lui.

— *Pourquoi tu ne lui dis rien ? Demanda Virginie le lendemain matin pendant qu'elle le soignait pour sa gueule de bois.*

— *Je l'ai fait. Je lui ai dit que je l'aimais. Il le fallait. C'était nécessaire. Tate était en train de se préparer pour le travail, s'extasiant* littéralement sur le client sexy qui, il en était absolument certain, ne venait que pour lui.

Brian avait dit – Pourquoi as-tu besoin de lui ? Je t'aime.

— Que t'a-t-il dit ? Demanda Virginie.

— Que c'est dommage que je ne sois pas gay parce que ça aurait pu nous emmener quelque part. Grogna Brian mortifié. Il n'avait jamais dit à une fille qu'il l'aimait, excepté Virginie après ce jour avec les films pornos sur l'ordinateur. Cela avait la première fois que les mots ne lui semblaient pas être un mensonge.

— Hum, as-tu mentionné le fait que tu es gay ? Demanda-t-elle en lui tendant un grand verre d'eau et deux Tylenol.

— Je pensais que c'était implicite dans le « Je t'aime », dit -il d'un air renfrogné. Ça ne l'était pas ?

Virginie avait haussé les sourcils et mâchonné pensivement sa lèvre inférieure. - Apparemment non, dit-elle enfin. - Peut-être que tu ne peux pas vendre le « Je t'aime » au gars avant de lui vendre le « je suis gay » à tout ce putain de monde. Eh bien, ça me semble logique.

Tate était si flamboyant, maquillage clinquant, chemises étincelantes, boucles d'oreilles arc-en-ciel dans son lobe percé, tout cela était conçu pour que les gens voient qu'il est gay et pas la vulnérabilité qui se cache dessous.

De plus, dit-elle doucement, je ne suis même pas sûre que ce soit déjà réel pour toi.

Brian pensait à Tate, attendant au comptoir, faisant la vaisselle et chantant une chanson de Repo : l'Opéra Rock de façon frénétique à la manière des sourds.

— C'est réel, dit-il, se souvenant de quelle manière Tate fermait ses yeux et secouait la tête alors que ses mains était en pilotage automatique sur les assiettes en plastique bon marché.

— Ouais ? L'énervement dans la voix de Virginie était à nouveau présent et il tourna son attention envers elle plutôt que ses souvenirs nostalgiques et capricieux. En dehors des fêtards d'un soir, qui dans ta vie sait que tu es gay ?

— Il n'y a pas beaucoup de gens dans ma vie, Virginie, dit-il avec honnêteté. Seulement Tate, ma tante Lyndsey et toi. Les gens avec qui je travaille, je suppose, mais, tu sais, je ne suis pas proche d'eux. Pourquoi ? Ils ont besoin de le savoir ?

*Virginie soupira et s'ébouriffa les cheveux. -Oh mon Dieu, pas étonnant que tu ne reconnaisses pas ton propre placard. Tu as vécu toute ta vie dedans.*

*Brian lui lança un regard furieux. -Que sous-entends-tu ?*

*Mon Dieu ! Virginie, Tate, pourquoi semblait-il apprécier les gens qui le faisaient se sentir stupide ?*

*Un autre soupir. -OK,OK,OK,OK,OK,OK. Voilà comment je vois les choses. Je pense que tu ne veux pas admettre que tu es gay parce que ça signifierait avoir besoin de plus que le nécessaire. Je veux dire... sérieusement. Brian, tu es habitué à vivre sans argent, presque sans famille et une préparation à la fac à peine suffisante pour te faire sentir stupide quand tu es en cours.*

*J'étais scolarisé à la maison, protesta-il et elle roula les yeux.*

*— Par une artiste, et je sais que ta tante est brillante, mais tu n'étais pas prêt quand tu es arrivé ici. N'importe qui pouvait le voir.*

*Ce n'est pas de sa faute si je suis stupide, protesta-il. Parce que tout cela sonnait comme une attaque sur sa tante Lyndie et elle devait avoir une autre explication.*

*Virginie secoua la tête alors et fit un horrible bruit étouffé. - C'est une bonne chose que l'on ne soit plus ensemble, murmura-t-elle, parce que tu brises mon bon dieu de cœur. Regarde, bébé, voilà le marché. Ils étaient assis sur l'horrible couverture du canapé et elle s'était placée face à lui, ses yeux marron foncé étaient sérieux et implacables. - C'est comme je l'ai dit : il ne va pas l'acheter à moins que tu puisses le vendre.*

*Donc, et si tu le vendais, OK ? Penses-y. La prochaine fois qu'une jolie fille te drague, dis lui tout de go que tu n'es pas orienté comme ça. Si c'est un autre gars, dis-lui que tu es amoureux d'un autre. Si le sujet des droits des homosexuels arrive dans une conversation, ouvre ta fichue bouche et parle. Assure-toi que le monde entier sache qui tu es et peut-être que Tate le verra aussi.*

*Brian la regarda d'un air absent. - Les filles qui flirtent avec moi ? Elles doivent le faire parfois, il pensa avec du retard parce qu'il avait fini de coucher à droite à gauche, mais il ne se souvenait plus comment c'était arrivé. Une minute il parlait à une fille, appréciait sa compagnie, riait à ses blagues, souriait à son bonheur parce qu'il s'amusait, et la minute suivante, elle avait la langue dans sa bouche. Il n'y avait aucune poésie, ni raison à ça, ça arrivait tout simplement. En y réfléchissant bien, les gars qu'il avait embrassés étaient dans le même cas.*

Le regard de désespoir sur le visage de Virginie le fit se sentir encore une fois stupide. - Je suis complètement perdue, dit-elle, presque pour elle-même. - je suis complètement perdue. Toi et moi ensemble ? C'était comme moi pensant que j'étais dans le petit bassin alors que j'étais vraiment dans le Loch Ness. Putain de Dieu, ce n'est tout simplement pas foutrement juste du tout.

# V
## PARTOUT OÙ TU VOUDRAS

BRIAN NE savait toujours pas ce qu'elle entendait par lui étant le Loch Ness mais, il le garda à l'esprit. Le problème était surtout qu'il ne parlait à personne d'autre qu'à Tate. Il avait réussi à dissuader une fille avec « je suis désolé mais, je suis gay » et elle avait haussé les épaules et dit que c'était dommage, mais cela ne ressemblait pas à un stupéfiant moment personnel. Peut-être devrait-il le faire jusqu'à ce que ses mains ne soient plus moites, mais il n'était pas sûr que cela arriverai un jour.

Et ce n'était pas quelque chose qui allait se réparer là maintenant. Ce qui avait besoin d'être réparé tout de suite c'était Tate et cette terrible peur au ventre qu'il avait à chaque fois que son colocataire entrait dans les toilettes d'un bar avec un étranger, qu'il vendait un petit morceau de son âme qu'il lui serait presque impossible de récupérer.

Brian ne s'était jamais senti aussi impuissant devant quelque chose d'aussi important dans sa vie.

Et c'est ce qui augmentait sa confusion. Il était impuissant. Il n'y avait qu'une personne dans sa vie qui pouvait l'aider quand il était comme ça. C'était la personne qui était arrivée à l'hôpital quand il avait eu six ans avec une valise de ses vêtements et son jouet favori et avait dit – allez viens mon bébé, sortons d'ici, OK ? Maintenant c'est toi et moi et je déteste cet endroit.

Lyndsey Cooper était la seule famille vivante de Brian.

Elle vivait difficilement de ses peintures, dans une cabane de trois pièces sur la propriété d'un ami dans Grass Valley. Le jour où elle était venue prendre Brian à l'hôpital, elle portait une ample jupe fleurie et portait ses cheveux en dreadlocks décolorés. A la maison elle portait des jeans mais, en public, c'était une pure hippie. Bien que les cheveux aient changé, les vêtements pas du tout, et quand Brian lui en avait parlé, elle avait répondu par un haussement d'épaule.

*Je joue mon rôle, bébé. Le monde attend une certaine tenue pour certains types de gens.*

26

Et maintenant, en pensant à sa tante Lyndie, Brian sentait le commencement d'un plan germer dans sa petite tête. Il sorti son portable et composa le numéro de Lyndie, espérant qu'elle ne serait pas inquiète parce qu'il l'appelait trois jours après le coup de fil habituel du dimanche.

— Eh bébé, c'est quoi le souci ? Lyndie semblait toujours heureuse de l'entendre. Il aurait d s'en douter et ne pas l'embêter.

— Lyndie, dit-il en déglutissant, je… j'ai besoin de venir aujourd'hui, ça va pour toi ?

— Absolument. Est-ce que quelque chose ne va pas ?

Brian cligna des yeux et réalisa que c'était cela que Virginie voulait dire quand elle lui parlait de moment où il devrait l'annoncer au monde. - Eh bien j'ai quelque chose à te dire et quelques conseils à te demander et j'ai besoin d'aide. Mais c'est à propos de mon colocataire et…

— Et c'est une longue histoire. Pas de soucis. On se voit dans une heure OK ? Il était à au moins une heure de Grass Valley.

— Disons deux, dit-il, soulagé et heureux simplement d'entendre sa voix, comme s'il n'y avait aucun problème qu'ils ne pouvaient régler ensemble. C'est de cette façon qu'elle l'avait fait passer au travers de l'enfance, comment il avait fait depuis ses dix ans, chaque fibre de son être qui était relax, ne portant pas de jugement et tranquillement optimiste vis-à-vis de l'être humain, Brian la devait à l'amour inconditionnel de sa tante Lyndie.

— Deux ?

— Ouais, j'ai quelques trucs à faire avant.

La première chose qu'il avait à faire était de se faire remplacer pour ce soir. Il passa quelques appels ; l'un de ses collègues avait eu un nouveau bébé et il était constamment fauché. Brian savait pertinemment que les mardis étaient le jour de repos de Ray et il était reconnaissant pour un boulot en plus.

—C'est quoi le souci ? Demanda Ray au téléphone. - Tu as un plan chaud ?

— Nan, marmonna Brian, ses paumes transpirant déjà.-Simplement un problème de petit ami.

— La poisse, dit Ray avec une voix surprise. - Eh bien, bonne chance alors, mon pote. Il y eut un pleur dans le fond, mais assez près du téléphone pour donner à Brian l'image d'un bébé bercé par Ray Ruiz, ce qu'il avait de plus proche d'un ami au travail. - Au moins tu ne vas pas finir par passer de pas de bébé à trois ! Dit-il sa voix s'élevant alors que le bruit montait.

Brian rit poliment et raccrocha, souhaitant que Ray soit libre de parler une minute. Même si Brian était nul pour les petites conversations, il n'était pas impatient de passer à la seconde partie de son plan.

*Si tu veux qu'il l'achète, tu dois être capable de le lui vendre.*

*Je suis en train de mettre la tenue appropriée, bébé.*

Deux des personnes dont il se souciait le plus lui parlaient à l'oreille et il ne pouvait pas leur hurler dessus. De plus, pensait-il tristement alors qu'il se tenait devant le miroir avec la tondeuse que Tate gardait dans la salle de bain, c'est seulement des cheveux.

C'était seulement des cheveux, mais c'était ses cheveux et il les aimait, longs, bien qu'il les garde habituellement ainsi parce que les coupes de cheveux étaient chères et que c'était plus facile de les couper court et de laisser passer un long moment entre deux coupes plutôt que de les entretenir. Alors il prit la tondeuse, réglée sur trois, et il rasa le côté de sa tête allant de la tempe à la nuque et idem de l'autre côté, en essayant de ne pas pleurnicher. Une longe mèche de cheveux couleur des blés tomba dans l'évier et son visage émergea, austère et rectangulaire avec un menton anguleux et les lèvres fines. Trop exposé, pensa-t-il avec un frisson, et il regarda ses cheveux avec tristesse. Alors qu'il nettoyait, il se consola avec l'idée que quand ce serait fini et qu'il aurait fait son grand geste romantique, il pourrait réparer ça. Quand Tate sera bien, il laissera pousser sur les côtés et se payera une jolie coupe conservatrice.

Il attrapa quelques-uns des petits élastiques noirs de Tate et mit la longue bande de cheveux allant de son front au sommet de sa tête en une queue de cheval punk et fit le point.

Ce n'était pas suffisant, pensa-t-il lamentablement. Il allait vraiment avoir besoin de l'aide de tante Lyndie. Mais avant, il allait devoir se préparer et pas seulement arriver avec son secret.

Le trajet jusqu'à Grass valley était vraiment long sans Tate branchant son Ipod dans l'autoradio et demandant à Brian d'écouter. Les dernières fois où il était venu voir Lyndie, Tate était à ses côtés, excité de sortir de Sacramento A part pour les rencontres d'athlétisme du lycée, c'était la seule ville qu'il ait jamais connue.

Lyndie travaillait au jardin, elle portait une paire de shorts d'entraînement pour hommes et un haut militaire sans manches, tous deux pleins de trous et de tâches de javel, et Brian se demandait si Lyndsey n'avait pas encore fait un raid dans les fripes de son voisin Goodwin.

28

Elle l'avait fait quand il était enfant, en toute impunité et sans remords. Comme Brian avait grandi, la plupart de ses « habits pour jouer » venaient de la pile de fripes que les voisins sortaient trois fois par an avec les poubelles. Les voisins avaient commencé à le voir dans leurs habits après un temps et ils avaient commencé à laisser les bons vêtements devant le porche de tante Lyndsey. Elle était assez reconnaissante pour leur peindre une jolie petite aquarelle de leur maison sous le soleil, en bas de la colline rouge sale et entourée par les pins. Les voisins avaient été asse impressionnés et avaient commencé à jeter de nouveaux vêtements de la taille de Brian et il avait réussi à passer ses visites hebdomadaires dans le cadre de l'école à domicile sans trop de ridicule.

Il avait été assez reconnaissant pour tondre leur pelouse à chaque fois qu'il tondait celle de sa tante et le cycle d'entraide entre bons voisins et êtres humains pleins de ressources avait continué. C'est une partie de son enfance pour laquelle il était toujours reconnaissant.

Comme Lyndsey était enthousiaste, tous les coups étaient permis pour les câlins quand il sortait de sa Toyota verte vieille de vingt ans.

— Coucou, mon cœur ! Dit-elle doucement. Ses cheveux, qui auraient dû être gris à présent, étaient teints d'un beau noir aile de corbeau et pendaient dans son dos depuis le sommet de sa tête. Son visage révélait ses cinquante ans, mais son sourire était aussi jeune que ses cheveux. - La nouvelle coupe de cheveux, tu vas la garder ?

Brian secoua la tête. - C'est une sorte de déclaration, dit-il su bout des lèvres. Il passa un bras autour de ses épaules et réalisa pour la première fois à quel point elle était fragile. Elle avait toujours été minuscule avec une ossature fine, mais peut-être que c'était la nouvelle sensibilité de Brian pour Tate qui le rendait douloureusement sensible à la mortalité se sa tante et sa vulnérabilité, seule dans les collines.

Il voulait définitivement lui rendre visite plus souvent, se dit-il fermement. Il était persuadé qu'elle partagerait ses légumes du jardin avec lui et Tate avait toujours adoré les tomates fraîches.

Tante Lyndie l'emmena dans la cuisine et lui servit du thé glacé dans l'un de ses bocaux à confiture qui était si vieux qu'il était en fait en verre. Elle était douée pour faire du thé et en avait toujours plusieurs sortes dans ses placards dont elle connaissait la fonction, de la camomille aux pétales de rose. Le mélange d'aujourd'hui était un mix de ces deux-là, en fait. Brian ajouta une bonne dose de sucre et de citron et sirota le tout avec reconnaissance, pendant que Lyndie se versa un verre et s'assit patiemment à la petite table en bois sculptée à la main en attendant qu'il commence à parler. (Beaucoup de choses chez Lyndie étaient soit sculptées à la main, soit usées. La communauté artistique dans le comté de Placer était soudée et croyait fermement à l'utilisation maximum des ressources.)

— Alors, Bébé, demanda-t-elle gentiment après un moment, Quel est le problème ?

Brian soupira. Vends-le au monde et peut-être l'achètera-t-il. -Je suis gay, tante Lyndie, mais ce n'est pas réellement le problème.

Tante Lyndie cligna des yeux et fronça un peu les sourcils comme si elle essayait d'assembler un puzzle. - Alors, toutes ces filles avec qui tu étais en grandissant ?

Brian haussa les épaules. - Ouais, je ne sais pas comment c'est arrivé. Elles ont seulement… Il rougit. - Elles me voulaient et tu sais, elles étaient gentilles mais, elles n'étaient pas… n'étaient pas…

— N'étaient pas ce que tu voulais. Oh mon Dieu. Tante Lyndie savait. Il aurait dû se douter qu'elle le savait.

— Brian avala difficilement – Ouais.

Lyndie sourit et tapota sa main. - Et bien, si ça peut te rendre heureux, je suis OK avec le côté gay, tu devrais le savoir. Je suis heureuse que tu aies trouvé ça par toi-même et je suis vraiment contente que cela ne soit pas un problème, dit-elle sincèrement en prenant une autre gorgée de thé.

— C'est tout ?

Lyndie haussa les épaules. - Brian, mon cœur, je t'ai élevé depuis que tu es un poupon. Tu pensais que quelque chose comme cela aller être un problème ? Sa lèvre inférieure sortie en une mine boudeuse. -Je pensais t'avoir mieux éduqué que cela.

Brian lui sourit timidement. Tu m'as incroyablement bien éduqué, tante Lyndie. Il haussa les épaules et lui dit la vérité. - Honnêtement ? Je suis seulement ravi que tu me croies, parce que c'est en quelque sorte mon problème.

Mon Dieu, il se sentait bien de pouvoir tout lui déballer. Il se sentait bien, assis dans la cuisine où elle l'avait aidé avec ses premiers tableaux et à écrire ses premiers mots, et rassuré qu'elle soit là pour l'aider avec ce nouveau, délicat problème et qu'il puisse lui demander de l'aide pour le démêler. Comment aurait-il pu résoudre cela sans elle ? Il pensait à Tate et au mot vulgaire de son père résonnant à travers les lignes téléphoniques et son cœur saigna un peu. Tate avait besoin de ça. Tate avait besoin de venir ici plus souvent et de passer du temps avec Lyndie et de voir plus son art. Il avait besoin de savoir que Brian n'était pas la seule personne sur la planète capable de voir à travers lui. Qu'il l'aime ou non en retour, Brian avait besoin de l'amener encore ici et de lui montrer que l'acceptation inconditionnelle n'était pas un mythe.

Il termina son histoire et vit que la large bouche souriante de Lyndie était pincée et sinistre.

— Oh, Brian, mon chéri, pauvre Tate. Cette chose qu'il fait, c'est une mauvaise chose.

Brian hocha la tête, soulagé. Ce n'était pas que lui et son innocence. - C'est pour lui, dit doucement Brian. Tate qui était si vulnérable. Il y avait des gars dehors qui pourraient sans doute le faire pour le plaisir, mais pas Tate. Tate le faisait parce qu'il en avait besoin Si fortement qu'il était prêt à laisser partir des morceaux de lui-même pour avoir ce qui lui manquait.

— Ce…, Lyndsey prit un verre de thé et le regarda à nouveau, c'est une sorte de haine de soi, du moins si ce garçon est comme tu me l'as décrit. Cela ne ressemble pas à ton colocataire, tu sais ? Je veux dire…. Elle soupira et chercha ses mots – Il semblait fragile quand vous êtes venus pour Noël. Je n'avais rien dit parce que je pensais que tu l'avais déjà vu. Mais il ne semblait pas comme ça. Qu'est-ce que je rate là ? Qu'est- ce que tu ne m'as pas dit ?

Brian rougit et détourna le regard. Il savait que cela pouvait aller dans ce sens quand il l'avait appelée.

Le truc c'est que, dit-il en déglutissant, ce n'est pas vraiment mon histoire à raconter. Mais… mais Tate ne voudra pas le faire. Du moins pas de la façon dont il devrait le faire. Tate continue de dire qu'il voulait que cela arrive, que c'était sous contrôle… mais… tu sais, j'ai entendu des filles parler et… ce qui lui est arrivé n'était pas correct. Et il ne veut pas l'admettre. Il… Les yeux de Brian devenaient chauds, sa gorge gonflée se serrait et il pouvait difficilement regarder tante Lyndie. Il continue de dire que c'était de sa faute, mais ça ne l'était pas.

Lyndie prit une profonde respiration et la laissa sortir en de prudents frissons. -Ok, mon chéri. Tu vas devoir me raconter ce qui est arrivé. Tu le dois. Même s'il est ok avec ce qui est arrivé, tu ne l'es pas. Cela te fait du mal, ce qui en fait ton histoire à raconter, ok ?

Brian hocha la tête et s'essuya les yeux, et sa tante lui donna une serviette en papier ; cela l'aida. Il espérait qu'il n'aurait pas à porter du maquillage comme Tate, pensa-t-il lamentablement, parce qu'il avait le sentiment qu'avant que cette journée soit finie il allait encore beaucoup pleurer.

# VI
# J'AURAIS DÛ ÊTRE BRAVE

*DEUX JOURS après la dernière fête désastreuse (celle avec la gueule de bois que Virginie avait dû soigner), Brian était résolu à dire à Tate qu'il était gay et à lui déclarer son amour et alors Tate pourrait arrêter de jouer la midinette avec le client qui était son dernier béguin.*

*Bien entendu, il allait revenir de l'école ce jour-là et retrouver Tate tout excité concernant son dernier rendez-vous.*

*Brian regardait Tate faire une crête dans ses cheveux, choisir le parfait T-shirt brillant et ses jeans déchirés, sortir ses manchettes de cuir favorites et son collier clouté de son tiroir, et pensa : je suis là ! Bordel, Tate, tu n'as pas besoin de toutes ces merdes, je suis là.*

*— Es-tu sûr que c'est une bonne idée ? Finit-il par demander faiblement. Tu ne sais vraiment pas grand-chose sur ce gars. Je veux dire, il ferma ses yeux et avala sa salive, peut-être que tu devrais l'avoir ici à dîner ou, tu sais, aller voir un film ou autre chose.*

*Tate le regarda incrédule. Je ne suis pas une fille de l'époque victorienne, Brian. Je veux tirer un coup tu te souviens ? Je veux dire « j'abandonne ! C'est ici ! C'est gratuit ! » A quel point cela pourrait mal tourner ?*

*— C'est gratuit ! Et bien, peut-être que ça ne devrait pas l'être ! Aboya Brian. Peut-être que c'est plus précieux que cela.*

*Peut-être devrais-tu mettre un prix dessus, bordel, et attendre pour une relation plutôt qu'un mec que tu imagines te sauter pour la bonne cause.*

*Le corps de Tate eut une convulsion. Ouaip, les choses étaient tout simplement trop intenses pour lui, pas de doute là-dessus. - Je ne suis dans rien de sérieux, mentit-il. Il sortit sa poudre de riz avec laquelle il obtenait sa nuance d'un blanc fantomatique et Brian tendit une main tremblante et la lui prit.*

32

— *Ne le fais pas, dit-il d'un ton bourru, et Tate le regarda surpris.* - *Tu mets cette merde et personne ne peut te voir. Je t'apprécie. Si ce gars ne t'apprécie pas pour ce que tu es, il ne mérite pas de te toucher.*

La pomme d'Adam de Tate monta et descendit plusieurs fois en succession rapide et la peau autour de ses pommettes se tendit. « *Style Granola* », il essayait de blaguer, *tout le monde ne peut pas porter le style garçon du pays comme toi, Ok ? Certains d'entre nous ont besoin d'un peu d'aide.* Il tendit la main pour reprendre sa poudre de riz et Brian réalisa qu'il l'a serrait farouchement entre ses doigts.

— *Tu dépenses ton argent pour manger avec cette merde, Tate. Je suis peut-être Granola mais je sais ce qui est bon pour toi. Ce rendez-vous... cette idée... ces choses ne sont pas bonnes pour toi.*

Tate soupira et regarda vers sa main qui se tendait vers la poudre. C'était la main avec les cicatrices et, bien que Tate ait la manche complète tatouée à ce moment (merci la bourse d'étude), sa main était marquée. Elle était en fait défigurée. Il y avait eu des dommages au niveau des muscles durant l'incendie et deux de ses doigts ainsi que sa paume n'étaient que partiellement fonctionnels et aussi desséchés et tordus. Il avait des mitaines en cuir, laine et coton, la plupart étaient noires pour couvrir sa main droite mais il n'en portait pas en ce moment. Bien que c'était la main qu'il utilisait pour écrire, très peu de personnes pouvaient deviner combien il avait dû travailler dur pour y arriver.

— *C'est gentil de ta part de t'inquiéter, dit-il, en regardant ses doigts alors qu'ils touchaient ceux de Brian.* Brian regarda aussi et bougea délibérément sa main pour qu'elle couvre celle de Tate.

— *Je m'inquiète pour toi, dit-il brutalement, et son cœur commença à battre sauvagement.* C'est le moment ! Je vais lui dire ! Je vais lui dire et il ne voudra pas y aller !

Et alors il y eut une autre sorte de battement. Les épaules de Tate tremblèrent et il laissa tomber le poudrier. La boîte se brisa et le petit morceau à l'intérieur s'émietta sur les écailles de vinyle du sol.

— *Putain !* Dirent-ils en tandem, à cela près que Tate était accroupi sur le sol ramassant les morceaux et que Brian le contournait pour aller chercher le balai de la cuisine.

— *Je m'en occupe, Brian. Va ouvrir la porte.*

Le martèlement continua et Brian se renfrogna, le gars ressemblait déjà à un trou du cul et Brian ne l'avait même pas rencontré.

— Tate, ne fait pas ça, dit-il doucement et Tate fronça les sourcils après lui.

— Brian, mon pote, je suis désolé de t'avoir appelé Granola mais s'il te plaît... Laisse-moi simplement avoir un rendez-vous. Laisse-moi en finir avec ça, tu comprends ? Tu as eu des filles comme Virginie, je n'ai eu personne.

— Tu m'as moi !

Tate roula les yeux et secoua la tête. Jésus, essaie d'être sérieux avec un gars.

Tante Lyndie entendit cette partie de l'histoire et secoua la tête avec un sourire. –Aïe, dit-elle doucement.

Brian la regardait avec de grands yeux et hocha la tête.- Ouais ! C'est ce que je disais ! Oh merci mon Dieu, quelqu'un pensait qu'il était sérieux.

— Alors, vas-tu lui raconter et faire que ça colle ?

Brian grimaça embarrassé.

— Je pensais attendre qu'il revienne de son rendez-vous, dit-il avec un soupir. C'était stupide, je sais que c'était stupide. Mais, la dernière fois qu'il est sorti pour s'envoyer en l'air, ça a été un tel désastre. Je ne m'attendais pas….. Je ne m'attendais absolument pas à ce que celui-ci soit pire.

Lyndie posa son thé glacé et attrapa la main moite et tremblante de Brian.

— OK, dit-elle, et putain, il pensait qu'elle était vraiment sage. Pire de quelle manière ?

LE NOM du gars était Trevor : il ressemblait à un modèle de calendrier et il le savait. Il jeta à Brian un regard prétentieux alors qu'il lui ouvrit la porte et Brian le lui retourna avec un air menaçant. Bâtard. Une coupe de cheveux coûteuse, des jeans griffés, des boutons de manchette coûteux, des pompes de célébrité aux pieds. Aimant montrer son argent comme si c'était le plus important.

— Hey, dit Trevor en serrant la main de Brian. Le colocataire hétéro. Comment ça va, mon grand, tu vas tirer ton coup ce soir ?

— Ce n'est pas au menu, dit fermement Brian. Alors que racontes- tu de neuf ?

—Pas au menu ? Dommage, mec, parce que je vais choper moi... Trevor devint inaudible alors que Tate sortait précipitamment de la salle

34

de bain pour aller dans sa chambre, donnant un vague « une minute » en sortant, *Je vais me faire un petit cul cette nuit. Dommage que tu ne saches pas ce que tu manques.*

— Dommage que tu ne saches pas ce que tu as, murmura Brian et Trevor lui jeta un coup d'œil rapide.

— Quoi ?

— C'est un gars bien. Tu dois le traiter correctement.

Trevor sourit d'un air suffisant. - Ce genre de gamin ? Il ne veut pas être traité gentiment, mon chéri, il veut seulement « le traitement », tu vois ce que je veux dire ?

— Tate n'est pas comme ça ! Dit Brian, un sentiment d'inquiétude se figea dans son estomac et commença à monter. Trevor ne l'entendait pas. Tate arriva dans le couloir, portant sa veste en cuir et un nouveau jeu de bijoux arc-en-ciel pendant de son oreille tatouée.

Trevor attrapa sa main avec un air propriétaire qui rendit Brian un peu malade et le tira à lui pour un baiser que Brian aurait réservé à un coin sombre plutôt que ce couloir bondé. Tate leva des yeux rêveurs de son baiser et lança un sourire optimiste à Brian. Brian lui renvoya un sourire mal à l'aise en retour.

— Ne m'attends pas, dit Tate et il ferma ses yeux, c'était trop douloureux de voir ce que Brian répondrait à cela.

— Ne fais rien que tu pourrais regretter, déclara Brian en désespoir de cause, et Tate plissa son nez dans une de ses tentatives caractérisées d'envoyer balader n'importe quel souci.

- Bébé, il n'y a pas grand chose que je ne veuille faire ! Dit-il avec un clin d'œil et alors Trevor roula des yeux et le poussa pratiquement à la porte.

Mais Tate regardait par-dessus son épaule alors qu'il partait. Son visage était dépourvu de poudre et Brian allait toujours le regretter. De toutes les nuits où Tate aurait dû avoir une protection d'un autre monde....

Brian travaillait cette nuit. Quand il rentra à la maison, la porte était légèrement entre-ouverte et la lumière de la salle de bain était allumée. Pendant un instant, Brian ressentit un profond sentiment de soulagement. *Tate était de retour. On s'en fout de la porte ouverte (comme s'ils avaient beaucoup à voler, même son ordinateur portable n'était plus sous garantie), au moins il n'a pas passé la nuit avec ce gars.*

*Alors, Brian entendit des bruits provenant de la salle de bain. Il connaissait le bruit des pleurs de Tate à présent. Tate, pour se protéger, portait souvent son cœur sur sa manche. C'était différent. C'était des larmes et de la douleur qu'il essayait d'étouffer dans sa poitrine et...*

*— Tate ? Tate... mec, qu'est ce qui ne va pas ?*

*— Rien. Le mot avait été murmuré.*

*— Tate, je sais reconnaître les sons à présent, OK ? Tu n'es pas bien.*

*— Je vais bien.*

*— Mon cul. Brian étaient en alerte, vraiment en alerte. Ça ne sentait pas bon. Ça n'avait pas l'air bon du tout.*

*— Va-t-en simplement OK ?*

*Brian était fort, même s'il ne jetait plus de poids, et il travaillait encore son épaule juste pour l'empêcher de se bloquer. Il n'était pas conscient de sa force jusqu'à ce qu'il casse le verrou bon marché de la porte avec un tour de main vicieux et un coup d'épaule. Tate était nu, ses cheveux humides tombaient sur ses épaules. Sa peau était rouge et à vif, comme s'il s'était frotté lui-même jusqu'à ce que l'eau soit froide et même au-delà. Il était debout, dos au miroir essayant de regarder ses propres fesses.*

*Une petite tâche de sang mélangée à l'eau de la douche, cela colorait en rose une fesse et coulait le long de sa cuisse.*

*Tate dévisagea Brian et était près de dire – Putain dégage- ou quelque chose de ce genre quand Brian fit la première chose intelligente de toute cette affaire.*

*— Tourne toi, dit-il gentiment, tourne-toi et je vais te nettoyer. Ne t'inquiète pas. Je ferais attention.*

*— Brian...*

*— Ne t'inquiète pas, dit Brian, gardant sa voix calme avec un effort suprême – Je suis sans risque, tu te souviens ?*

*Un centre pour le viol était hors de question. Déjà, Tate ne voudrait jamais admettre qu'il avait été violé. Il l'avait voulu, souviens-toi ?*

*Mais il avait demandé au gars de mettre un préservatif et le gars avait dû oublier, et il avait supplié le gars de mettre du lubrifiant ou de la salive et il s'est vu répondre que c'est meilleur sans rien, à la dure et quand le gars (il n'avait déjà plus de nom) eut fini, il rigola, lui claqua les fesses et lui dit que c'était fini, qu'il pourrait trouver lui-même la sortie.*

*Brian avait écouté l'histoire, alors que Tate se penchait par-dessus le siège des toilettes, plus docile et exposé que jamais. Brian avait un peu de crème antibiotique pour aider à arrêter le saignement. Toucher Tate ainsi* n'avait rien de romantique. Ce n'était pas tendre. Ce n'était pas la chose dont il rêvait la nuit depuis quelques mois. Ce n'était sûrement pas ce qu'il avait désiré quand il avait renoncé aux fêtes et aux rencontres anonymes. C'était aussi doux et impersonnel que de manipuler un enfant avec un érythème fessier et ce fût l'un des plus petites blessures qu'il soigna lui-même cette nuit.

Il assit Tate avec une tasse de chocolat et une vidéo pirate de Dr Horrible Sing-Along et couru à travers la rue pour trouver une pharmacie de nuit pour un oreiller percé et des plaquettes d'Hamamélis. Sa tante avait des hémorroïdes, il se souvenait de sa liste de courses.

Il revint et assit à nouveau Tate, cette fois sur le coussin troué et il s'assit près de lui sur le canapé jusqu'à ce que Tate commença à rire vraiment très fort à l'endroit où Neil Patrick Harris chantait un commentaire sur une action réelle.

Il rit jusqu'à ce que son rire tourne aux larmes et sanglota sur la poitrine de Brian jusqu'à ce qu'il s'endorme.

Le jour suivant, il ne voulut pas en parler. Chaque fois que Brian abordait le sujet, il disait – Ouais, je sais, le pire rendez-vous au monde.

Ils avaient un jour sans travail ni école. Généralement, quand ils avaient un jour de repos, ils le passaient à faire la lessive et regarder des vidéos ou parfois à courir ensemble jusqu'à ce que leurs jambes leur fassent mal et qu'en regardant en arrière ils réalisent avoir couru près de vingt kilomètres ensemble. Une fois par mois ou plus, Brian traînait Tate à l'abri pour sans-abris le plus proche et ils étaient volontaires pour la soupe populaire. Tate était toujours le bienvenu là ; il avait une façon de parler aux gens qui les faisaient se sentir à l'aise. Peut-être était-ce la façon dont il pouvait simplement bavarder sans tenir compte de la timidité ou de l'engourdissement des gens à la soupe populaire, ou alors c'était la manière dont il allait toucher leur main gentiment pour s'assurer qu'ils avaient bien leurs bols. Dune façon ou d'une autre, Brian avait vu cela le premier jour où il l'avait invité à s'asseoir dans un siège vide.

Ce jour particulier avait été un jour de paresse et Tate le passa à se contracter dans la stratosphère. A un moment, Brian réalisa qu'il était dans la buanderie de l'immeuble depuis quarante-cinq minutes et il le trouva debout devant la machine avec ses habits dans le panier, le regard vide alors qu'une machine à laver vide s'agitait devant lui.

Brian essaya par trois fois d'attirer son attention et finit par lui effleurer l'épaule. Tate explosa, envoyant ses vêtements partout avant de s'effondrer en pleurant sur le sol. Brian le calma assez pour marcher avec lui jusqu'à l'appartement, puis il descendit et prit soin de la lessive. Quand il retourna à l'appartement, Tate faisait la vaisselle comme si de rien n'était.

Cette nuit-la, ils s'assirent sur le canapé et Brian ne fit pas semblant d'être hétéro, d'avoir un « espace hétéro » ni de frontières entre eux. Il posa simplement la tête de Tate sur ses genoux et caressa sa crête molle loin de son visage. Lorsque finalement Tate commença à parler, cela n'avait rien à voir avec ce qui était arrivé, avec ce qu'il ne voulait pas s'avouer était arrivé.

— Tu sais, Brian, quand on s'est rencontré pour la première fois, j'avais l'habitude d'aller dormir chaque nuit en priant que tu sois gay. J'ai pensé « S'il vous plaît faites qu'il soit gay et alors il serait mon Prince Charmant »' parce que, mec, je n'ai jamais aimé un autre être humain sur terre comme je t'aime.

— Oh mon Dieu. Tate...

— Ne le dis pas.

La voix de Tate commença à se casser, à se fragmenter, et Brian fit ce qu'il avait toujours fait : il écouta.

— Ne le dis pas. Parce qu'en vérité, je n'ai jamais été aussi heureux que tu ne le sois pas. Mec... je ne pense pas que je puisse le supporter tout de suite, pas si je dois te regarder et savoir que tu es gay et que je ne peux pas t'avoir.

– Qui a dit que tu ne pouvais pas m'avoir ? demanda Brian, suppliant Tate silencieusement de ne pas soulever la question, le suppliant de ne pas en faire mention tout de suite, pas alors que Tate était si brisé. Mon Dieu, il a seulement besoin de temps pour se remettre et reboucher les trous avec de l'enduit à salle de bain et de bons vœux.

— Pourquoi voudrais-tu quelqu'un d'aussi endommagé que moi ? Demanda Tate, pleurant doucement à nouveau, et Brian soupira.

— Tate Walker, si j'étais gay, je serais... je serais ensorcelé par toi. J'écouterais chaque mot sortant de ta bouche comme si c'était des diamants faits d'effets sonores. Je mémoriserais chacun des grains de beauté de ton dos et je prendrais des mois de cours de cuisine simplement pour faire quelque chose que tu mangerais. Tu es gentil et tu es drôle et tu es brave et tout homme devrait être capable de le voir, sinon il n'est même pas digne de lacer tes Rangers, tu m'entends ?

38

*Le meilleur discours de sa vie, la première fois de sa vie qu'il parlait avec passion, force et amour, et il l'avait commencé avec un putain de petit mot qui casse tout. Il avait dit « Si ».*

*Mais Tate était trop distrait pour remarquer la cargaison de vérité que Brian venait de déverser avec un petit mensonge. Il était tellement perdu dans son propre ciel noir, un point de lumière étouffé dans ce vaste espace.*

*— Je suis content que tu ne sois pas gay, murmura-t-il et Brian arrêta sa propre bataille intérieure et dit – Pourquoi ?*

*— Parce que je pensais que je voulais un amoureux mais... il s'avère que tout ce que j'ai vraiment voulu c'est être protégé. Tu me protèges, Brian. Je t'aime tellement, car tu me gardes en sécurité.*

# VII
## JE SUIS LÀ

LYNDSEY POUSSA un soupir alors que Brian terminait l'histoire et lui tendit un mouchoir pour qu'il puisse arrêter de s'essuyer les yeux avec sa manche, comme le petit garçon qu'il avait été quand elle l'avait amené à la maison.

— Il t'aime parce que tu le gardes en sécurité, dit-elle en écho très doucement.

— Ouais.

— C'est un sacré endroit où se trouver quand on aime quelqu'un comme tu l'aimes.

— Ouais.

— A-t-il déjà vu un avocat ? Demanda-t-elle. Et Brian la regarda en soulevant les sourcils.

— Doit-il ? Je veux dire rien n'est arrivé, non ? Pas de blessures, pas de fautes commises, non ? Il a fait un test VIH, parce que, tu sais, il était assez bête pour avoir des relations sexuelles non protégées, mais non… Pourquoi le gars voudrait-il voir un avocat quand c'était sa putain de faute…

Le sarcasme de Brian prit fin sur une note douloureuse et il utilisa encore ce fichu mouchoir. Il avait toujours su que cette histoire se propagerait, mais il ne savait pas que les larmes feraient de même. De Tate à Brian, de Brian à tante Lyndie. Qui aurait pensé que tante Lyndie pleurerait aussi ?

Il y avait bine quelqu'un, pensa-t-il, regardant encore autour de la petite maison. Elle avait toujours eu quelqu'un. Il y avait deux tasses à café dans l'évier et deux parkas surdimensionnées accrochées à la porte parce qu'on était en avril et qu'il faisait toujours assez froid dehors la nuit.

— Tu vois toujours Craig Jeffries ? Demanda-t-il soudainement, se rappelant le nom du conservateur de l'école avec qui Lyndie était sortie depuis les dernières années où Brian avait quitté l'école.

— Il a emménagé en janvier, en réalité, dit tante Lyndie avec un sourire et Brian la regarda brusquement.

— Pourquoi ne m'as-tu rien dit ? Noël, ton anniversaire, pourquoi ne le voulais-tu pas ici ?

Lyndie haussa les épaules.

— Et bien, les deux premières années, je n'avais rien dit parce que tu étais un fichu solitaire, mon cœur. Je ne voulais pas que tu t'imagines ne pas pouvoir revenir.

Brian se souvenait de cela. Le lycée avait été si horrible pour lui, comme Virginie lui avait dit, il ne se sentait pas à sa place et s'isolait des autres élèves, même ceux de l'équipe d'athlétisme. En dehors de Virginie, la seule personne à Sacramento qui l'a fait se sentir bienvenu avait été Tate.

— Ca va mieux, murmura Brian, se souvenant de la première fois où il avait proposé à Tate de venir dans son dortoir regarder un film. Tate avait été la première personne en deux ans à lui parler comme s'il était plus qu'un coéquipier. Le premier avec qui Brian eut envie de parler en retour, de toute façon Brian devait admettre que ce n'était pas que la timidité qui l'avait gardé isolé, une partie de ce qui l'y avait conduit était le snobisme. Il n'aimait vraiment pas les gens méchants. Quelle que soit la façon dont il était devenu solitaire, au moment où son épaule avait lâché, ne pas voir Tate chaque jour avait été bien plus terrifiant que de ne pas être dans l'équipe ou même de ne pas finir son baccalauréat en sciences informatiques.

Brian pouvait toujours se creuser la tête pour vivre mais vivre pas sans son ami.

— Je le sais, dit doucement Lyndie. Cela s'est amélioré à la minute où tu as rencontré Tate.

Brian hocha la tête et soupira, appuyant son menton sur ses bras croisés sur la table.

— Il a besoin d'aller mieux. Il a besoin d'aller mieux et il a besoin de moi… De moi tout entier, pas seulement de la partie ami pour y arriver.

— Que vas-tu faire pour y arriver ? Demanda-t-elle. Et il la regarda, plein d'espoir.

— Et bien, j'ai un plan, mais je vais avoir besoin de t'emprunter quelques-unes des vieilles fringues que tu continues d'emprunter mais que tu n'utilises jamais. Il savait exactement où elle les gardait dans le placard. Puis-je les utiliser ? Demanda-t-il un peu anxieux. Lyndie fronça les sourcils et il fut effrayé à l'idée qu'elle s'en soit débarrassée à l'arrivée de son petit ami.

Elle hocha la tête distraitement.

— Bien sûr mon cœur, elles sont toujours là. Elles sont dans le placard, tu le sais.

— Alors, c'est quoi le problème ?

— Ce gars… celui qui a fait du mal à Tate, il ne va pas revenir, n'est-ce pas ? Ces gars… je veux dire, je sais pourquoi vous ne voulez pas le poursuivre, mais il ne semble pas être le gars à disparaître de la tête de Tate.

Brian sentit son expression devenir grave et dure.

— Pas de soucis. Il ne fera plus jamais de mal à Tate.

BRIAN AVAIT commencé par emmener Tate au travail après ce « rendez-vous ». Gatsby's Nick était trop loin à vélo ou même en bus et Tate avait une voiture, mais il se sentait si… vulnérable.

Brian avait commencé par faire le chauffeur et, ensuite, il s'était arrangé pour finir avant Tate pour l'attendre dans le parking prêt à le ramener à la maison.

Tate… Tate était reconnaissant. Tate était reconnaissant et distrait et… vide. Le regarder marcher dans le club, c'était comme regarder un programme informatique copiant ce que Tate était supposé être et ce qu'il était quand il était entouré de monde.

Quand Tate était à la maison, il était souvent très silencieux. Brian voulait aller traîner dans sa chambre pour voir s'il était toujours là et, franchement, pour être sûr qu'il n'était pas parti autrement que par la porte.

Brian attendait de l'entendre chanter à nouveau, faux ou de n'importe quelle manière, et il remuait sa tête presque constamment depuis « son pire rendez-vous au monde ».

Environ deux semaines après que Trevor Murray ait fait pleurer Tate, Brian l'aperçu en train de faire la queue pour rentrer dans la boîte alors qu'il se tirait de là. Il retourna garer sa voiture sur le parking et couru après le gars avant même de savoir ce qu'il allait faire.

— Hé, le coloc hétéro ! L'interpella Trevor alors que Brian se dirigeait vers lui. Le sourire quitta son visage alors que Brian lui tordait le bras dans le dos et le traînait derrière le club. Ils étaient à mi-chemin quand Brian se rendit compte qu'ils avaient de la compagnie.

— Euh Brian ? Jed, l'un des deux videurs du club, était un afro-américain de près de deux mètres construit comme un tank Panzer sous stéroïdes. Il était l'un des quelques hétéros qui travaillaient au Nick mais il était très protecteur de ses gars.

— Hey Jed, haleta Brian.

Trevor dit – Mec, tu dois m'aider… ce gars vient simplement de me…

– Ta gueule, aboya Brian, en tirant le bras de Trevor d'un coup sec. Peut-être pour la première fois de sa vie il cracha ces mots à quelqu'un en les pensant. - Ferme ta putain de gueule ! - Ils avaient atteint l'arrière du club à présent et Brian colla Trevor au mur, lui donnant une chance de s'appuyer dessus et de récupérer.

— Y-a-t-il une chance pour que tu me dises ce qui se passe ? Demanda Jed, en se frottant l'arrière de son crâne chauve.

Brian vit que Trevor essayait de s'enfuir et feinta dans sa direction. Trevor se calma et resta debout haletant, attendant aussi la réponse. Son look était fichu et il avait une tâche de poussière sur sa chemise de soirée blanche, mais son arrogance était toujours présente.

— Il a fait du mal à Tate, dit Brian, puis il lança un regard furieux à Trevor et s'accroupit. Il n'avait jamais pris plaisir à faire du mal à un être humain de toute sa vie, jusqu'à maintenant.

— Fait du mal ? Dit Jed intentionnellement neutre.

— Fait du mal, Brian souligna la phrase et s'assura que le connard responsable d'avoir détruit l'homme qu'il aime le regardait dans les yeux et soit sur la même longueur d'onde.

Un coin de la bouche de Trevor se rabaissa – Cette douce petite salope ? Mec il aimait ça…

Le premier coup de poing de Brian en travers de la jolie petite gueule de Trevor l'envoya dans le mur du club, sa tête faisant un « clonk » sonore sur le bardage en bois. Trevor rebondit les poings dehors et Brian le mit KO en deux coups de poing. Alors il tomba sur lui, à cheval sur sa poitrine, et commença à le travailler comme un boxer le fait avec un punching-ball. Il pensait agir de façon terriblement impartiale et raisonnable à propos de tout cela jusqu'à ce que Jed le prenne à bras-le-corps, ses bras épais entourant ses épaules, et le soulève du corps inconscient de ce trou du cul qui avait perdu trois dents et pouvait à peine faire sortir un gémissement.

— Mon frère, les flics arrivent. Tu ferais mieux d'y aller.

— Putain. Les flics ? Il a fait du mal à Tate ! Grogna Brian. Et jusqu'à ce qu'il ait un goût de sel dans sa bouche, il n'avait pas eu connaissance de ses propres larmes.

— Et bien, tu l'as remboursé, dit Jed raisonnablement. Et je vais devoir faire quelques rapides explications et quelques rapides mensonges, OK ? Maintenant monte dans ta voiture et pars.

— Il a blessé Tate... la voix de Brian n'avait plus de tonus et il partit s'essuyer le visage quand il vit le sang sur ses mains. Il était épais et une partie venait de ses propres articulations qui étaient arrachées et saignantes, mais la majorité venait de l'inutile sac à merde couché sur le trottoir à l'arrière du club. -Oh mon Dieu, dit-il gravement, je vais vomir.

Jed poussa un grognement exaspéré, il était presque entrain de pousser Brian dans sa voiture. - Si tu pouvais rentrer chez toi et le faire là-bas je t'en serais reconnaissant. Et, à ta place, je ne me montrerais pas ici avant deux ou trois jours. Il laissa sortir un « oomph » alors qu'il fouillait dans les poches de Brian et en sortit ses clés.

— Je dois récupérer Tate, dit Brian. C'était la seule chose à laquelle il pouvait penser alors que Jed ouvrait la porte de sa voiture et le poussait dedans.

— Et bien, que dirais-tu si je le ramenais ce soir ? Tu pourras le déposer demain. Je dois m'occuper du lâche mais tu dois partir d'ici et je vais devoir couvrir ton minuscule cul blanc, ok ?

Finalement, le sacrifice de Jed pénétra le brouillard de Brian.

— Pourquoi fais-tu cela ? Demanda-t-il vaguement, sans oublier de tourner la clé de démarrage et de baisser sa vitre pendant qu'il attendait la réponse. Un sursaut d'adrénaline lui faisant se dire que les flics arrivaient et qu'il ferait mieux d'y aller. Il avait des tremblements dans les mains et les genoux qu'il n'arrivait pas à faire passer.

— Tate est une bonne personne, dit Jed calmement à travers la fenêtre. - Je ne peux pas compter le nombre de gamins hystériques avec qui il a négocié pour les faire sortir de la salle de bain à la fermeture. Je suis désolé qu'il soit blessé.

Brian renifla et essaya de garder le contrôle de lui-même. Il avait dû travailler ce soir et il devait être à pour Tate quand il rentrerait à la maison, et il ne pouvait avoir un comportement de pleurnicheur parce que ce n'est pas leur mode de fonctionnement.

— Merci pour le coup de main, dit-il enfin, mettant sa voiture en marche. Il était sur le point de relâcher l'embrayage quand Jed l'arrêta avec une question.

— Est-ce que Tate le sait ?

Brian ne pouvait pas le regarder. - Sait quoi ?

*— Ce que tu ressens pour lui ?*

*Brian secoua la tête et haussa les épaules. -Ce n'est pas comme si je pouvais lui dire en ce moment. Alors, ils entendirent tous les deux les sirènes et Jed recula de la voiture pour qu'il puisse partir.*

*Il s'arrêta en route pour vomir.*

*Cette nuit, quand Tate rentra à la maison, Brian avait pansé ses articulations saignantes et mis un T-shirt usé avec les manches qui lui descendaient jusqu'au bout des doigts. C'était la fin janvier, il était prêt à mettre ça sur le dos du froid.*

*Mais Tate était étourdi, choqué et exténué à force de se garder en un seul morceau dans cet amas de corps au milieu des bruits forts du club et il ne remarqua pas ses articulations, pas même quand les bandages furent ôtés et qu'il ne restait que des croûtes. De toute façon, tout ce qu'il était capable de faire les premiers jours c'était faire ses devoirs et s'asseoir sur le canapé pour regarder la télé.*

*Brian voulait s'asseoir avec lui, devoirs ou pas, et mettre de la nourriture entre ses mains et l'asticoter jusqu'à ce qu'il mange. Brian voulait s'assurer que les lumières n'étaient pas éteintes la nuit et aller dans la chambre de Tate avant qu'il aille se coucher pour voir s'il était endormi ou avait besoin de parler.*

*Un grand nombre de fois, il était sûr que Tate faisait semblant de dormir mais parfois il disait quelques mots. Apparemment, il gardait toutes ses conversations pour le travail.*


BRIAN ÉTAIT devenu silencieux quand sa tante lui demanda quelles étaient les conséquences pour le connard qui avait blessé Tate. Puis, il sortit de sa rêverie.

— Ne t'inquiète pas, tante Lyndie. Il... il ne va plus s'approcher de Tate.

Lyndie leva alors ses sourcils. - Ok mon cœur, tant mieux pour vous.

Brian haussa les épaules. - Cela n'a pas beaucoup aidé, murmura-t-il. Et elle tendit les bras et recouvrit ses mains abîmées et dit, - Cela t'a aidé ?

Un sourire traverse lentement le visage de Brian et il dut admettre que c'était le cas.

— Ok, dit Lyndie après un moment. Alors, quel est le plan ?

Le sourire de Brian se fana. Il en avait un. Oh, oui, il avait un plan. Mais il n'était pas vraiment excité de le mettre en place. Il le décrit dans les moindres détails et Lyndie hocha la tête.

— Alors, le grand geste romantique, hein ?

Brian haussa les épaules et déglutit montrant exactement à quel point il était vraiment nerveux. - Je n'ai jamais été doué pour ça, admit-il. Il avait essayé une fois avec Virginie et elle avait fini par tomber malade et il avait emmené Tate au restaurant à sa place. Tate et lui avaient passé un bon moment et Brian n'avait pas eu à l'esprit, même alors, que les gens les avaient pris pour un couple. Mais, c'était un triste geste romantique quand l'intéressée reste à la maison avec la grippe et que le remplaçant ne veut pas reconnaître qu'il est la bonne personne après tout.

Le regard que Lyndie lui lança par-dessus son thé glacé était très très sérieux. - Mon cœur, je pense que tu es en train de t'engager à pleine vitesse avec celui-ci. Je ne pense pas que ce gamin puisse avoir plus de chance.

# VIII
## L'INCARNATION DE L'AMOUR

BRIAN NE pouvait pas se regarder dans le rétroviseur sur le chemin du retour vers Sacramento. C'était trop distrayant.

Lyndie l'avait aidé, sortant même ses propres réserves de maquillage, la colle Elmer et un peu de henné qu'elle avait gardé pour teindre ses propres boucles noires. Le résultat fut quelqu'un qu'il ne reconnaissait pas dans le miroir et il espérait vraiment ne plus avoir à ressortir du placard. Il était en paix avec le fait d'être gay, merci, mais il n'avait jamais signé pour être la copie de la pochette du dernier album des Ramones.

Ses cheveux étaient teints en rouge à leur extrémité et dressés en épis sur le haut de sa tête. Lyndie les avait coupés un peu plus courts pour que les extrémités teintes au henné soient séparées comme des cils, et le tout était si loin du style habituel de Brian qu'il ne voulait même pas se regarder dans le miroir. Il avait d'autres inquiétudes en tête.

Ses yeux étaient noirs. Sa tante avait utilisé un crayon entier d'eyeliner et cela faisait penser à quelqu'un dont on aurait pulvérisé le visage avec de la bombe noire avec un pochoir en masque de raton laveur. Elle n'avait pas utilisé de poudre pour le blanchir, son teint était assez pâle comme ça, mais elle lui donna deux Ibuprofène et un glaçon quand elle lui perça les oreilles. Trois fois. Et son nez. Une fois, mais c'était suffisant.

Elle avait envisagé d'y mettre des épingles de sûreté, mais elle alla fouiller dans sa vieille boîte à bijoux à la place et revint avec six clous en diamants, deux d'entre eux étaient de vraies pierres, et un clou en onyx pour le nez. Elle était aussi heureuse de trouver de l'huile de menthe poivrée et de l'alcool pour apaiser et désinfecter l'ensemble du travail et il avait tenu une poche de glace sur son visage pendant qu'elle s'occupait de ses cheveux et de ses yeux.

Sa chemise était aveuglante.

Et en polyester rose fluo. Il n'était pas sûr de quelle époque elle provenait ; années soixante, soixante-dix, quelque part dans le futur, il n'en avait aucune idée. Mais elle avait un col à revers et des boutons noirs et cela allait vraiment bien avec le pantalon de golf à carreaux noirs qu'il avait aussi sorti de la poubelle de fripes usées du voisin. Et le pantalon de golf semblait plus accrocher le regard (merci encore tante Lyndie), raccourci à l'entrejambe et fourré dans des Rangers qui (contrairement à celles des autres gens du club) avaient réellement vu des combats.

*Je m'en sors comment, Virginie ? Je fais meilleur vendeur ?*

Plus important. Est-ce que c'est assez vendeur pour son Talker ?

Il pouvait seulement l'espérer.

Il faisait sombre au moment ou il rentra à Sacramento et Gatsby's Nick était sa première étape. L'endroit était assez bondé pour que Jed ne l'ai pas remarqué avant qu'il soit à mi-chemin de l'entrée.

— Brian ? Il y avait du choc, de l'incrédulité mais pas de rire dans son expression. Brian mit Jed sur la courte liste de personnes pour qui il se battrait.

— Hey, Jed. Brian sourit faiblement et Jed pencha sa tête en regardant droit devant lui.

— Tu es ici pour arrêter Talker n'est-ce pas ?

Brian détourna le regard et mis ses mains dans son pantalon de golf. Il était si serré qu'il était sûr que Jed, s'il regardait avec attention, pourrait voir qu'il était circoncis, mais il était heureux que Jed ne soit pas de ce bord.

— Quelqu'un doit le faire, murmura-t-il.

Jed hocha la tête. - Tu as raison. Il va finir par perdre son travail si cette merde n'arrête pas.

Brian regardait la foule dans le club, beaucoup de corps d'hommes dansaient (aussi quelques femmes avec des amis), se blottissaient et se pressaient ensemble, beaucoup de bruit et une température élevée dûe à la chaleur ambiante, aux mouvements et à la lumière. Il ne pouvait s'empêcher de frissonner. Talker avait parfaitement sa place ici mais pas Brian.

— Tu ne sais pas si ça a déjà commencé ? Ce soir, je veux dire ?

Jed secoua la tête. - Il descend environ une heure avant la fermeture, c'est quand il fait son truc dans la salle de bain.

Brian regarda sa montre et frissonna. Oh mon Dieu. Ça faisait deux heures. Il allait devoir rester ici pendant deux heures avec les mains moites et une aversion pour la musique hybride grunge-métal/techno-pop pendant que des mecs étranges essayaient de lui attraper les fesses ? (cela n'était pas de la vanité. Il avait été tripoté deux fois le temps qu'il s'arrête pour parler à Jed.)

48

— Je peux attendre dans la voiture, dit-il de façon décisive, se tournant pour partir. Jed l'arrêta en posant une main ferme sur son bras.

— Mais si tu fais ça, je ne peux pas vous offrir à dîner et te dire quand il ira dans la salle de bain, dit doucement Jed. Brian déglutit.

— Je n'ai pas besoin d'un dîner, mentit-il. Il avait quitté Lyndie avant le repas (après avoir dit salut à son petit ami, bien entendu, et leur avoir souhaité à tous les deux de bonnes choses) et il avait peut-être cinq dollars en poche. Cinq dollars pourraient lui acheter un thé glacé s'il flirtait gentiment avec le barman.

— Bien sûr que si. J'ai quelques bons, prends en un.

Brian déglutit une fois, puis une deuxième fois et finalement mit sa fierté dans sa poche. - OK, murmura-t-il. Merci.

Jed prévint l'autre videur qu'il revenait dans cinq minutes puis escorta Brian à travers la marée humaine. Suivre Jed était en fait facile, il était comme la proue d'un grand brise-glace, à l'exception près que cette glace était chaude, moite et dansait en rythme dans un même mouvement qui semblait tirer tous les jours Talker loin de la réalité.

Brian fut parqué dans un coin du bar, derrière dans l'ombre, et Jed était de retour dans la minute avec une salade, un sandwich et un pichet de soda.

— Il ne travaille pas dans ce secteur, lui cria Jed à l'oreille par-dessus le bruit ambiant. Les chances sont bonnes pour qu'il ne te voie pas. Je te retrouverai ici, dit il avec un clin d'œil pour le bel homme aux cheveux roux debout derrière le bar. - Prends soin de toi et attends. Je vais garder un œil sur lui et je te dirai quand son service sera fini.

Brian voulait simplement se taire et se blottir dans le coin, mais il devait lui demander une énorme faveur. - Jed… il regarda le gars d'un air impuissant. Jed, je dois être le premier là-dedans, OK ?

Jed hocha la tête avec compassion, mit une main lourde sur l'épaule de Brian avant de se retourner pour partir. Brian allait avoir suffisamment de mal à faire ce qu'il avait besoin de faire sans avoir en plus à affronter l'odeur du sperme d'un autre homme dans ces putains de toilettes.

Il regardait les gens depuis un petit moment, se demandant ce qui n'allait pas avec lui pour qu'il ne puisse pas participer à la danse. Il aimait juste les choses simples, pensa-t-il en examinant la foule sans aucune passion. Il aimait son appartement simple (bien qu'il ne serait pas contre un appartement un peu mieux que simple). Il aimait la routine d'aller à l'école et au travail. Il aimait que ses passions soient des choses qui le gardent seul ou avec les une ou deux personnes qui comptent pour lui. En fait, la seule chose compliquée dans sa vie était Tate Walker et il aimait que toute sa simplicité lui donne la force d'être exactement ce dont Tate avait besoin.

Avec un soupir, il se détourna de la foule vers son repas. Quand il eut fini avec ça, il donna au barman ses assiettes et emprunta un stylo, puis tourna son attention vers la pile de serviettes en papier devant lui. Il passa une heure à essayer d'écrire ce qu'il voulait dire, mais il n'avait jamais été vraiment doué avec les mots. Tout ce qu'il arrivait à griffonner était « Je t'aime » et il était presque certain d'avoir déjà prouvé que les vérités simples n'allaient pas suffire.

De temps à autre, il apercevait brièvement Tate, trottinant à travers la foule. A un moment, il le vit courir, mais sans son éternel bac de verres ou piles de vaisselles dans les bras, et se fondre dans la masse sur la piste de danse. Tate y passa quelques instants, perdu dans Neutral Milk Hotel et « Song Against Sex ». Pendant un instant il s'oublia, permettant à son corps de bouger avec les leurs, entouré d'autres gens se serrant contre lui, et alors que Brian pensait le connaître depuis le « Rendez-vous », vit que son visage était tendu quand il cessait de lutter contre lui-même.

— *Oh Talker, pas étonnant que tu sois épuisé.*

Brian pensait que son ami était sans peur depuis la première fois que Tate s'était assis à ses côtés dans le bus et avait commencé à parler de Placebo, de Rufus Wainwright et de The Doves. Maintenant il connaissait la véritable ampleur de la bravoure de Tate et sa propre lâcheté creusait de ses griffes sa poitrine et hurlait.

— *Je suis désolé Tate. J'aurais dû être plus comme toi.*

Mais il allait tout faire pour ça ce soir.

Il travaillait dans un restaurant, il reconnaissait le rythme de fin de service ; remplir les condiments, nettoyer les coins et recoins qui ont été expressément la propriété de l'employé X dans le secteur Y. Brian arrêta ses infructueux brouillons et regarda Tate exercer ses fonctions durant la clôture avec l'efficacité d'un robot ménager. Un zombie allant d'une place à l'autre, nettoyant ce qu'il est supposé faire. Mais la musique était perdue, pensa Brian avec une douleur dans la poitrine. Tate qui avait l'habitude d'écouter de la musique dans sa tête dans le silence de la douche, ne pouvait plus maintenant que la musique martelait au travers de ses pieds dans un club dédié à la musique.

Il regarda Tate disparaître derrière le bar, le regarda revenir sans son tablier, le regarda marcher vers la salle de bain. Il n'avait pas besoin de regarder Jed, qui se tenait devant la porte battante avec un panneau « fermé pour nettoyage » pour savoir que c'était le signal.

Personne ne l'avait remarqué assis dans son coin et il n'avait reconnu personne alors qu'il traversait la piste de danse vers la salle de bain telle une flèche rose. Mais, apparemment il y avait des gens parce que quand il arriva à la salle de bain Jed lançait des regards furieux aux fantômes derrière lui en secouant la tête.

Mec, murmura-t-il alors qu'il s'approchait, nous allons devoir te sortir d'ici, l'hétéro. Tout le monde veut un morceau de toi ce soir

Jed ? dit Brian avec une grimace sur les lèvres.

Ouais ?

Tu sais que je ne suis pas hétéro.

Jed secoua la tête. - Maintenant va le prouver, dit-il, en poussant Brian dans la salle de bain avec cérémonie comme si c'était la grande salle de bal du fabuleux Royaume des Gays.

C'était une salle de bain. Lumières vives qui font cligner des yeux après la sombre palette arc-en-ciel du club, mais à part ça ? Petits carreaux beiges, quatre cabines et une longue cuvette, ils avaient vu l'équipement, le cacher eut été idiot et aurait rendu certains aspects de la drague un peu plus difficiles.

Brian regarda vers le sol et vit les Rangers de Tate dans la cabine la plus éloignée, celle à côté de la cabine pour les handicapés. Il se mit lui-même dans la cabine juste à côté et attendit que la farce commence.

— Hé, mon frère, dit Tate à côté de lui. Sa voix dépouillée de maquillage et de tatouage et de son attitude semblait étonnamment nue.

Brian grogna. Sa voix était en général assez grave, il s'était imaginé que s'il continuait de grogner et de faire le minimum de conversation, Tate ne le reconnaîtrait pas. Il l'espérait en tout cas.

— Tu veux jouir ? La voix de Tate tremblait. Oh putain. Sa putain de voix tremblait. Brian était sur le point d'arrêter tout de suite. Non. Non je n'ai pas envie de jouir. Je n'ai pas envie d'être un inconnu sans visage pour toi ! Je veux que tu saches que tu es aimé !

Mais alors Tate commença à parler et la vulnérabilité et la tristesse coulèrent de sa voix et tout ce qui restait était le gars que Brian connaissait ; le dragueur, le mec sexy qui aspirait au toucher, au peau contre peau.

— Alors, tu as envie d'être actif ? Je suis passif moi-même. J'ai un fantasme, tu veux l'entendre ?

— *Oui. Oh Jésus pardonne moi, oui.* Son grognement devait avoir communiqué l'idée, il l'espérait tant. C'était involontaire.

— Maintenant, regarde, le truc c'est… Et comme ça, Tate devint Talker et Talker devint rêveur, - le truc c'est, j'aime ça… je ferais n'importe quoi pour ça. Peux-tu imaginer le gars de tes rêves, sur ses genoux devant toi, ses mains derrière le dos alors qu'il prend ta bite dans la bouche jusqu'au fond de la gorge ? C'est moi. Je n'ai pas besoin de beaucoup de préliminaires mais, j'aimerais jouer avec ton corps. Je peux bouger mes mains maintenant ?

Brian fit un autre son sans force. Il se demandait comment ça avait été pour les autres, est-ce que cela avait le même effet sur quelqu'un qui ne savait pas que le mec de ses rêves était lié au fantasme décrit, qui ne connaissait pas la voix rauque de l'autre côté de la cabine ?

— Bien… je vais caresser tes boules avec mes mains. J'aime leur sensation. Elles sont douces et poilues… Soudain timidement – A moins que… tu ne t'épiles pas à la cire, n'est-ce pas ?

—Non. Son premier mot entier et c'était si rude que Tate n'aurait pas pu le reconnaître s'ils avaient été dans leur appartement ensemble.

— Bien. Talker semblait honnête. J'aime le naturel, tu sais ? Au moins là où je peux toucher. Je vais les tripoter un peu jusqu'à ce qu'elles soient jolies, dures et rondes puis j'ouvrirai ma bouche pour les prendre dedans. Ça te tente ?

— Mmmm. Brian essayait de ne pas laisser sa tête mélanger trop vite les informations quand il la posa contre le côté de la cabine.

— Vraiment content que tu apprécies, dit Tate sèchement et Brian su que Talker se moquait de lui. C'était OK. Il était idiot. Il avait besoin qu'on se moque de lui. - parce qu'une fois qu'elles sont bien dures, je vais prendre ta bite profondément dans ma bouche. Je pratique avec des bananes, tu sais (Brian savait, il n'avait mangé ni banane ni concombre depuis qu'ils avaient emménagé ensemble, en tout cas pas sans être suspicieux), - et je peux prendre la plus grosse bite toute entière. Quelle taille fait la tienne ?

Brian n'en avait aucune idée. -Assez grande, grogna-t-il. Il se sentait certainement assez grand, dur, douloureux et coincé dans ce pantalon de golf. Avec un peu de désespoir, il ouvrit son pantalon, baissa la fermeture éclair, donnant un soupir sensuel.

— Et bien, pour le garçon de tes rêves, tu sembles assez grand, dit Tate avec encouragement. Brian roula des yeux. Jésus, le gars ne pouvait-il pas ne pas être gentil avec un étranger en lui faisant une conversation sexe dans la cabine d'à côté ? - Tu me sembles assez grand pour que j'aie besoin des deux mains pour te vider, t'en dit quoi ? Ou tu préférerais que j'en glisse une entre tes jambes vers ton trou, tu aimerais ça ?

Brian gémit. Il gémit tout simplement.

La voix de Tate se fit plus douce. - Ah ouais, tu aimerais ça, n'est-ce pas ? Je vais le faire alors. Beaucoup de salive et se sera bon pour toi, OK ? Je vais te prendre si profondément dans ma gorge et je vais te pomper si bien et je vais glisser en toi et t'étirer et faire que ça brûle... Tu aimes que ça brûle, non ?

Brian n'avait aucune idée de s'il aimait ou pas, mais il avait dû faire un autre son affirmatif parce qu'il n'y avait aucune force sur la planète qui pourrait arrêter Talker à présent.

— Donc c'est là que je serais, sur mes genoux, face à toi, ta queue si profondément enfoncée dans ma gorge que je ferais mieux d'apprendre à avaler, et mes doigts se tortilleront dans de ton cul et ma main va te pomper dur, vite et de plus en plus vite...

Oh putain. Putain, putain putain, putain... Brian grogna et essaya de se retenir parce que Talker allait vraiment le faire jouir.

— Laisse-toi aller, frangin, dit Tate, d'une voix de crooner qui m'envoya plus de frissons le long de la colonne. - Il suffit de la sortir et de la caresser. Imagine-moi, le garçon de tes rêves, le visage tout humide de ton sexe, mon poing lisse et fort sur ta queue. Tu vas déjà jouir ? Si c'est le cas préviens moi ... j'ai envie d'avaler.

— Pas encore... dit Brian d'une voix rauque, les yeux fermés. Il caressait son entrejambe, toujours couverte par le pantalon et les sous-vêtements, avec sa propre main et essayait de garder ses propres gémissements pour lui-même.

— Tu attends quoi, mon pote ? Tate semblait surpris. - Mec, je suis là... avalant du fond de ma gorge pour garder ton monstre dans ma bouche, ajoutant un autre doigt à celui dans ton cul, serrant la base de ta verge suffisamment fort pour me faire une crampe à la main...

— Gaaaaahhhh.... Brian n'avait pas voulu. Il n'avait pas. Il avait eu un tout autre agenda de planifier et Talker avait déraillé avec ses rêves secrets, s'était déversé dans l'air ambiant comme Brian l'avait fait dans son pantalon.

De l'autre côté de la cabine, Tate avait fait un bruit de satisfaction. Il n'avait pas joui mais il soupira et il semblait heureux. Une petite part de lui-même était évidemment satisfaite de rendre heureux des parfaits étrangers d'une façon dont personne ne l'avait jamais fait pour lui.

— Comment ça va, mon frère ? Demanda Tate. Parce que, sans vouloir te bousculer, je pense que quelqu'un d'autre va vouloir utiliser cette cabine.

— On n'en est pas encore là.

Brian gérait, sa vision toujours noire depuis son orgasme. Il tira infructueusement sa chemise, ça devrait suffire à couvrir le devant de son pantalon mais il avait envie d'aller nulle part ailleurs que dans sa voiture.

— Je n'ai besoin d'aucun__

— Non. Il trouva une part de lui qui était en colère. C'était bien. Cela gardait sa voix rauque et Tate ne l'avait pas encore reconnu.

— Mais je ne veux pas__

— C'est mon tour, bordel ! Aboya Brian. Je t'ai écouté, maintenant tu vas m'écouter !

— Brian ?

— Merde. Alors, le garçon de mes rêves vient de me faire venir dans sa bouche et je suis au septième ciel, non ?

— Sérieux mec, c'est toi ?

— Mais personne n'a pris soin de lui encore et ça c'est mon travail.

—Brian, c'est quoi ce bordel ? Qu'est-ce que tu fais ici ?

— Parce qu'il est le garçon de mes rêves et je le protège. Il me l'a dit, non ? Je le protège. Et bien comment pourrais-je le protéger si je le laissais ici, sur les genoux comme ça ? Alors, je le relève et j'essuie sa bouche sur ma manche et je l'embrasse.

La voix de Tate se brisa soudain un peu comme Brian avait écrasé la dernière partie forte en lui. - Brian ce n'est pas drôle, putain...

- Non, Tate, tu as raison. Je suis totalement sérieux, putain. Maintenant, je te l'ai dit depuis des mois et tu n'as pas voulu écouter mais, putain, tu vas m'écouter maintenant, OK ? Je me suis assis ici et je t'ai écouté... Et la voix de Brian se brisa. - Je t'ai écouté raconter des choses à quelqu'un que tu pensais être un parfait étranger et c'est de la merde. Je meurs d'envie de t'entendre me dire ces choses... de me les faire et maintenant c'est ton tour, tu m'entends ?

— Brian...

Oh mon Dieu. Il semblait si perdu, si triste. Brian devait faire cela correctement. Il devait faire cela correctement S'il n'avait jamais dit ces mots dans sa vie, il devait faire ça correctement.

— Donc je vais l'embrasser, dit Brian, se souvenant où il avait laissé sa tirade. - Je vais l'embrasser et ses yeux sont ouverts parce qu'il ne peut pas croire à quel point je suis tendre, à quel point j'ai envie de l'embrasser. Et mes mains tremblent et je les pose sur ses joues, encadrant son visage, et je le fais rester là et sentir ma bouche et ma langue, et quand il ferme ses yeux… alors je sais que j'ai attiré sa putain d'attention.

Il fit une pause alors et prit une respiration. - Tes yeux sont fermés, Tate ?

- Pars…

— Va te faire foutre. Non. Je vais rester. Parce que les yeux du garçon de mes rêves sont fermés et qu'il va enfin m'écouter, putain. Et, oh mon Dieu… c'est tout ce dont j'ai rêvé. J'ai embrassé d'autres gars, essayant de voir si je les voulais autant que je voulais le garçon de mes rêves, et ils étaient gentils et tout mais ils n'étaient pas lui et je ne veux que lui.

— D'autres gars ? Tate semblait presque indigné et Brian prit un bout de son cœur. On ne peut pas être brisé au-delà de la réparation si on est un peu jaloux, non ?

— Mais tout ce que j'ai fait avec eux c'est les embrasser, dit Brian pour le calmer. Je n'ai jamais été aussi loin avec eux que j'irais avec le garçon de mes rêves. Tu sais ce que je vais faire avec le garçon de mes rêves ?

— Je n'en ai aucune idée. Et Tate n'en avait pas. Il était complètement dans le noir, Brian pouvait le dire à sa voix. Eh bien, peut-être un peu de lumière allait s'allumer dans son cerveau. Ce serait sympa après tous ces problèmes, n'est-ce pas ?

— Je vais me détacher et embrasser le coin de sa bouche, là où son tatouage rencontre sa peau non tatouée et je vais continuer de l'embrasser. Je vais embrasser la ligne sous son menton et le bas de sa nuque, descendre vers son épaule, sa poitrine, jusqu'au pli de sa cuisse et si je n'étais pas aussi maladroit, putain, je ferais le chemin en sens inverse de l'autre côté. Mais comme c'est le cas je vais juste l'allonger, le retourner et l'embrasser partout. Je vais prendre cette ligne où il a marqué des endroits de lui-même qu'il ne veut pas que quelqu'un voit et je vais l'éradiquer totalement. Tu sais pourquoi ?

— Je l'ignore.

Maintenant, il semblait simplement épuisé. Oh mon Dieu. Viens Tate, laisse-moi te voir. Laisse-moi te tenir. Laisse-moi te porter quand tu ne pourras plus prendre d'autres poids.

— Parce qu'il n'y a aucune partie du garçon de mes rêves que je ne veuille pas voir. Je l'ai vu brisé… Je l'ai vu fort. Je l'ai vu chercher après l'amour encore et encore et toujours revenir avec un tel optimisme. Un tel cœur. Même ça… Brian essaya de garder l'irritation hors de sa voix. Il échoua. - Même cette merde le laisse optimiste. C'est son don. Le garçon de mes rêves, il donne tout. Il écoute de la musique et ça le touche et il essaie de le partager avec le monde. Il regarde des spectacles et ils l'émeuvent et il aime ça et veut que le reste d'entre nous le ressente aussi. Il vient à la soupe populaire avec moi parce que c'est un bon gars et les gens aiment quand il est là parce que donner… parler… c'est si naturel chez lui, qu'ils le sentent… il est simplement bon. Ils veulent être proches de lui simplement pour le sentir se détacher de sa peau.

— Mais, c'est le garçon de mes rêves. Le mien. Et je veux seulement être assez proche de lui pour le sentir proche et personnel. Donc quand j'aurais terminé d'embrasser cette ligne là, je vais enrouler mes bras autour des siens et l'attirer à moi, embrasser l'arrière de sa nuque, embrasser sa colonne vertébrale, embrasser en descendant le long de son dos… jusqu'à l'endroit où il ne veut que personne ne touche et je vais l'embrasser aussi. Je le lécherais à cet endroit. Je sucerais tout ce qu'il veut dans ma bouche et putain, je vais l'adorer. Je le protégerai. Je le promets. Alors, il sera en sécurité. Il va être en sécurité entre mes mains et mes lèvres… il va venir de toutes les façons qu'il voudra et je vais le faire de toutes les manières qu'il voudra et quand j'aurai fini et qu'il aura fini et que nous serons suants et pantelant, je vais l'embrasser encore. Je vais lui dire que je l'ai.

— Ne le dis pas.

La voix de Tate s'élevait ferme, en colère, et Brian en eut assez. Il ouvrit la porte de la cabine aux murs bleus, soudainement claustrophobe, et parla à la fente de la porte de Tate, essayant avec toute sa volonté de distinguer les traits de Tate. Il était blotti derrière les toilettes, ses bras enroulés autour de son corps.

— Même à travers le mur, Brian pouvait dire qu'il était en train de trembler.

— Je t'ai.

— Ne le dis pas ! Hurla Tate. Et Brian hurla en retour.

— Tu ne veux pas que je le dise, viens ici et arrête moi, putain !

Et il l'avait fait. Il avait rendu Tate assez fou pour qu'il se jette sur le verrou de la porte.

— Ne dis.

Oh ouais Tate était surpris, c'était certain. - Brian, qu'est ce qui est arrivé à tes cheveux ?

— Je les ai coupés, dit Brian rapidement. Les bras de Tate tombèrent le long de son corps et il observa Brian avec perplexité. Son guy-liner était barbouillé partout sur son visage et Brian leva ses mains et utilisa ses pouces pour s'essuyer. Les larmes remplaçaient le désordre alors Brian s'essuya les mains sur son pantalon et essuya aussi ces larmes.

— Pourquoi ? Demanda Tate, la voix étranglée.

— Parce que je t'aime, Talker. J'ai essayé de te le dire depuis toujours. Je t'aime exactement de la façon dont tu voudrais que je le fasse, mais je suis trop stupide pour être ton Prince Charmant. Tu vas devoir arranger ça pour moi.

Et maintenant Brian se sentait nu. Tout simplement nu et vulnérable. Vrai de vrai, pensa-t-il douloureusement. C'était comme ça que Tate passait sa vie. S'il allait gagner Tate Walker, il devait être assez courageux pour se risquer à être nu, stupide et blessé.

Tate renifla. - Tu n'es pas stupide, murmura-t-il, et le cœur de Brian commença réellement à battre pour la première fois depuis qu'il était entré dans ces horribles petites toilettes.

— Alors, laisse-moi être ton Prince Charmant, murmura Brian en retour. Il avait peut-être deux centimètres de plus que Tate, juste assez grand pour que cela signifie quelque chose quand il encadra ce visage maquillé avec ses paumes robustes et inclina la bouche de Tate pour un baiser.

La bouche de Tate s'ouvrit sous son baiser et ce fut… si doux. Ses lèvres étaient fermes et masculines et Brian pouvait sentir la barbe de deux jours et les angles du menton de Tate sous ses paumes et Tate ouvrit cette bouche chaude, amère avec le goût des larmes et du maquillage et laissa simplement entrer Brian. Brian l'envahit et il était ferme et fort et tendre, et tout ce qu'il ressentait pour Tate était là dans son baiser.

Il l'embrassa durement et profondément et Tate gémit et s'appuya contre la séparation de la salle de bain. Puis Jed passa la tête par la porte et dit. - Vous avez bientôt fini tous les deux ? Il y a une queue d'un milliard de personnes qui veulent faire pipi !

Tate s'arrêta et dit – Merde. Et Brian rougit.

— Rentrons à la maison, OK ? On a des choses à se dire.

Tate hocha la tête. - Et on a tes cheveux à réparer, dit-il tristement, passant ses mains sur les côtés rasés, sentant les petits cheveux sous ses doigts.

— Ca repoussera, dit Brian doucement. Je me serais rasé à blanc si c'était ce qu'il fallait pour que tu me regardes.

— Je te regarde, dit Tate. Leurs torses se touchaient et Brian se sentit envahi par le désir et dû résister à l'envie de prendre Talker dans les toilettes et de faire tout ce qu'il avait fantasmé jusque là.

Mais Jed s'éclaircit la gorge, et Brian se souvint qu'il était bon pour Talker parce qu'il prenait soin de lui et il caressa la joue de Tate une dernière fois avec son pouce.

— Allez, Bébé, rentrons à la maison.

# IX
# CHAQUE BATTEMENT DE SON CŒUR
# HURLAIT SON NOM

LA MAISON était si normale, le bruit des clés et de leurs pas faisant écho sous les lumières jaunes et les murs usés. La seule chose différente, c'était la main de Brian dans le creux des reins de Tate alors qu'ils rentraient à l'intérieur.

— Je vais enlever mes bottes et me doucher, grogna Brian. Il était presque sûr d'avoir des ampoules. - Rendez-vous sur le canapé ou rendez-vous dans la chambre.

— Rendez-vous dans la douche, lui dit Tate en roulant des yeux. Je dois sortir cette merde de tes cheveux maintenant.

— Cette merde de mes cheveux ? Brian fronça les sourcils. - Tu mets cette merde dans tes cheveux tout le temps.

Tate haussa les épaules. - Ouais, mais c'est moi. Ce n'est pas toi.

— Et bien, merci mon Dieu parce que si je devais faire ça tous les jours, je pense que je me raserais la tête à blanc.

Il allait pousser l'exagération plus loin et dire quelque chose à propos de se jeter d'une falaise avec sa voiture, mais Tate était trop fragile pour une hyperbole. Pas de choses exagérées jusqu'à ce que la plus petite merde ne le touche plus.

La pomme de douche était attachée à un tuyau et, après s'être lavé, (merci mon Dieu, son sperme avait collé ses sous-vêtements à sa peau) il enroula une serviette autour de sa taille alors que Tate récurait la colle, le henné et la laque.

C'était curieusement normal, pas différent de n'importe quelle autre fois ou ils avaient partagé la salle de bain, l'un d'eux urinait alors que l'autre prenait sa douche ou Tate se soignant pendant que Brian faisait l'un ou l'autre. C'était presque comme si l'autre chose (la discussion, le baiser, la mise à nu émotionnelle) n'était jamais arrivée.

Brian eut cette pensée, et alors qu'il rejetait sa mèche de cheveux hors de ses yeux, il attrapa le poignet de Tate alors qu'il fermait la douche. - Merci, murmura-t-il. Tate regarda cette main sur son poignet tatoué et confirma à Brian.

— Tout le plaisir est pour moi, dit-il avec un petit sourire.

Brian sourit rapidement. - Il le sera.

— Veux-tu que je t'aide avec les clous ?

Brian grimaça puis rougit. - Seulement avec certains. Je, hum, j'ai dans l'idée d'en garder deux, tu sais ? D'ailleurs, les deux derniers sont vrais et tante Lyndie aurait voulu que je les garde. Il l'avait senti comme une bénédiction.

— J'aime celui dans le nez, confessa Tate et Brian eut un autre sourire rapide.

— A bon ?

— Ouais.

— Je garde celui-là, Ok ?

— Et Tate sourit timidement. - Pour moi ?

— Je ferais tout pour toi. Leurs yeux se rencontrèrent et comme ça, cet instant devint intime. La main de Brian n'avait jamais quitté le poignet de Tate et il frotta son pouce sur la veine bleue de Tate au point de pulsation. Puisque c'était son pouce, il ne pouvait dire lequel des deux cœurs battaient le plus rapidement.

Il avala sa salive avec difficulté presque complètement perdu dans les yeux bruns de Tate. Tate cligna des yeux et Brian remarqua les restes de maquillage toujours barbouillé sur ses pommettes. Cela lui fit regagner son sens pratique. - Mais tu vas d'abord te doucher, dit-il la respiration de plus en plus rapide dans la poitrine. - Je vais te faire à manger. Lyndie a envoyé de la nourriture.

— Lyndie.

Avec une réticence évidente, Tate se redressa et ils brisèrent leur connexion physique.

— Tu pensais que qui m'avait fait les cheveux et les piercings ?

Tate cligna des yeux à cette nouvelle et Brian sortit de la douche. Sa serviette était presque trempée alors après un coup d'œil à Tate en rougissant, il mit sa serviette humide à sécher sur la tringle à rideau et en prit une sèche du porte-serviettes.

— Pourquoi ? Demanda Tate. Brian était heureux d'avoir le dos tourné alors qu'il nouait sa serviette autour de sa taille.

60

— Parce que je lui ai dit que je t'aimais et que j'étais inquiet et je te l'ai dit à plusieurs reprises mais, tu ne me voyais pas. Je devais trouver un moyen pour que tu me voies enfin.

Il se retourna et Tate s'approcha. - Je te vois à présent.

— T'aimer est tout ce qui m'intéresse, lui dit Brian pour être sûr qu'il avait bien compris, parce qu'en presque un an de collocation Tate n'avait peut-être pas compris combien son colocataire était en fait ennuyeux, non ?

Tate hocha la tête, ne brisant jamais le contact visuel et tendit une main hésitante vers le milieu du torse de Brian. La peau de Brian fut parcourue de frissons, son aine et ses tétons picotèrent et il fut forcé de fermer ses yeux.

— C'est l'effet que je te fais ? Demanda Tate immobile comme s'il redoutait la réponse.

— Oh mon Dieu, oui, marmonna Brian. Et là, il put se détacher.

— Douche, supplia-t-il. Douche. Sors cette merde de tes cheveux. Laisse-moi te nourrir. Laisse-moi prendre soin de toi. S'il te plaît, Tate. Je… Sa queue donna un battement vicieux et il se souvint du gémissement qu'il avait fait dans la salle de bain du club et envisagea de le refaire. - J'ai tellement envie de toi mais, j'ai envie de parler aussi et je veux… Oh mon Dieu. Tate bougeait sa main en petits cercles et sa paume frôla le téton de Brian et Brian tendit une main ferme vers l'épaule de Tate.

Tate rit un peu, d'une voix haletante. C'était un rire heureux et Brian pouvait dire qu'il était impressionné de son propre pouvoir. Bien. Cette main fit un autre passage et le pouce de Tate se fit plus courageux autour du téton de Brian et alors Brian fut aussi impressionné par le pouvoir de Tate.

C'est pourquoi il attrapa le poignet de Tate gentiment et amena sa paume marquée (Tate avait ôté son gant pour aider Brian à sortir la colle de ses cheveux) à sa bouche et embrassa gentiment sa paume. Tate gémit comme Brian venait de le faire.

— Tate ?

— Ouais ?

— Toute ces conneries que j'ai dit au club ? A propos de prendre soin de toi ?

— Ouais ?

— J'en pensais chaque mot. Prend une douche et je vais te faire un truc à manger et ensuite je vais te toucher avec mon corps tout entier. Mais, je ne vais pas le faire maintenant, OK ?

61

Tate hocha la tête avec une sorte d'émerveillement sur le visage et Brian abaissa sa bouche pensant une fois encore que les lèvres de Tate étaient étonnamment douces. - Je promets de prendre bien soin de toi.

Le baiser fut bref et Brian se força à aller mettre un short et un T-shirt. Alors qu'il sortait de la salle de bain, il entendit Tate commencer à chanter – Et notre amour aura augmenté, par-dessus la cime des arbres, par-dessus les toits… pour lui-même et Brian eut envie faire demi-tour et le serrer dans ses bras simplement pour ça.

Oh mon dieu, cela lui avait manqué de ne plus entendre Tate chanter.

Il se contint, prit la nourriture de son coffre et leur fit une omelette (parce qu'il était vraiment doué pour ça). Au moment ou Tate descendait le couloir, portant gaiement son boxer aux couleurs d'Iron Man (il en avait une collection, il semblait favoriser les super-héros et Scooby-Doo) et rien d'autre, il y avait de la nourriture sur la table, le reste de leur lait dans deux verres et un bouquet de roses , de jonquilles et de boutons d'or qui avaient grandit autour du petit chalet de tante Lyndie qu'elle avait envoyé à Brian dans une serviette en papier humide.

Brian les avait mises dans une grande tasse de Big Gulp parce que c'était ce qu'ils avaient, mais, elles embaumaient la cuisine et au moins elles ont fait sourire Tate.

Brian sourit en retour, baissa sa tête, timidement, et se retourna pour s'essuyer les mains sur le torchon à motif de calendrier. Sans avertissement, il sentit les bras de Tate se glisser autour de sa taille et la poitrine nue de Tate se coller contre son dos.

Brian souleva sa main pour toucher celles de Tate et Tate soupira.

— Dis-moi que je n'imagine pas tout ça.

— Tu n'imagines pas tout ça.

— Dis-moi que ce sera toujours vrai au matin.

—Ça l'a été les neuf derniers mois, même carrément les deux dernières années et demi, et je ne vois pas pourquoi ça changerait maintenant.

Tate hocha la tête et reposa sa joue contre l'épaule de Brian. - Ok ! Je peux manger maintenant.

— Bien, dit Brian d'un ton bourru, tu deviens vraiment trop mince.

Ils s'assirent et mangèrent, un peu comme ils le faisaient habituellement, et Talker lui parla du travail, de leur nouveau DJ, des cuisiniers à l'arrière qui essayaient de nouvelles merdes qui avaient exactement le goût de la merde et alors il s'arrêta.

— Alors, c'est comme ça que ça va se passer, dit-il en regardant Brian. Brian s'arrêta au milieu d'une bouchée et le regarda.

— C'est comme ça que quoi va se passer ?

— C'est pour ça que je n'ai jamais su. Tu t'assois… simplement et tu écoutes. Tu ne parles jamais.

— Je parle seulement quand j'ai quelque chose à dire, dit logiquement Brian, je ne suis pas sur de pouvoir changer cela. Il parlait autant qu'il pouvait, maintenant, ça devrait être assez, non ?

Talker hocha la tête et pris une bouchée de l'omelette de Brian avec un air pensif. Il avait fini son assiette et Brian avait toujours des papillons dans l'estomac. - Tu sais, je pensais à Noël.

Brian rougit.

— Mon cadeau était plutôt ringard, il s'excusa. Quand ils avaient emménagé, ils ne pouvaient pas se permettre de payer à al fois le chauffage et la lumière. Ils avaient choisi la lumière et avaient passé une grande partie de l'hiver enveloppés dans des couvertures. Brian avait emprunté la machine à coudre de tante Lyndie et un tas de ses vieux draps et mis ensemble en triple couche un vieux drap, une vieille couverture râpée d'un magasin d'occase et un autre vieux drap et il avait cousu le tout ensemble dans un style « confort du pauvre ». Depuis, Tate et lui semblaient avoir assez chaud.

— C'était parfait, dit Tate et Brian en doutait. J'ai particulièrement apprécié la liste de chansons que tu as mise sur la carte, la merde que tu m'avais achetée quand tu avais de l'argent. Ça… wow. Mais ce n'était pas ce à quoi j'étais en train de penser.

— A quoi alors ?

— L'arbre.

— Y a quoi à ce propos ?

— Je t'ai dit une fois, il y a à peu près deux ans, que je n'avais jamais eu mon propre sapin de Noël chez moi et une nuit je suis revenu du travail et tu revenais de chez ta tante où tu avais abattu un arbre. Et tu l'avais décoré avec des flyers de différents club et du papier à dessin mis à la chaîne avec du popcorn et des boas en plumes que tu avais eus dans un magasin à un dollar…

Brian rougit encore et Tate secoua la tête et s'essuya les yeux avec le dos de sa main.

— Je suis si bête, dit Tate. Brian répondit : Ce n'est pas vrai.

— Non, je le suis. Tu dis toujours combien tu es stupide mais… Et il essuyait à présent son visage avec sa paume. - Comment pouvais-je regarder ce sapin et la couverture que tu m'avais faite et toutes les fois où tu m'avais fait à manger… Comment pouvais-je regarder toutes ces choses et ne pas savoir que tu m'aimais ? Comment pouvais-je… Sa voix se brisa. - Oh mon Dieu, Brian, tu me l'as dit cette nuit et j'avais tellement de bruit dans ma tête que je n'ai même pas écouté.

Brian ne pouvait pas le regarder. - Je ne parlais pas assez, dit-il sa voix était rude et honteuse. - Je… J'étais si habitué à vouloir être invisible, à aimer l'être. Je ne savais pas comment faire pour que tu me voies. C'est ma faute….

— Tais-toi !

— Si j'avais été plus courageux, comme toi__

— Je suis sérieux !

Et Brian découvrit qu'il pouvait crier s'il en avait besoin. - Tout comme moi, bordel !

— J'étais un idiot !

— Et moi un lâche !

— Ce n'est pas vrai !

Brian craqua complètement. Il se retrouva sur ses genoux devant Talker, prenant ses deux mains, celle en bon état et l'estropiée, et les maintint sur ses joues.

— Oh mon Dieu, Tate. C'est ça. J'étais un lâche. J'étais si effrayé d'avoir tort. En plus, j'étais plus effrayé de te blesser en sortant du placard qu'en restant silencieux. Je continuais de penser que je pouvais avoir à te sauver… Je te jure, si j'avais pu le crier ou… ou faire n'importe quoi d'autre que te regarder sortir par cette porte avec ce mec et espérer que tu serais OK !

La vague d'inquiétude qui avait gonflé dans sa poitrine, rendu violente par le silence et les semaines horribles à regarder Tate devenir quelqu'un de silencieux, d'étranger et de distant, cette terrible bourrasque de douleur, s'écrasa sur eux deux. Brian s'est retrouvé à sangloter dans les genoux de Tate, recherchant le réconfort comme il ne l'avait jamais fait de sa vie même pas alors qu'il était un enfant et que ses parents étaient décédés le laissant meurtri et effrayé à l'arrière de la voiture.

Talker était là pour lui. Les bras de Tate vinrent se poser autour de ses épaules et ils étaient là, recroquevillés tous les deux sur la chaise de la cuisine, pleurant ensemble pour ce qu'ils avaient tous les deux perdus et tous les deux trouvés, à l'abri dans les bras l'un de l'autre.

Les mains de Tate vinrent encadrer le visage de Brian et celui-ci n'était pas sûr de ce que Tate allait dire à présent. Son cœur battait doucement, un souffle suspendu entre eux alors qu'ils se regardaient mutuellement dans leur nudité et leur absolution, et cet instant explosa en un baiser.

Ils laissèrent leurs assiettes sur la table (une chose qui n'arrivait pas souvent, car il y avait des rats aussi gros que des opossums vivant dans la benne à ordures derrière leur appartement) et s'embrassèrent, stupéfaits, titubant et s'embrassant encore plus. Ils finirent sur le lit de Brian, parce qu'il était le plus près (et plus propre, mais aucun d'eux ne pensait à ça) et Les mains de Tate allèrent sous la chemise de Brian puis sous la ceinture de son short et les sous-vêtements de Tate furent jetés par terre et leurs bouches se firent frénétiques et leurs langues emmêlées et alors…

Tate fit un merveilleux son qui se répercuta dans la bouche de Brian.

Ils étaient entièrement nus et Brian le touchait complètement, couvrant le corps de Tate avec le magnifique corps de Brian, l'entourant de ses bras aux épaules massives, utilisant toute sa peau pour simplement, humainement, gentiment toucher l'homme qu'il aimait.

Brian pensait que son cœur allait exploser dans sa poitrine. *Donne-moi, donne-moi, donne-moi, donne-moi, je vais l'avoir, je vais l'avoir, j'en ai besoin, j'en ai besoin, j'ai besoin de toi, j'ai besoin de toi, j'ai besoin de toi, j'ai besoin de toi …*

— Oh mon Dieu, Tate, j'ai besoin de toi !

Tate essaya d'embrasser le bas de sa mâchoire puis essaya d'être le « garçon de ses rêves » du fantasme de la salle de bain, mais ce n'était pas le garçon de ses rêves que Brian voulait. Il immobilisa Tate avec un bras sous son aisselle et le garda face à lui.

— Ne me quitte pas, murmura-t-il en s'écrasant contre Tate. Tate enroula sa jambe sur sa hanche et ils se mélangèrent, s'écrasèrent autant que le toucher de leur peau le leur permettait.

— Ne me quitte pas, répéta Brian, en embrassant le menton de Tate, sa mâchoire, le coin de sa bouche, sa nuque. Ne me quitte pas, Tate… Dieu que je t'aime… ne me quitte pas…

Tate était perplexe, Brian le savait mais ne pouvait rien y faire. Cette peur… cette peur terrible. Toutes ces nuits à vérifier sa chambre, craignant le pire, voyant Tate se replier à l'intérieur de lui-même, le Talker à l'intérieur de lui réduit au silence par la douleur…

— Je suis là…

— Reste…

Ils s'embrassèrent encore un peu et s'allongèrent l'un contre l'autre, presque douloureusement mais ils se sentaient si bien. La chair d'une femme enroulée autour de la queue n'avait jamais fait se sentir Brian aussi bien que la peau nue et les poils pubiens de Tate se frottant, se pressant contre lui…

Brian avait joui rapidement cette nuit et Tate… Tate n'avait probablement pas joui, même dans l'intimité de sa chambre, depuis de nombreux mois. Il était dur… dur, palpitant et même Brian pouvait sentir la souffrance en lui, le besoin.

La main de Brian était inexpérimentée mais il la baissa entre eux et agrippa fermement Tate. Il sentit… comme si la queue de Brian était dans sa propre main, excepté pour une certaine rugosité sur un côté et il y avait toujours… toujours…

— Aaaaaaaahh… La tête de Tate bascula en arrière et il agrippa les épaules de Brian si fort qu'il aurait sûrement des bleues. Brian n'y pensa même pas.

— C'est bon ? Demanda-t-il en le caressant encore. La peau était si infernalement douce et la chaleur et la puissance du désir remonta dans la colonne de Brian. Tate fit encore ce son et fini avec un, - S'il te plaît, s'il te plaît s'il te plaît… oh mon Dieu encore…

Le son de Tate implorant était presque suffisant pour faire jouir Brian mais il avait quelque chose à faire avant. Il voulait vraiment le goûter, le prendre dans sa bouche et le sucer mais Tate était trop à vif, trop près maintenant et il serrait les épaules de Brian comme s'il ne voulait plus le laisser partir. Brian dût se contenter de le caresser et chaque fois que Tate mouillait sa main, Brian frissonnait. Il commençait par frotter le gland avec son pouce et il aimait ce petit son passionné que Tate produisait quand il le faisait, alors il l'entretenait et quand il sentit la bite de Tate palpiter dans sa main et il le fit une fois lui-même. Cela ne prit pas longtemps après ça, quelques va-et-vient maladroits, quelques mouvements frénétiques sur le gland et avant qu'il ne s'en rende compte, Tate renversa à nouveau sa tête en arrière et frissonna. Sa bite battait violemment dans la paume de Brian (oh tant de pouvoir !) et l'espace entre eux était éclaboussé, chaud et collant.

Brian ignora la chaude viscosité et serra Tate contre sa poitrine pour pouvoir tenir dans ses bras le garçon de ses rêves alors qu'il était secoué par la fin de son orgasme.

— Oh, murmura Tate, quand il put parler à nouveau. Ça c'est du sexe.

— C'est pas du sexe, haleta Brian, sa respiration faisant flotter sa mèche de cheveux sur l'oreille parfaite de Tate. Son sexe était toujours dur et chaque muscle de son dos tendu.

Tate s'éloigna un instant et une version rêveuse et éclatante de son sourire lumineux éclata jusqu'à Brian. - Tu n'as pas encore joui.

Brian sourit en retour. -Pas encore. Quelque chose à faire avant.

Premièrement, il avait besoin d'aller chercher un gant de toilette et de les nettoyer tous les deux mais il devait confesser que son désir secret était de nettoyer Tate avec sa langue. Cette pensée fit que sa queue (déjà en train de danser de façon incongrue alors qu'il marchait vers la salle de bain) se durcit encore. Peut-être qu'un jour, quand ils seraient tous les deux, ils pourraient rester ainsi, négligés, mais là tout de suite il avait une promesse à tenir.

Il lava Tate et Tate prit la pause en le regarda de ses yeux noirs d'encre. Quand il eut fini, il mit le gant de toilette au bout de la table et baissa la tête à l'endroit exact de l'estomac de Tate où la vieille cicatrice rencontre la peau lisse et l'embrassa, étendant sa langue un petit peu pour la toucher. Il tendit sa main vers le bas, vers le haut des cuisses de Tate et regarda avec curiosité et sans honte à la lueur jaune du lampadaire de la rue qui passait à travers la fenêtre.

La hanche, le flan et la cuisse de Tate avaient tous été brûlés. Ses cicatrices s'étendaient jusqu'à un des testicules et il était ratatiné, chauve et chétif mais le reste de l'équipement de Tate semblait impeccable et en parfait état, et Brian en était ravi. Il tendit sa main vers le tendre gonflement de l'estomac de Tate, frottant son pouce le long de la démarcation entre la peau impeccable de Tate et la preuve de sa survie, en bas de son estomac, en bas de sa cuisse et doucement, doucement, le long de sa peau tendre.

— Ce... n'est pas parfait, murmura Tate.

— Merde, répondit Brian avec révérence et embrassa le chemin qui conduisait à l'os de sa hanche, chatouillant précautionneusement avec sa langue.

— Brian, objecta Tate en se tournant sur le côté pour qu'il ne puisse pas l'atteindre. - S'il te plaît. Pas ce soir. S'il te plaît ne me touche pas là. Pas quand tu peux le voir.

Brian soupira et posa son menton sur l'os de la hanche de Tate.

— Je veux t'embrasser partout, dit-il doucement.

Tate se crispa, étendu là dans le lit. - Je ne pourrais pas supporter si tu te détournais de moi, dit-il, pas ici... Je veux dire. C'est toi. Je ne pourrais pas le supporter si tu pensais que… si tu étais tout genre, tu sais « baaaaaaaaaaaaaaaaah et …

Il commençait à s'énerver ce qui n'était pas du tout l'intention de Brian. Il embrassa le chemin qui repartait vers l'estomac de Tate et renifla, fier de lui quand il suscita un petit sourire. - OK, alors je t'aime et je te trouve beau, mais nous prendrons un peu de temps avec ça, OK ? Ce fut quelque chose que Tate n'avait pas fait avec ses autres tentatives, pensa Brian avec un soupir. Il s'était montré nu et vulnérable à des gens qui ne le connaissaient pas et il pouvait l'entendre dans la voix de Tate, ça le terrifiait encore et toujours.

Tate grogna et passa sa main dans ce qui restait des cheveux de Brian et Brian l'embrassa encore utilisant sa langue gentiment sur la chair rugueuse. Merci, murmura-t-il, merci beaucoup.

— Alors, que veux-tu que je fasse ? Demanda Brian, gardant sa voix plaisante et donnant à Talker un certain contrôle.

— Quoi ? Tate mis une main sur le flanc de Brian et le caressa.

— Je vais t'embrasser et descendre me présenter à M. Joyeux… ce n'est pas une option. Alors, tu sais, j'ai besoin d'un plan. Il l'embrassa encore, satisfait quand Tate se tortilla. - Tu es toujours bon pour faire des plans.

— Embrasse mon corps en remontant, dit Tate, la voix rauque. Alors, je pourrai t'embrasser et ensuite tu pourras embrasser ton M. Joyeux

Brian lui sourit doucement et M. Joyeux donna un vicieux et douloureux battement dans le sien. - Marché conclu.

Il embrassa encore et encore la ligne cicatricielle, remontant jusqu'à l'épaule de Tate où le tatouage commence, puis remonta vers sa nuque puis son menton. Il sentait les endroits où la peau était si fine, il ne pouvait pas imaginer mettre des aiguilles et de l'encre là, ou la douleur que cela entraînerait. Il sentit les parties rugueuses et bosselées, les parties entortillées où la peau et la chair avait combattu pendant la guérison. Au moment où il embrassa le menton de Tate, celui-ci gémit. Brian embrassa la cicatrice où le piercing de la lèvre de Tate se trouvait avant qu'il ne s'infecte et caressa de sa langue les lèvres de Tate pour le taquiner.

Avant que Brian ne réclame sa bouche, il dit, -Tu es beau en intégralité, Tate Walker. Tu m'entends ?

Tate hocha la tête et ouvrit sa bouche sous celle de Brian. Le baiser dura ce qui semblait être une éternité et toute l'insistance de Brian et tout ce glorieux *donne-moi, donne-moi, donne-moi, j'en ai besoin, j'en ai besoin,*

68

*j'en ai besoin, Oh mon Dieu, ça vient, ça vient bébé* était de retour quand la bouche chaude de Tate se détacha de lui.

Tate n'était pas aussi subtil, il n'y eut pas de baisers pour descendre le long du corps de Brian. Une minute ils étaient en train de s'embrasser et la suivante sa bouche gourmande engouffrait la queue gonflée de Brian. Brian voulait sortir du lit, mais ce fut soudain et la bouche serrée de Tate aspirait, sa tête se balançant de haut en bas pour que ses lèvres massent le gland circoncis de Brian. Son poing serré à la base de son sexe pressa et en quelques secondes Brian vit les étoiles.

Ce n'était pas une fellation habile, pas de préliminaires, pas de dégustation, de léchage ou de taquineries. C'était avant tout la soif de Tate pour la chair de Brian au fond de sa gorge.

Brian pouvait vivre avec ça.

Il y eut une minute, peut-être deux, avant que Brian ne fourre durement la bouche de Tate en grognant. - Je vais jouir… Avec juste assez de temps pour avertir Tate et commencer à trembler dans un *donne-moi, donne-moi, donne-moi, tu vas tout avoir bébé* , avant de gémir fort et de jouir. Son corps entier sortit du lit et il étreignit Tate par l'aine en frémissant encore un peu enroulé autour du garçon de ses rêves alors qu'il déchargeait dans sa bouche.

Son garçon de rêve avala comme si c'était quelque chose dont il avait aussi rêvé.

Quand les convulsions de l'orgasme eurent cessé, Tate se recula et remonta face à lui, s'essuya la bouche avec le dos de sa main et sourit.

Personne ne m'avait laissé faire ça avant.

Brian hocha la tête. - Je comprends pourquoi. Il respirait encore tremblant. - Ta technique et plus ou moins dangereuse. Tu m'as pompé si fort que j'ai cru que tu allais t'étouffer avec mes globes oculaires.

Le sourire de Tate s'élargit et il gloussa doucement. Brian l'embrassa parce qu'il ne pouvait pas s'en empêcher.

Ils s'endormirent pratiquement au milieu de leur baiser. Brian se réveilla un peu plus tard et se baissa pour arranger les couvertures sur eux deux. Pendant qu'il faisait cela, Tate marmonna quelque chose à propos de « petite cuillère » et se roula de son côté. Brian le prit contre lui et ils s'endormirent, le torse de Brian contre le dos de Tate. Brian pouvait prendre Tate dans ses bras avec ses larges épaules et protéger le garçon de ses rêves.

Mais cela n'a pas fonctionné. Tate remuait dans son sommeil ; pas constamment mais de temps en temps. Et il l'avait presque réveillé avec ses cauchemars. Chaque fois, Brian pensait à toutes ces fois où personne n'avait été là pour Talker quand il avait des cauchemars et sa poitrine lui fit mal.

Ça faisait assez mal pour le réveiller une demi-heure avant le réveil. Il s'allongea là, se blottissant contre le corps de Talker et regardant pensivement le tatouage de son épaule dans la lumière grise venant de la fenêtre et pensa très soigneusement à ce qu'il voulait pour lui et ce qu'il voulait pour Talker. Il était long à la détente parfois, mais il finissait par obtenir quelque chose quand il avait un peu de calme dans sa tête pour comprendre ses pensées.

— A quoi réfléchis-tu ? Demanda Tate d'une voix endormie et Brian embrassa la peau de son épaule avec un petit sourire.

— Comment sais-tu que je réfléchis ?

- Sais pas. Je le sais. C'est comme si le silence changeait.

Ce qui fit sourire Brian aussi et il se frotta la joue sur cette épaule décorée, rugueuse et lisse. Il aimait ce sentiment, principalement parce que c'était la peau de Tate.

— Je pense que je ne suis pas suffisant, dit-il après un moment. Je peux essayer de l'être, j'essaierai d'être suffisant jusqu'à ma mort. Je pense que tellement de gens t'ont laissé tomber, tu as besoin de plus que moi.

Tate grogna en signe de désaccord

– Tu es tout ce dont j'ai besoin, dit-il avec confiance. Mais Brian pensa que c'était peut-être le même genre de confiance qui l'avait conduit à Trevor et Blaize sans penser que quelque chose pourrait mal tourner.

Il pensa particulièrement à ce que Tate avait dit – Tu es mon Prince Charmant. Sauve moi de moi.

Brian grogna mais n'ajouta pas, « Ouais mais je ne suis pas arrivé assez tôt », parce que cela allait être son propre fardeau à porter. Il ne dit pas « Mais si je meurs ? » non plus, même s'il le pensait. Tout le monde sait que perdre les gens qu'on aime est une vraie possibilité. Cette pensée était morbide et c'était la dernière chose que Tate avait besoin d'entendre ou de penser. Ce qu'il dit, cependant, était peut-être une des choses les plus sages qu'il ait jamais pensées.

— Ouais, Talker, mais as-tu la moindre idée du nombre de personnes qu'il a fallu pour me mettre dans cette salle de bain ?

— Que veux-tu dire ?

Soupir. - Je veux dire, cela a pris Virginie pour m'aider à sortir du placard et tante Lyndie pour m'aider à m'habiller et à m'accepter pour qui j'étais et cela a pris le gars que je connais du boulot pour prendre mon poste et Jed pour mettre ce grand panneau jaune pour que nous ne soyons pas interrompus un nombre inimaginable de fois… Et c'était juste pour me faire rentrer dans la salle de bain. Talker, tout ce que tu as c'est moi. Et tante Lyndie, tu sais cela, non ? Elle t'aime aussi.

— Mmmmm. Tate prit une des mains de Brian et frotta sa joue contre elle. - Je l'aime aussi.

— Bien, dit Brian. La nuque de Tate était là, exposée et il devait l'embrasser avant de continuer. Mais tu as besoin de quelqu'un d'autre pour t'aider à réparer ton cœur.

Tate était rapide, bien plus rapide que Brian et Brian su l'instant où il fut vraiment réveillé et avait suivi la conversation. - Oh… Brian… Je ne veux pas le faire.

— Je viendrai avec toi, dit Brian fermement, et je ne veux pas non plus. Mais je veux que tu sois heureux. Tu ne me vois pas. Je veux dire… tu me voyais mais sans me voir. Tu as tellement besoin de quelqu'un pour te garder hors de danger que tu n'avais pas vu que je t'aimais aussi. Maintenant que tu sais que je t'aime, je pense que tu as besoin de quelqu'un qui te sécurise.

Talker soupira, ses épaules voûtées, et frissonna. Brian couvrit ses épaules étroites avec les siennes.

— On ne peut pas se le permettre et même si on pouvait, je ne sais pas où aller ?

— C'est gratuit à l'école. Il s'était renseigné sur un suivi psychologique le jour où Tate avait explosé la lessive partout autour des toilettes.

Talker fit un son négatif et Brian persévéra.

— J'ai pris un rendez-vous pour toi, murmura-t-il. Nous pouvons le faire pendant l'interclasse. S'il te plaît, Talker, S'il te plaît.

Il y eut un silence tendu et palpable. Finalement, les épaules de Tate se détendirent et Brian su qu'il avait gagné.

— Ouais, d'accord. Mais je dois te dire que tu sais comment tuer l'aube d'un beau matin, tu sais ?

Le corps nu de Brian se pressa le long du dos nu de Tate et le soulagement de Brian était si puissant que toute cette glorieuse peau contre peau lui donna un début d'érection. Il gigota ses hanches de

71

manière suggestive et glissa sa main le long de l'estomac de Tate direction plein sud.

— Désolé, bébé, il s'apaisa, en prenant la queue à demi-dure de Tate dans sa main et joua avec pour voir ce qui la ferait gonfler d'avantage. - Laisse-moi le faire dresser pour toi.

# ÉPILOGUE
## PLUS TARD

IL N'AVAIT pas prévenu Talker concernant le rendez-vous. Il le fit et une semaine plus tard alors qu'ils étaient réunis pendant une pause, Brian attrapa la main de Tate et dit, - Viens avec moi. (Ils n'avaient pas prévu de pause ensemble depuis l'emménagement. Repensant à cette décision, Brian devait s'étonner de sa propre stupidité. Quel gars fait ça pour quelqu'un avec qui il ne veut pas coucher ?)

La déception de Tate quand ils arrivèrent au centre d'orientation scolaire était palpable.

— Brian… dit-il d'un ton dangereusement proche du pleurnichement.

— Tate… le mis en garde Brian.

Tate soupira et ses épaules se voûtèrent, vaincu.

— Tu viens avec moi, non ? Tu as promis.

La semaine dernière, Brian avait pris pour habitude de tenir la main de Tate en public, de l'embrasser brièvement dans la cour, de n'en avoir rien à foutre de ce que les gens pensent d'eux deux. Il avait laissé Tate transformer sa mohawk en une faux-hawk et quand il entendait des conneries sur sa coupe de cheveux il en riait (même s'il était bien content que cela repousse de nouveau). Il avait même reçu des compliments sur les clous dans ses oreilles et celui sur son nez. Il avait été dans le club attendre Tate et, bien qu'il ne veuille toujours pas danser, il avait appris à apprécier la joie de la danse et la façon dont les hommes étaient heureux-tellement heureux-d'être dans un endroit où danser avec des mecs était sûr. Il avait remercié son collègue de travail de l'avoir aidé et quand Ray demanda comment son petit-ami allait, il répondit. - Mieux. Mais je suis toujours inquiet. Quand une fille s'inclut dans leur conversation et dit : - Aww, mec c'est logique et roula des yeux, il avait réussit à sourire comme s'il savait qu'il était gay sa vie entière.

Compte-tenu de tout cela, c'était très facile. Beaucoup plus facile qu'il ne l'aurait jamais imaginé ce douloureux après-midi passé avec son ex-petite-amie de combler le vide entre lui et le garçon de ses rêves et l'embrasser doucement, puis se toucher le front là dans l'espace vert en face du bâtiment de santé scolaire.

— J'ai promis, dit-il sérieusement. Maintenant viens, Talker. Je t'aime. Laisse-toi aller pour être en accord avec ton nom.

Ils avaient fait l'amour presque chaque soir, mais Tate était toujours embarrassé et Brian était toujours doux avec lui, dans le toucher et la façon de le regarder.

— Que vas-tu faire, Talker ? Le percer ? Le tatouer ? C'est le tien. Je l'aime. Laisse-moi le toucher.

— Ton corps est si beau, Brian. Ne me dis pas que tu ne vois pas la différence.

— La différence c'est que tu es le garçon de mes rêves. Si j'étais le garçon de mes propres rêves, je serais un idiot. Et probablement vraiment ennuyeux. Maintenant ici... (embrasser, lécher, sucer) est-ce que ce n'est pas bien ?

—Ahhhh... ne... t'a... oh mon Dieu, ne t'arrête pas...

Brian voulait tellement que Tate réalise qu'il méritait d'être aimé, jusque dans la plus élémentaire de ses formes ? Il regardait anxieusement Tate, étudiant ce masque facial et le cœur transparent derrière lui, espérant de la coopération.

Talker finit par hocher la tête et Brian soupira de soulagement. Saisissant ses mains assez fort pour faire virer les doigts de Brian au bleu, ils se tournèrent vers le bureau du psychologue.

— Brian ? Demanda Talker alors qu'ils arrivaient à la porte. Tu t'assoiras à ma droite, OK ?

Le cœur de Brian saigna et il ferma les yeux. Il espérait que cela les aiderait tous les deux à soigner leurs blessures.

— Toujours, Talker, je te promets.

C'était apparemment la bonne réponse. Leurs mains serrées dans la foi, ils marchèrent vers un avenir ensemble.

# TALKER, LA RÉDEMPTION

Pour tous les Talker de ce monde qui ont été brisés de nombreuses fois et qui ont réussi à se reconstruire, à continuer à vivre pour ceux qu'ils aiment.
Vous êtes la définition même du courage.

# I
## AU CŒUR DE LA NUIT

CE FUT *Brian qui traîna Tate à son rendez-vous avec le psy de l'école – un mec cool, la cinquantaine, chauve sur le devant, ses cheveux grisonnants tirés en catogan. En regardant le Dr Sutherland et son bide de bon vivant, on pensait immédiatement à une jeunesse turbulente impliquant beaucoup d'herbe – dont les séquelles, trente ans après, lui donnaient l'air béat et d'avoir la tête dans les nuages.*

*Dès le premier jour, Tate avait découvert qu'il détestait ce mec. Il détestait sa voix profonde et rocailleuse. Il détestait ses cardigans informes, à la couleur indescriptible, et le tee-shirt qu'il portait en dessous, peinturluré d'un slogan quelconque. Il haïssait les guirlandes de Noël qui, à cette période de l'année, brillaient et clignotaient aux murs de son bureau. De plus, en ce moment précis, Tate venait de décider ce qu'il haïssait plus que tout – à part lui-même, bien entendu : c'étaient les yeux noisette du psy… qui en discernaient trop.*

*— Alors, Tate…*

*— Pourriez pas m'appeler Talker* [1], *Doc ? J'aime bien Talker. C'est pas juste un nom, vous savez, c'est comme qui dirait une appellation… et même, une fonction. En fait, c'est un nom, un adjectif, un surnom et aussi…*

*Toujours, durant ces sessions, Brian gardait les mains fermement posées sur lui, quelque part. En les sentant lui presser tout à coup le genou, Talker se reprit aussitôt. Il parlait beaucoup trop. En fait, il déblatérait… pour meubler le silence, parce qu'il était mal à l'aise. Et Brian le savait. Parce que Brian l'aimait. Il prenait soin de lui – il l'écoutait – il connaissait les plus douloureux de ses secrets. Alors, quand Brian lui indiquait qu'il devait se concentrer, Talker écoutait.*

*Qu'il le veuille ou non.*

*Le Dr Sutherland ne fit aucun commentaire sur le fait qu'il appelait Tate par son nom de naissance depuis maintenant six mois – c'est-à-dire,*

---

1 Surnom de Tate Walker. *Talker* en anglais signifie : bavard.

*depuis que Brian l'avait pour la première fois traîné dans son cabinet...
Brian que l'inquiétude rongeait de plus en plus.*

*— Très bien, Talker, dit-il, aimablement, alors, c'est la première fois
que vous évoquez ce viol...*

*— C'était un rendez-vous, corrigea Talker, en se crispant. Juste un
rendez-vous. D'accord, c'est un rendez-vous qui a mal tourné, mais pas la
peine d'en faire un drame, Doc.*

*Il se tourna vers son amant. Aussitôt, d'un vif mouvement de tête,
Brian écarta les longs cheveux d'un blond ensoleillé qui lui tombaient dans
les yeux, afin que Talker puisse trouver en eux un peu de réconfort.*

*— Dis-lui, Brian, insista Talker, dis-lui que ce n'était pas comme ça.*

*À sa grande surprise, Brian ferma les yeux, très fort, comme s'il
souffrait lui aussi.*

*— Il t'a fait mal, répondit-il, à mi-voix. Il t'a fait tellement mal...*

*— Mais je m'en suis sorti !*

*Même avant cette nuit maudite, Tate avait souvent expérimenté une
curieuse déconnexion, comme un écart entre l'endroit où il était et celui
où il voulait être. Ça lui arrivait moins depuis que Brian et lui étaient
ensemble. Malheureusement, parler de cette histoire – Le Pire Rendez-vous
qui Soit – ranimait tous ses vieux tics : il avait les muscles des épaules qui
tressautaient et, dans la poitrine, une sorte de ressort tendu – prêt à se
déclencher.*

*Quand Talker ne put retenir un haut-le-corps, il vit les yeux bleus de
Brian s'écarquiller et sa pomme d'Adam s'agiter nerveusement.*

*— Ouais, répondit Brian, d'une voix rauque. Tu t'en es sorti. Je
comprends, c'est oublié.*

*Talker se crispa : il y avait une telle amertume chez Brian. Il voulut
le consoler :*

*— Brian...*

*Mais il entendit dans sa propre tonalité la douleur... qu'il n'avait pas
réussi à cacher. Il n'avait jamais pu tout garder pour lui – ni son cœur, ni ses
blessures, ni rien. Avant sa rencontre avec Brian, avant l'amitié qu'il avait
découverte grâce à lui, Talker n'avait été qu'un nerf à vif. Aucun rempart
l'empêchant de se ruer dans les emmerdes. Par contre, dès que Brian était
sorti du placard pour lui tomber dans les bras, il y avait eu autour de
Tate une armure protectrice : acier à l'extérieur, velours à l'intérieur. Et
Talker s'y était senti bien au chaud, bien en sécurité. Plus rien ne pouvait
l'atteindre ou le blesser.*

*À part ses souvenirs.*

*Brian secoua la tête et détourna le regard.*

*— T'inquiète pas, Tate, dit-il sèchement. Désolé d'être aussi hargneux. C'est juste...*

*Le regard qu'il jeta à Talker paraissait hanté. Puis il se tourna vers le psy, comme si le mec représentait son dernier espoir – après avoir été jeté du toit d'un immeuble de dix étages. Pendant une seconde, Talker craignit que Brian ne doive quitter la pièce en le laissant ici, seul avec ce psy. Pour lui, c'était la plus effroyable des éventualités. Et Brian le savait.*

*Mais Brian était solide, aussi il ne bougea pas. Il ferma juste un moment les yeux, paupières très serrées. Quand il les rouvrit, ils étaient rougis par les larmes.*

*— Tu as eu mal. Et tu n'as pas... Tu t'es renfermé sur ta douleur... sans plus rien voir de toute cette merde. Moi, je sais... moi, j'ai vu. Ça m'a fait mal... et ça continuera à me faire mal jusqu'à ce que tu vides ton sac. Et je veux que tu le fasses. Maintenant.*

*Talker fronça les sourcils tout en caressant le revers de sa main. C'était une grande main, à la paume large, une main habile, tout comme celui qui la possédait. Brian ne réfléchissait peut-être pas très rapidement, mais il le faisait avec bon sens. Et lui, Talker, avait bien trop souvent besoin de quelqu'un qui le garde sur les rails. Brian l'empêchait de divaguer et de faire une connerie chaque fois que l'idée lui en venait – trop vite.*

*— Je ne veux pas que tu aies mal ! s'écria Talker.*

*Cette idée le tuait. Il refusait que Brian ait à endurer les conséquences de ses actions à lui. Brian s'était tellement bien occupé de lui. Pour rien au monde, Talker ne voulait le voir souffrir.*

*Brian se contenta de hausser les épaules, bien que ça lui en coûte.*

*— T'inquiète pas. C'est juste... Si tu peux... Parle au psy, d'accord ? Tate tourna donc ses yeux hantés vers le Dr Sutherland.*

*— Très bien. Qu'est-ce que vous voulez savoir concernant le pire rendez-vous qu'on puisse imaginer ? C'était à chier, d'accord ?*

CE FUT la voix de Brian qui sortit Talker de sa rêverie.

— Tate ? Tate ? Tate... bébé... *Talker ?*

Talker sentit ses épaules tressauter si violemment que ses tendons en claquèrent de chaque côté de son cou et il eut du mal à réprimer sa grimace de douleur.

— Désolé, Brian, je réfléchissais.

Quand les bras de Brian se nouèrent autour de sa taille, Talker réalisa qu'il rêvassait devant le vestiaire de son boulot. Désireux de dissimuler son embarras, il laissa tomber sa tête contre celle de Brian et savoura sa chaleur. Brian eut un geste vif pour éviter les pointes de ses cheveux, hérissées de gel. Ces derniers temps, Tate se coiffait à l'iroquoise, avec une crête au centre de la tête. Le temps d'un battement de cœur, il souhaita pouvoir laisser ses cheveux repousser. Brian ne cessait de se plaindre qu'un jour ou l'autre, il perdrait un œil à cause de lui.

— Je sais à quoi tu pensais, bébé, déclara Brian. Et alors ?

Voilà qui força Talker à se concentrer sur le présent. Il réussit à lui adresser un faible sourire.

— La session de la semaine dernière, dit-il.

Brian ferma les yeux. Talker tourna légèrement la tête pour admirer les longs cils blonds de son amant.

— C'était duraille, admit Brian à mi-voix. Et ça le restera jusqu'à ce que nous ayons vidé l'abcès. Ensuite, tu verras, ça ira mieux. D'accord ?

La gorge soudain très serrée, Talker opina nerveusement.

— J'attends ça… j'attends que ça aille mieux.

Il sentit les lèvres de Brian effleurer son visage, du côté des cicatrices. Pour les cacher, Talker portait des tatouages ; ils avaient été horriblement douloureux à faire, mais il s'en fichait. Durant tout ce calvaire, Tate s'était répété que les autres le verraient dorénavant comme il l'avait décidé. Ainsi, il effacerait les traces de la cruauté de son père, de l'alcoolisme de sa mère. Talker n'autorisait qu'une seule personne au monde à le toucher – côté droit, visage et corps – et c'était Brian.

Parce qu'il lui faisait confiance.

La seule autre exception c'était… c'était… le Pire Rendez-vous qui Soit, pas vrai ? Mais il n'avait rien 'permis' à Trevor. Il avait dit que c'était terminé et qu'il voulait rentrer chez lui. Pas vrai ? *Pas vrai ?*

Talker n'avait pas pu l'expliquer… ni à Brian, ni au Dr Sutherland – du moins, pas au début. C'était sans doute pour cette raison que son cerveau buggait durant ces sessions : c'était comme un effroyable voyage mental dans le temps, qui ne cessait de le ramener à une soirée à laquelle il voulait à tout prix échapper.

— Ça ira mieux, murmura Brian. Je te le promets, bébé. C'est pour ça que je suis là : pour que les choses s'arrangent. Pour t'aider.

*Oh, Brian, tu le fais. Tu le fais. Les choses s'arrangent chaque fois que tu me touches.*

Talker posa sa main sur celle de Brian, forte et solide, qui pesait sur son épaule handicapée. Il eut un frisson.

— Mais je ne vois pas… marmonna-t-il.

Il s'arrêta, cherchant à se concentrer sur la chanson qu'il avait eue dans la tête, ce jour-là. Il ne s'en souvenait pas, aussi il s'agita un peu.

— Tu ne vois pas *quoi* ?

*Oh merde !*

Brian prit Talker dans ses bras et le serra fort. Que c'était bon ! Il avait des épaules si larges ! Tate ne voyait pas comment on pourrait le blessé si Brian était son rempart contre le reste du monde.

— … pourquoi nous ne pouvons pas en discuter que nous deux, continua-t-il. Ni pourquoi je dois vider mon sac devant ce vieux psy à moitié hippie…

— C'est pas sympa !

Brian devait réellement apprécier Sutherland, parce que ce n'était pas son genre de défendre les spécimens de la race humaine.

— Ouais, si tu veux. Pourquoi je dois vider mon sac devant Doc Sutherland ? Toi, tu connais la vérité, alors, tu pourrais m'aider… Pourquoi est-ce que nous deux, c'est pas assez ?

Il y eut un soupir, tout près de son oreille, tandis que ces bras si forts et merveilleux se resserraient autour de lui… au point que Tate en eut soudain du mal à respirer.

Quelques secondes après, Brian relâcha son étreinte.

— Je ne suffis pas, Talker, dit-il enfin. Pourquoi devrais-tu te contenter de moi ? Tu ne crois pas que tu mérites beaucoup plus ?

Talker renifla, horrifié par cette idée.

— Tu es déjà plus que ce que je mérite, point final, dit-il, avec conviction.

— En clair, tu ne penses pas mériter que tous les mecs des alentours viennent faire la queue pour te sucer ? se moqua Brian.

Tate ne put retenir un sourire.

— Si, bien sûr, mais rien de plus.

— D'accord, répondit Brian, ayant retrouvé son sérieux, dans ce cas, tu devras te contenter d'une ou deux personnes qui tiennent à toi.

Tate aurait préféré que l'ambiance reste plus légère.

— Non, j'opte pour les hommes nus.

81

Brian ne s'y trompa pas. Il déposa sur la tempe de Talker un autre baiser papillon, avant de dire :

— Allez viens, prends ton manteau. On rentre à la maison. Et je m'occuperai du dîner.

Tate avait récupéré un peu de son énergie habituelle – digne de Tigrou comme disait Brian – lorsqu'il enfila son blouson en jean et son écharpe rouge. Il prit la main de Brian pour l'accompagner jusqu'à la sortie. Il était 2 heures du matin, le bar Gatsby's Nick allait fermer, il était temps que le personnel rentre à la maison, en compagnie d'un amant attentionné, pour faire l'amour. Du moins, c'était le programme que Tate avait en tête. En y songeant, il eut un petit sourire. Il crevait d'envie de sentir la peau nue et chaude de Brian contre la sienne – et ses larges épaules le protéger des mauvaises pensées et de la douleur.

— Bonne nuit, Jed ! cria-t-il.

Le videur, fidèle au poste, s'assurait que les derniers clients quittent le bar sans histoire.

— Bonne nuit, Talker ; bonne nuit, Brian, répondit Jed avec un signe de tête. Et faites attention en rentrant : il paraît qu'il y a du verglas !

Brian lui adressa son sourire tranquille.

— Je fais toujours attention, répondit-il. Cette foutue Toyota ne va pas assez vite pour être dangereuse.

Le sourire de Jed, d'une blancheur éblouissante, était d'un contraste impressionnant dans son visage si noir. Mais c'était agréable, tout comme le gloussement qui poursuivit les deux amants dans la nuit glaciale de décembre.

Ces derniers temps, Jed et Brian s'entendaient de mieux en mieux. Brian avait peu d'amis, seulement Tate – et peut-être son ex-copine, Virginia. Bien sûr, il parlait à ses collègues de travail, mais de l'avis de Talker, son Prince Charmant était l'être le plus réservé qu'il ait jamais rencontré. Dès le début, quand Brian et Tate étaient apparus ensemble au Gatsby's Nick, Jed avait aidé Brian à calmer Tate, à lui faire quitter la zone dangereuse. Ouais, si Brian devait se lier avec quelqu'un, Jed conviendrait parfaitement.

Si ce mec n'avait pas été hétéro, avec une femme et deux gosses, Talker aurait pu se sentir jaloux. Ce qui était très injuste de sa part, parce que si quelqu'un méritait d'avoir des amis à la pelle, c'était bien Brian. Son amant ne possédait dans la vie que quelques collègues de travail, sa tante et… et…

Et Talker.

Quant à Talker, il avait Brian. C'était la seule vérité dont il était certain.

Il faisait nuit noire sur le parking, l'éclairage était minable. D'après Talker, si la clientèle du Gatsby's Nick avait comporté davantage de femmes, sans doute auraient-elles exigé que les lampes cassées des néons des pubs pour soda soient réparées. Mais les hommes, même gays, ne tenaient pas à se montrer pleurnichards en s'inquiétant d'éventuels voleurs, aussi aucune ampoule n'avait été changée. Jusqu'au Pire Rendez-vous qui Soit, Talker s'en foutait complètement. Au cours des derniers mois, il était devenu trouillard. Bien plus que durant ses onze années passées dans les maisons d'accueil de l'assistance publique. Chaque nuit, Jed ou Brian le raccompagnait. Il avait beau se dire que rien ne pouvait lui arriver, que personne n'allait lui sauter dessus, qu'il était en sécurité... en sécurité... en sec...

— Merde, c'est quoi ? bredouilla-t-il.

Ils étaient trois. Et l'un d'entre eux ressemblait à Trev – sauf que la dernière fois que Talker avait vu Trevor, le mec avait un nez parfaitement droit et des dents sans couronnes. Il ne tenait pas non plus à la main une chaîne qu'il agitait de façon menaçante.

Brian inspira profondément et prit la main tremblante de Tate dans la sienne.

— Ne panique pas, dit-il, durement. Ils ne sont pas là pour toi. Rejoins Jed.

— Brian ?

Pourquoi Trev ne serait-il pas là pour Talker ? C'était Trevor qui lui avait fait mal, bon Dieu, tellement mal... Trevor qui l'avait trahi... et abusé de lui. Depuis lors, dans ses cauchemars, Tate ne cessait d'imaginer que Trevor se glissait dans sa chambre et le violait avec une poutre tout en ricanant : '*Ça te plaît, salope, je sais que ça te plaît...*'

— Talker, fiche le camp ! ordonna Brian encore plus durement.

Tate regarda autour de lui, puis revint aux trois silhouettes menaçantes qui avançaient vers eux, dans l'obscurité. Trev était le seul à découvert, les deux autres avaient sur la tête des passe-montagnes, du genre qui ne laisse un espace que pour la bouche, le nez et les yeux. Leurs vêtements étaient neutres, même les sombres parkas qui les protégeaient du froid de décembre.

Talker aurait pu rester figé, tétanisé, terrifié, jusqu'à ce que son cerveau soit réduit en compote, mais Brian le prit par les épaules, le fit se retourner vers la porte du bar et le poussa en criant :

— Bon Dieu, cours. Va voir Jed. Et vite !

Au même moment, la première silhouette se jeta sur lui et le frappa, avec un tuyau de plomb, sur sa mauvaise épaule. Brian poussa un glapissement de douleur. Talker, qui courait déjà, regarda derrière lui. Brian s'était retourné pour assener à son l'agresseur un solide coup de poing sur le nez, juste avant que Trevor le frappe à la tête avec sa chaîne.

Tout en courant, Talker se mit à hurler. Quand il arriva à la porte du bar, il réalisa qu'il hurlait le nom de Jed.

Il trouva le videur attablé devant un sandwich qu'il mangeait d'une main, tout en triant de l'autre les tickets de caisse de la soirée. Talker, le souffle coupé, se mit à haleter :

— Vite, Jed, c'est Trev…

Jamais il n'aurait cru qu'un être humain puisse bouger aussi vite.

— Shaw ! hurla Jed à l'un des serveurs, appelle immédiatement le 911. Dis-leur que c'est un règlement de comptes et qu'on a besoin d'une ambulance.

Il se tourna vers le barman en chef :

— Sandy ? Ça te dit, un peu d'exercice ?

Sandy avait des cheveux roux et un tempérament coléreux, il bondit comme un cascadeur par-dessus le comptoir. Talker les conduisit jusqu'au parking plongé dans l'obscurité.

Le temps qu'ils arrivent, Brian était à terre, aussi raide qu'un sac de sable, cerné de ses trois agresseurs qui le martelaient de coups de pieds.

— Trevor ! hurla Jed. Sale petite merde, fous-lui la paix !

Trevor leva les yeux, essuyant de son visage du sang qui, pour l'essentiel, n'était pas le sien.

— Ah ouais, Gros J ? Vas-y, dénonce-moi, n'hésite pas. Je pense pas que le petit copain de Talker s'en sortirait si bien en prison.

Jed ne répondit pas. Tandis que les deux autres disparaissaient comme engloutis par le brouillard de décembre, il réussit à flanquer un solide coup de poing sur le nez de Trevor. Talker entendit craquer quelque chose. À nouveau, le sang éclaboussa le béton gelé du parking.

Trevor n'était plus là, mais Tate avait bien d'autres soucis en tête.

— Seigneur… Brian… Oh merde… Jed… Jed… Viens l'aider… *Brian !*

84

Si Brian respirait encore, ses yeux enflés étaient fermés, rougis, sanguinolents ; son visage, une masse de chair massacrée, était méconnaissable. Tate vit une dent blanche sur le sol, à soixante centimètres de là.

Il préféra ne pas penser à ce que devait être le reste du corps de son amant sous le blouson déchiré ou le jean. Il vit le sang jaillir du tee-shirt en lambeaux, au niveau de l'estomac. Il vit l'un des bras de Brian tordu dans un angle anormal – et c'était son mauvais bras, celui qui était relié à son épaule blessée, celui avec lequel il écrivait, celui dont il prétendait ne pas souffrir, même quand il travaillait comme serveur toute la journée en portant sur l'épaule de lourds plateaux.

Ce bras-là.

Oh merde !

Talker agrippa l'autre main de Brian et la serra, avant de la lever jusqu'à sa joue. Tout à coup, les paupières meurtries de Brian papillonnèrent et un regard furieux fusa dans la fente qui s'ouvrit.

— Je t'avais dit de courir !

— C'est ce que j'ai fait, crétin. J'ai couru chercher de l'aide.

Brian respira douloureusement, puis il tenta de hocher la tête.

— T'inquiète pas. Je ne le laisserai pas te faire mal. Il ne te fera pas mal. Je ne le laisserai pas… te faire mal.

Les épaules agitées de spasmes, la vision brouillée par les larmes, Tate resta figé dans la même position, tandis que Brian continuait à marmonner en boucle :

— Je ne le laisserai pas te faire mal.

Le personnel du Gatsby's Nick s'agglutina autour d'eux, chacun déposant sur Brian un manteau ou une veste, avant de frissonner dans la froidure hivernale. Lorsque la nuit s'éclaira de violentes lumières rouges et résonna de questions autoritaires, Brian avait depuis longtemps cessé son monologue. Talker resta assis, ignorant aussi bien les forces de l'ordre que le froid horrible qui, depuis le sol gelé, lui remontait dans les genoux. Il regardait Brian, qui gisait là, inerte, couvert de manteaux ne lui appartenant pas, de givre et de sang. Une seule chose empêchait Talker de se mettre à hurler : la main meurtrie et ensanglantée qu'il serrait dans la sienne.

Brian ne bougea pas, ne parla pas, quand les urgentistes l'installèrent sur une civière, puis dans une ambulance. Elle s'éloigna peu après. Jed avait réussi à obtenir de Talker le nom de l'hôpital où se rendaient les urgentistes. Au moins, Brian bénéficiait d'une assurance sociale – une chance que, sur le coup, Talker ne réalisa même pas.

85

Au moment où Brian disparut en le laissant seul… seul… seul… sur le béton glacé du parking, il eut la sensation qu'une bombe venait d'exploser autour de lui.

Et qu'il était le seul à rester encore debout.

# II
# COULEUR DE CIEL D'HIVER ET DE BÉTON

LE DR Sutherland soupira en détournant les yeux, comme s'il ne supportait plus de regarder les tatouages de Tate – ce masque qu'il portait. Il croisa plutôt le regard de Brian... et Tate sentit le recul physique de son amant.

Le gentil monsieur parla d'une voix un tantinet trop joviale.

— Alors, Brian, d'après vos dires, ce qui atteint Tate vous atteint aussi. Qu'avez-vous ressenti après le Pire Rendez-vous qui Soit ?

Et là, Brian, le placide Brian capable de tout endurer, devint tout raide – mais alors très, très, très raide.

Un peu surpris, Talker se tourna vers lui. Brian avait une expression étrange sur le visage, comme s'il était parti faire un petit tour sur Mars en laissant derrière lui son corps... pour prendre ses messages.

Tate, qui ne supportait pas le silence de Brian, répondit à sa place.

— Il allait bien. Il allait très bien. Il m'a aidé. Grâce à lui, j'ai pu me reprendre – parce que je me suis senti en sécurité. Ce n'était pas...

La voix de Tate s'étouffa. Il baissa les yeux sur sa main, celle qui portait un demi-gant. D'ordinaire, il aimait faire jouer ses doigts abîmés et couturés : essayer de les bouger, plus vite, plus souplement. Quand il était enfant, les docteurs affirmaient que ces exercices réguliers ne pouvaient qu'améliorer la mobilité de sa main. Cette idée lui plaisait. Maintenant, étant adulte, Tate appréciait le contrôle qu'il ressentait. Il pouvait diriger cette main, bien qu'elle soit handicapée. Il y avait là une sorte d'analogie avec sa vie qu'il ne pouvait ignorer.

— Brian ? insista prudemment le Dr Sutherland. Brian, vous savez...

Le docteur poussa un soupir et parut à court de mots. Il se voûta dans son fauteuil confortable.

— Les garçons, reprit-il, il y a maintenant six mois que vous venez me voir et... j'en suis heureux. Chaque semaine, j'attends avec impatience de vous retrouver... mais je suis inquiet. Vous, Tate, vous avez fait quelques *progrès : vous semblez un peu moins... hum, tendu de semaine en semaine, bien que vous ne réussissiez jamais à rester concentré durant toute une session. De plus...*

*À nouveau, il détourna les yeux et suivit avec attention le clignotement aléatoire des petites ampoules des guirlandes de Noël, accrochées sur chacune des étagères de sa bibliothèque.*

*Quand son regard revint vers eux, il brillait d'une résolution que Talker n'y avait encore jamais lue.*

*— Les garçons, il faut que vous commenciez à me parler de ce qui est vraiment arrivé cette nuit-là – et c'est valable pour tous les deux. Il faut attraper le taureau par les cornes afin de le regarder bien en face... et lui donner son vrai nom.*

*Talker s'entendit gémir et se détesta pour ça. Sa main tressauta sur ses genoux, avec une telle force qu'il en fit un bond. Du coup, Brian réagit enfin : il posa la main sur celle de Talker pour le calmer.*

*Le Dr Sutherland les surveilla, puis sa mâchoire se durcit. Il poussa un soupir décidé.*

*— Brian, si vous pensez que je m'inquiète moins que vous au sujet de Talker, c'est que vous n'avez rien compris. Vous supportez une sacrée tension, ce qui risque de vous faire exploser de l'intérieur. Je ne sais pas comment vous pourrez continuer si vous ne videz pas...*

*Brian l'interrompit avec un bruit inattendu. En même temps, il prit la main de Tate sur ses genoux et en caressa machinalement le poignet de son pouce. Tate le regarda, perplexe, avant de réaliser que Brian riait, d'un rire amer et sarcastique.*

*— Doc, ne vous inquiétez pas pour moi.*

*Ses yeux étaient encore très loin, comme si l'essence même du garçon que Tate aimait n'était pas revenue de Mars.*

*— Ne vous inquiétez pas pour moi. J'ai trouvé le moyen de faire baisser ma tension. Croyez-moi. Je n'exploserai pas, j'ai déjà crevé l'abcès.*

*Brian sourit. Et c'était un sourire terrifiant, un sourire qui provenait du côté obscur de la lune, pas du tout son sourire habituel. Tate eut un frisson. Aussitôt, Brian parut revenir en lui-même : son sourire se réchauffa, devenant à nouveau celui du Prince Charmant de Talker.*

*Et la session continua.*

*Mais Tate ne put s'empêcher de se demander : qu'y avait-il eu derrière ce sourire ? Qu'avait-il manqué quand il s'était lui-même accordé une petite mission sur Mars ? Tant de choses avaient pu lui échapper tandis qu'il essayait de se reprendre, après le Pire Rendez-vous qui Soit.*

— LE PROBLÈME, déclara Jed d'une voix très grave, c'est que tu ne dois à aucun prix mentionner le nom de Trevor.

Ils étaient dans sa voiture et suivaient l'ambulance dans les rues quasiment désertes de Sacramento.

Talker eut un sursaut, assez violent pour ébranler la carcasse métallique de la vieille Ford Escort. Jed en ressentit les effets dans ses bras, raidis sur le volant. Il jura, les dents serrées, mais sans rien dire d'autre. Il ne réagit pas plus.

— Pourquoi ne pas dire aux flics que c'était Trev ? protesta Tate.

Il ne vivait que pour ce moment – celui où les flics viendraient et emmèneraient Trevor. Personne n'hésiterait à l'arrêter après avoir vu le visage massacré de Brian.

Arrêté à un feu rouge, Jed lui jeta un coup d'œil. La nuit était sans lune, mais même sans ça, le visage sombre de Jed était toujours indéchiffrable. Aussi, Talker dut attendre qu'il décide de s'expliquer, afin de lui rendre les choses plus claires.

Jed secoua la tête.

— Mec, pendant un moment, tu n'étais plus vraiment… connecté. Alors, tu n'as rien vu. Disons que les emmerdes ont continué pendant ton… absence. Disons qu'il y a eu entre Brian et Trev quelques problèmes qui ne plairont pas aux flics s'ils en entendent parler. Pigé ?

Talker le regarda comme de très loin.

— Tu sais, nous avons acheté un rat, déclara-t-il, après une minute.

Jed venait juste de redémarrer. Tate, qui le surveillait, le vit lutter contre la tentation de fixer son passager avec des yeux ronds. Tate n'avait pu se retenir. Parfois, il avait le cerveau brouillé, aussi confus que les cicatrices et les tatouages de son visage.

— C'est une femelle, continua-t-il. Elle est sympa. Brian voulait l'appeler Talkette parce que c'est un rat-pie – ouais, elle a des taches noires et blanches. Sur le visage, un seul côté est noir, comme moi. J'ai refusé. J'ai voulu qu'il lui donne un nom plus gai. Alors, il l'a appelée Sunshine. Nous la gardons toujours au chaud, sous une lampe solaire, tu vois. Et Brian a installé une petite couverture sur sa cage, parce qu'il fait froid. Cette année, nous avons réussi à avoir le chauffage, mais la pièce est pleine de courants d'air et il a entendu dire que les rats supportaient mal les changements de température. Toutes les semaines, il nettoie la cage ; il lui donne un bain ; il lui lime les griffes. Quand on rentre le soir à la maison, il la met sur son épaule ; elle pose ses petites pattes sur son oreille, tend son petit museau et lui donne des petits bisous de rat… Et un jour… un jour…

Talker tressauta. Autrefois, à l'école, les autres gamins l'appelaient Tate-Le-Ressort. Même ses profs préférés avaient de temps à autre les yeux qui s'écarquillaient en le voyant. Ils se mettaient à respirer profondément, par le nez. Ils savaient que Tate réagissait comme ça quand les choses étaient trop calmes – ce qui précédait le chaos…. Toujours

Tate entendit Jed inspirer de la même façon exaspérée, aussi il tenta de se concentrer sur ce qu'il avait à dire.

— Brian est l'être le plus gentil de la planète, Jed. Que peut-il avoir fait qui mérite une chose pareille ?

À nouveau, Jed inspira profondément, mais cette fois, c'était pour exprimer une émotion très différente.

— Il t'a défendu.

La vision de Tate s'obscurcit : elle devint grise sur les côtés et rouge, avec des taches, droit devant. Ses poumons contractés se mirent à brûler. Il dut pousser un cri étranglé parce que, brusquement, Jed se gara le long du trottoir avant de lui empoigner la tête pour la mettre entre ses genoux et lui gueuler de respirer.

Tate obéit. Il se rappela qu'il devait respirer, alors la brûlure dans ses poumons disparut, puis les étranges distorsions devant ses yeux se calmèrent. Et il ne sentit plus que le frottement énergique de la main de Jed dans son dos.

— Il n'a pas… Il n'a pas… Il n'a pas…

Merde, voilà que ça le reprenait.

Il avait réglé ce petit problème à douze ans, en gueulant à son père : *'Ouais, je suis une putain de p-p-pédale et maintenant d-d-dégage ! F-f-fous-moi la paix !'* C'était quand cet enfoiré était venu lui rendre visite – pour lui taper dessus – dans le foyer d'accueil où Tate vivait alors.

Tate devait s'en sortir sans aide. Brian n'était pas là pour lire dans ses pensées, lui caresser la main et lui faire croire qu'il était en sécurité. Tate avait la sensation d'avoir à nouveau douze ans. Il était tout seul, dans cette infrastructure bringuebalante censée s'occuper de lui. Malheureusement, c'était un cadre incohérent géré par des adultes, des étrangers vivant dans une stratosphère inconnue d'où ils prenaient les décisions le concernant.

— Oh merde, chuchota-t-il, Brian, qu'est-ce que tu as fait ?

Il parlait à moitié pour lui, à moitié pour Brian, actuellement inconscient dans cette ambulance, quelques rues devant eux sur la route.

Quand la voix de Jed émergea à côté de lui, elle exprimait une certaine colère.

— Il a eu les mains abîmées pendant des semaines, Talker. Comment as-tu pu ne pas le remarquer ?

— Parce que je suis aveugle. Parce que j'ai vécu avec lui pendant une année entière sans voir qu'il m'aimait.

Tate avait aboyé sa réponse, furieuse et amère. Il s'en voulait tellement qu'il fut surpris de ne pas émerger de sa peau abîmée et macabre, pour courir dans les rues en hurlant de douleur comme un écorché vif.

— Parce que je ne le vois pas, ajouta-t-il.

Du moins, il ne voyait pas tout de Brian. Pas le Brian qui l'aimait. Ni, apparemment, le Brian capable de violence pour le protéger.

— Est-ce que… commença Tate.

Quand il s'arrêta, le souffle coupé, ça n'avait rien à voir cette fois avec le bégaiement qui lui avait posé tant de problèmes étant enfant. Il fit un autre essai :

— Est-ce que c'était grave ?

Jed grogna en redémarrant la voiture. Tate n'était plus en hyperventilation, aussi il n'allait pas s'évanouir et les deux hommes tenaient à arriver à l'hôpital Kaiser en même temps que l'ambulance.

— Ils se sont battus à la loyale, répondit Jed. Brian a laissé à Trevor une chance de se défendre. Sauf que… bon sang, Brian est sacrément costaud. Et puis, il était en colère. Tu sais, tu avais foutu la trouille à tout le monde. J'ai dû intervenir et envoyer Trev à l'hôpital.

Jed poussa un soupir… plutôt tremblant. Talker réalisa alors que le videur aimait bien Brian. Non pas sexuellement, mais plutôt comme un jeune frère. D'ailleurs, Jed aimait bien Tate aussi et ce depuis le premier jour où il était arrivé au Gatsby's Nick.

— Alors, non, reprit Jed, ce n'était pas grave. Du moins, pas *trop* grave. Brian n'a utilisé que ses poings et il était tout seul contre lui. Trev… est sorti de l'hosto dès le lendemain.

Talker gémit. Brian ne sortirait pas du Kaiser le lendemain.

— Tu crois vraiment que la police l'arrêterait ? demanda-t-il, au bout d'un moment.

Jed tourna à droite, prenant l'avenue Alta Arden avant de répondre.

— Ils le feraient… s'ils pensaient que Brian s'est attaqué à Trevor sans provocation.

Cette fois, Tate n'avait rien à dire. Aussi, pour une fois, il resta silencieux.


L'HÔPITAL ÉTAIT un vrai cauchemar, mais familier. Tate avait passé une année entière à l'hôpital, après que le feu ait ravagé le côté droit de son corps. Même s'il n'était alors qu'un enfant, il reconnaissait docteurs et infirmiers et le rythme de leur ballet. En fait, c'était une infirmière de l'aile des grands brûlés, une femme adorable, qui la première lui avait fait apprécier la musique durant son hospitalisation. Étant très jeune, elle lui avait proposé ses groupes préférés, Green Day, The Cult et Pearl Jam aussi bien que les dinosaures – selon elle – comme The Ramones et The Clash. Tate s'était accroché à leurs chansons quand la douleur devenait insupportable. Tandis que les autres brûlés se contentaient de gémir ou de hurler en arrachant les pansements, Tate chantait à tue-tête les paroles de *Jeremy*, de Pearl Jam. Et la petite infirmière – que le ciel la bénisse ! – chantait avec lui : '*Jeremy a parlé en classe aujourd'hui…*'

Talker se retrouva à marmonner cette même chanson, assis près du lit de Brian, écoutant les médecins parler d'échographie et de lésions internes, sans trop savoir si Brian en souffrait ou pas. Tate connaissait le terme 'lésion interne'. Une fois, après s'être fait taper dessus par le gérant d'un foyer d'accueil, Tate avait passé quelques nuits à l'hôpital surveillé de près à cause d'une éventuelle lésion interne. Il avait évité le bloc opératoire de justesse et écopé d'un nouveau foyer d'accueil, un peu plus tolérant vis-à-vis d'un gay. Il se souvenait encore du regard des médecins palpant la boursouflure de son abdomen enflé… La terreur qu'il éprouvait actuellement pour Brian était bien pire que celle ressentie autrefois, quand il ne s'agissait que de lui.

Tate avait un corps solide – handicapé, certes, mais solide. Un corps capable d'endurer une opération de plus, une raclée de plus, un désastre de plus.

Mais son cœur… son cœur ne pouvait supporter l'idée de perdre Brian.

Quand il sentit un mouvement derrière lui, Tate dut lutter pour ne pas tressauter. La main légère d'une femme se posa sur son épaule.

— Comment va-t-il… Oh Seigneur !

Tate ferma les yeux, avant de prendre cette main dans la sienne.

— Bonsoir, Tante Lyndie, dit-il.

Lindsay Cooper était la seule parente de Brian encore en vie. Tate lui avait téléphoné pendant que Brian se trouvait encore aux admissions, en attendant d'obtenir une chambre. C'était la seule chose dont il se rappelait des trois heures qui venaient de s'écouler, à part ses efforts permanents pour ne pas jaillir de sa peau.

Lindsay posa le bras sur l'épaule de Tate, qui frissonna sous son étreinte. Ça faisait six mois que la tante de Brian tentait d'être la famille que Tate n'avait jamais eue. Il se sentit soudain en sécurité, avec ces bras-là autour de lui. Suffisamment en sécurité pour céder à la faiblesse.

— Il est dans un sale état, admit Tate d'une voix tremblante, mais les médecins pensent qu'il s'en sortira. Il a le nez cassé et l'épaule… les toubibs cherchent encore la meilleure façon de lui remettre l'articulation en place. Il aura une attelle, pendant un moment. Ils ne savent pas encore…

Il inspira un grand coup.

— Ils ne savent pas encore s'il aura besoin ou pas d'une opération – ça dépend s'il a ou pas des lésions internes.

Le visage de Brian, nettoyé du sang coagulé, restait méconnaissable, boursouflé et marbré par les coups. Le visage de Brian – le Brian, si beau, si parfait de Tate – ne serait plus jamais le même.


— *TU ES merveilleux.*

*La voix de Brian, émergeant au niveau de la cuisse nue de Talker, était pleine de révérence. Tate ne put s'empêcher de se couvrir les yeux à l'idée que son amant voyait ses parties génitales massacrées.*

— *Mec, arrête tes conneries !*

*Talker ne voulait pas que Brian se moque de lui ! Brian était son Prince Charmant.*

*Brian remua dans le lit, puis Tate sentit des doigts féroces lui agripper le menton pour le forcer à un face-à-face. Il se retrouva à fixer les yeux bleu pâle de Brian.*

— *Tu es beau, Talker. Tu es parfait. Laisse-moi te regarder. Laisse-moi t'aimer. Je t'interdis de mal prendre ce que je te dis. Je t'interdis d'être gêné ou honteux vis-à-vis de moi. Je t'aime. À mes yeux, tu es merveilleux. Compris ?*

*Talker hocha la tête – et souhaita désespérément que Brian retourne examiner son testicule recroquevillé ou sa cuisse et son sexe couverts de cicatrices, parce qu'aussi affreuses qu'il trouve ces parties-là de son corps, son visage lui semblait encore plus nu et vulnérable. Mais Brian ignora son désir muet, il prit sa bouche et l'embrassa. Quand le baiser se termina, Talker était cambré, son corps nu frémissant sous les caresses de Brian. Il était prêt à admettre n'importe quoi... n'importe quoi à condition que son amant ne cesse pas de le toucher, de l'embrasser, de le croire merveilleux...*

*Même si ce n'était pas vrai.*


— IL EST vivant, il va s'en sortir, déclara Tate.

Il garda, bien au chaud, dans son cœur, le souvenir qu'il venait d'évoquer. Il examina le visage massacré de Brian, les points de suture qui lui marquaient les pommettes, le front et la mâchoire sous les boursouflures qui en déformaient la ligne nette. Un plâtre épais lui couvrait l'épaule, à présent réparée et soigneusement agrafée à son bras. Des bandages lui protégeaient le torse, le ventre et une cuisse. En cet instant précis, Tate considérait que le mouvement régulier de la poitrine de Brian était la plus belle des merveilles du monde. Et son souvenir devenait vérité.

Lyndie déposa un baiser sur le côté rasé de sa tête. Tate frissonna dans le cercle de ses bras.

— Tate, pourquoi quelqu'un ferait-il une chose pareille ? s'enquit-elle. Je ne comprends pas ce qui s'est passé...

Tate détourna les yeux vers la vitre qui séparait la petite chambre du service des Soins Intensifs du couloir. Il y avait là deux flics aux aguets – du genre qui porte un costume et non un uniforme. Pendant une minute, Talker se demanda pourquoi un gamin tabassé la nuit dans un parking méritait l'attention de deux inspecteurs de police au lieu d'un simple agent inexpérimenté.

À travers la vitre, le plus vieux des inspecteurs, un brun au visage dur, lui jeta un regard mauvais, tandis que sa bouche se retroussait d'un rictus méprisant. Aha ! Brian avait droit aux gradés non pas parce qu'il était Brian, mais parce qu'il était gay – ce qui pouvait transformer son agression en affaire politique.

Dément.

Lyndie poussa un grognement dégoûté, sans desserrer son étreinte. Une fois de plus, Tate la trouva remarquable. Lyndie avait autant envie que lui de parler à la police. Un artiste savait d'expérience à quel point les marginaux étaient peu appréciés des autorités.

— Qu'est-ce qu'ils font là ? demanda-t-elle.

Talker lui serra gentiment la main.

— Ils essaient de découvrir le coupable, répondit-il.

Sa bouche s'assécha. Il déglutit et, durant une bonne minute, tenta de repousser l'horrible réalité.

— Où est Craig ? s'enquit-il ensuite.

Craig Jeffries était un homme solide, tranquille et agréable, d'une cinquantaine d'années, qui aimait s'asseoir devant la télévision pour regarder les matchs quand il n'était pas au travail, ou qu'il ne réparait pas quelque chose dans la petite maison de Lyndie. Il s'était installé avec elle l'année précédente. Brian l'estimait beaucoup, tout heureux que sa tante bien-aimée, cette femme qui l'avait élevé, ne soit plus seule.

— Il est allé garer la voiture. Pourquoi ? Tu as besoin de quelque chose ?

Talker acquiesça. Ce qu'il désirait par-dessus tout, c'était que Lyndie quitte l'hôpital et évite l'interrogatoire de la police. De plus, il avait un service à lui demander.

— Sunshine est à la maison. Elle est sous une lampe solaire, Tante Lyndie. Brian lui a aussi fait une petite couverture, mais si l'électricité saute, elle va crever de froid. Pourriez-vous vérifier que tout aille bien ?

Lyndie hocha la tête. Elle sortit son téléphone portable et se mit à taper un message à une vitesse incroyable pour une adulte de son âge. Elle en reçut la réponse avec un sourire.

— Il a aussi une clé. Il va aller vérifier, puis il reviendra avec du café et quelque chose à manger. Peut-être aurons-nous des nouvelles d'ici là... Craig et moi pourrons aussi te ramener chez toi.

Talker déglutit.

— Non, je préférerais qu'il me ramène des vêtements de rechange. Je peux prendre une douche ici, à l'hôpital. Je ne veux pas m'en aller.

Lyndie marmonna une vague approbation avant de l'embrasser sur la joue – celle couverte de tatouages et de cicatrices. Même en essayant, Talker ne pouvait se sentir menacé en présence de cette femme.

— D'accord, bébé, dit-elle, c'est toi qui prends la première garde, mais nous reviendrons. Ne t'inquiète pas. Nous allons bien nous occuper de toi.

Tirant une chaise, elle s'installa à ses côtés, pendant que tous les deux attendaient, avec le même regard inquiet. De temps à autre, ils jetaient un coup d'œil en direction des deux inspecteurs, derrière la vitre. Jed était avec eux, la lèvre inférieure en avant, l'image même de la mutinerie. Talker sentit son estomac à se serrer. Seigneur ! Jed ne laisserait pas laisser tomber Brian, mais… mais… oh merde ! Est-ce que Trevor allait s'en sortir ? C'était vraiment nul. C'était à chier. C'était le truc le plus injuste qui existe sous cette terre et jusqu'aux cieux !

Et merde. Merde. Merde de merde… merde…

Talker commença à trembler, si fort que ses dents claquaient. Lyndie, qui avait sorti d'un grand sac en tapisserie posé auprès d'elle sa laine et un crochet, lâcha rapidement son tricot pour lui prendre les deux mains.

— Talker… Tate… bébé… il faut que tu te calmes.

C'était déjà trop tard. Le plus jeune des deux inspecteurs, celui aux cheveux si blonds qu'ils étaient presque invisibles sur sa nuque rougeaude, avait déjà repéré le comportement de Tate – comme s'il espérait en apprendre quelque chose. D'ailleurs, tous ceux qui se trouvaient devant la petite chambre de Brian, de l'autre côté de la vitre, concentraient désormais sur Talker toute leur attention. Tate dut lutter – vraiment très fort – contre un urgent besoin d'uriner. Il détestait les flics. Bordel, qu'il les détestait ! Il détestait leur façon de poser des questions comme s'ils étaient vos meilleurs amis ; il détestait la façon dont ils vous jugeaient. Dans tous les foyers d'accueil qu'il avait connus, il y avait toujours eu des flics qui se pointaient, qui posaient des questions, qui dévisageaient Tate comme s'il était coupable de les avoir dérangés. Ces flics bourrés de préjugés qui se foutaient de la vérité : ces putains de gens chez qui Tate atterrissait tenaient plus aux chèques qu'ils touchaient du gouvernement qu'au bien-être de leurs pupilles.

Et bien sûr, au lycée, Tate avait eu un problème en permanence.

— *QU'EST-CE QUE tu fous là, gamin ?*

*Des mains brutales et indifférentes qui poussaient Tate contre le mur de briques poussiéreuses de l'école, si durement que sa joue scarifiée en resterait douloureuse toute la journée.*

— *Tu cherches à voler quelque chose ?*

— *Non, je faisais juste du skate.*

*En ce temps-là, Tate considérait le skateboard comme un billet vers la liberté – c'était avant de découvrir que pour voler, il n'avait besoin que de ses seuls pieds.*

— *Et t'as pas un autre endroit où aller ? Allez, minable, vire ton cul de là et rentre chez toi.*

*'Chez lui' c'était un foyer d'accueil. Les gérants n'étaient pas méchants, mais Tate était trop fatigué pour leur parler. Il trouvait bien plus facile de dégringoler le long des pistes de skate et prétendre qu'il n'aurait jamais besoin de revenir sur terre.*

TALKER N'AVAIT jamais eu de 'chez lui' où poser son cul avant de rencontrer Brian. Il évoqua l'un des meilleurs moments de son existence : quand un recruteur sportif l'avait convoqué pour l'intégrer dans l'équipe d'athlétisme parce que, bon sang, il avait une chance de survivre jusqu'à l'âge adulte.

Ce qui, quelque part, l'avait mené à Brian.

Brian gémit. Ce bruit étouffé ramena Tate sur terre si brutalement qu'il heurta Lyndie à la mâchoire. Elle ne s'écarta pas, elle se pencha simplement pour examiner le visage massacré de son neveu.

— Bébé ? dit-elle doucement.

— Hé, Tante Lyndie.

La voix de Brian, généralement basse et grave, n'était qu'un chuchotement rocailleux qui passait à peine à travers ses lèvres éclatées.

Lyndie s'approcha de son chevet sans lâcher la main de Tate.

— Hé, bébé, tu t'es enfin décidé à te réveiller.

Sa voix tremblait. En guise de soutien, Tate lui serra la main – puisqu'il la tenait. Il se souvenait que Lyndie avait élevé Brian après la mort de ses parents dans un accident de voiture, quand il avait six ans. Lyndie s'efforçait d'être courageuse, mais même elle avait besoin de garder la foi.

Cette pensée donna à Tate une énergie nouvelle, il ne pouvait pas aider Lyndie en étant un pleurnichard vautré sur une chaise d'hôpital. Il envoya se faire foutre, d'un regard noir et défiant, le flic qui le scrutait toujours derrière la vitre, puis se pencha auprès de Lyndie afin que Brian puisse le voir.

— Talker, murmura Brian.

Son visage se détendit, comme si réaliser que Tate était dans la chambre avec lui l'aidait à se sentir mieux.

— Bon Dieu, Brian, tu t'es pris pour Matt Damon ? s'écria Talker.

Il essaya de garder une voix légère et c'était difficile. Il n'avait qu'une envie, c'est se mettre à hurler.

— Plutôt pour… Nathan Fillion, croassa Brian.

Talker ne put s'empêcher de rire. Le capitaine Mal, du vaisseau spatial Serenity, avait combattu au cours d'une bataille épique dont il était revenu dans un état… disons, moins catastrophique que celui de Brian à l'heure actuelle.

— Eh bien, dit-il, amèrement, j'aurais préféré que tu sois plutôt Sammy [2] et Scooby-Doo [3]. Ils se barrent quand les méchants arrivent.

Les lèvres enflées de Brian frémirent légèrement, avant de se durcir.

— *Je ne les aurai jamais laissé t'avoir, Scoob* [4], dit-il.

Ensuite, il sembla se détendre et sombra dans une bienheureuse inconscience – sans doute grâce au liquide clair dispensé via son intraveineuse. Lyndie et Tate, toujours penchés sur lui, le surveillèrent un moment.

Talker déglutit.

— Tu n'as rien de Sammy, si tu veux mon avis, chuchota-t-il, sachant que Brian ne pouvait lui répondre.

Si Brian avait la même blondeur que le hippie du dessin animé, il n'avait rien d'un pleutre.

Lyndie lui donna un coup d'épaule pour attirer son attention, puis elle leva les yeux en direction du flic… qui paraissait écouter ce que lui disait Jed.

— C'était qui au juste, Tate, ces méchants qui sont arrivés ? demanda-t-elle doucement.

Talker sentit ses genoux lâcher. Il vacilla et se retint au rail métallique du lit de Brian pour ne pas s'effondrer. Lyndie laissa retomber sa main et l'aida à se rasseoir sur sa chaise, puis elle s'accroupit à ses côtés en lui frotta le dos, d'un geste répétitif. Talker voyait des lumières blanches onduler devant ses yeux. Bon sang, il détestait ça. Il détestait cette terreur qui ne

---

2 Sammy Norville Rogers, grand dadais aux cheveux longs, goinfre et couard, meilleur ami de Scooby-Doo.

3 Grand chien sympathique de dessin animé, gourmand et peureux qui fait partie d'une équipe de détectives.

4 Réplique de Sammy, qui sait faire preuve de courage quand ses amis sont en danger.

le lâchait pas. Il détestait la sensation d'être un petit trou noir pris dans le vortex gris d'un ciel d'hiver.

— ALORS, SI ce n'était pas aussi terrible, Tate, parle-m'en.

— C'était le Pire Rendez-vous qui Soit. Qu'y a-t-il à en dire de plus ?

Quand le Dr Sutherland leva un sourcil, Tate se demanda si sa joue massacrée se colorait d'une rougeur malvenue ou si rien ne se voyait, grâce au tatouage qui couvrait toute sa peau abîmée. Mais ce n'était pas sa gêne qui le troublait le plus, non, c'était le silence stoïque de Brian. On aurait dit que le mec était prêt à rester éternellement assis là, sans bouger, en attendant que Talker se décide à vider son sac.

— J'ai été idiot, admit Talker en levant les yeux au ciel. C'est vrai, quoi, j'ai même été complètement con. Mais c'était… un malentendu, voilà ! Parce que je me suis pratiquement jeté sur ce mec. Du coup, il a cru… il était en droit de croire…

Il ne put terminer sa phrase.

— Et puis, j'étais excité. Je pensais : waouh – ce soir, c'est enfin la bonne, je vais me faire baiser !

À ses côtés, Brian émit ce qui aurait pu être un rire. Talker ne se hasarda pas à vérifier. À dire vrai, il avait du mal à supporter sa main sur son genou. Parce que Brian avait été là, tout le temps. Peut-être même avait-il dit 'Moi je t'aime' vingt fois de suite. Et Tate savait bien – oh, bordel, il savait mieux que personne – combien c'était difficile d'ouvrir son cœur de cette façon. Pourtant, c'est ce que Brian avait fait… pour lui. Il l'avait fait, encore et encore. Et chaque fois, Tate se contentait de lui tapoter la tête comme à un gentil toutou, avec une connerie du genre : 'Mais oui, mais oui, bébé, dommage que tu sois hétéro.'

— Ainsi, vous et Brian n'étiez pas ensemble à l'époque ?

La voix du Dr Sutherland exprimait la surprise. Et c'était bien normal. Il fallait que Talker soit vraiment le dernier des crétins pour ne pas réaliser que Brian était un Prince Charmant, non ? En fait, Talker était bel et bien le dernier des crétins, parce qu'il avait quitté son Prince pour aller se faire mettre par Satanas. Il avait offert son dépucelage à une brute pareille !

Brian s'interposa immédiatement pour le défendre :

— À l'époque, dit-il, doucement, Tate croyait encore que j'étais hétéro. C'est de ma faute. J'imagine que… que je n'étais pas suffisamment convaincant.

99

*Le docteur parut perplexe. Il fronça les sourcils comme s'il devinait qu'il y avait là une histoire plus compliquée et qu'il hésitait à s'y lancer. Il se contenta de hocher la tête, pour indiquer à Talker de continuer.*

*— Je... je ne cessais de penser à Brian, confessa Tate*

*Brian l'ignorait, mais ne méritait-il pas de le savoir ?*

*— Je... Vous n'imaginez pas la tête qu'il tirait quand j'ai passé la porte. Il...*

*Quand il jeta à Brian un regard d'excuse, il vit que ce dernier le regardait comme s'il était un oasis apparu en plein désert devant un assoiffé.*

*— Il m'a regardé comme si j'étais un trésor, continua-t-il. Comme si ça le tuait que je m'en aille. Comme s'il s'inquiétait à mon sujet.*

*Brian émit un gémissement étouffé – presque un couinement. Ça rappelait celui de Sunshine, en beaucoup plus triste.*

*— Alors, termina Talker, j'ai décidé de rentrer à la maison.*

*Quand Brian ingurgita une grande goulée d'air, Tate se décida à lui jeter un coup d'œil.*

*— Tu ne me l'as jamais dit, marmonna Brian d'une voix cassée, très basse qui grinçait comme une grille rouillée.*

*Talker haussa les épaules.*

*— Je n'en voyais pas l'intérêt, dit-il.*

*Il vit Brian frissonner de tout son corps et déglutir. Il n'avait vu pleurer Brian qu'une seule et unique fois : la nuit où ils s'étaient mis ensemble – la nuit où Brian s'était rasé la tête à l'iroquoise, qu'il s'était maquillé, qu'il avait enfilé des bottes de combat afin de tenter de le convaincre que oui, il était bel et bien gay, que oui, bordel, il était fou amoureux de Tate Walker. Sinon, Brian était très doué pour dissimuler ses sentiments et garder un visage impassible.*

*Mais c'était dur... et cette lutte était horrible à voir. Brian se mit à déglutir, encore et encore, tout en forçant son visage à conserver son expression habituelle, placide et stoïque. Finalement, il réussit à maîtriser le tremblement de sa lèvre, suffisamment pour dire :*

*— Moi si. J'en vois l'intérêt. Je le vois même tout à fait.*

*Il prit la main de Tate et l'embrassa, gentiment, puis il détourna les yeux, étudiant les guirlandes avec la même application que le Dr Sutherland, quelques minutes plus tôt.*

*— Dans ce cas, s'étonna le psy, si vous aviez décidé de rentrer retrouver Brian, que s'est-il passé cette nuit qui...*

Tate haussa les épaules et tenta d'afficher un air nonchalant et ironique, comme l'un de ces acteurs capables de confesser, en quelques secondes tout un passé de douleur cachée dont les échos résonnent encore dans la caverne de leur crâne.

— Un malentendu, dit-il, à mi-voix. Ce n'était qu'un malentendu.

TALKER BAISSA les yeux et étudia le visage martyrisé de Brian et son corps endommagé. Ses lèvres bougèrent... peut-être pour utiliser à nouveau ce mot... Il se souvenait à quel point Brian s'était étouffé d'amertume, ce jour-là, dans le cabinet du psy.

— Alors ? demanda Lyndie.

Ah oui, elle lui avait posé une question sur 'les méchants'. Tate ouvrit la bouche, peut-être pour dire que c'était un 'malentendu' mais il ne put continuer. Pas devant son amant, sanguinolent et inconscient, qui souffrait à cause de lui. Il n'y avait aucun malentendu. C'était la vengeance vicieuse d'un tordu.

— C'est une vengeance.

Sa voix était si basse qu'elle fut étouffée par le son laborieux de la respiration de Brian.

Lyndie mit le bras sur les épaules de Talker pour l'attirer contre elle, afin de poser les lèvres sur son crâne tondu à l'iroquoise.

— Je n'ai rien entendu, bébé. Répète-moi ça...

— C'est une vengeance, dit-il, plus fort.

— Une vengeance ?

Lyndie ne parut pas surprise, seulement inquiète.

— Ainsi, il a voulu se venger...

Elle secoua la tête. Tate lutta contre ses émotions. Ses lèvres tremblaient comme celles de Brian naguère dans le cabinet du psy... Par contre, lui perdit la bataille. Son visage se décomposa et fondit comme de la cellophane. Il s'écroula, en sanglotant, dans les bras de Lyndie.

— Bon sang, bredouilla-t-il, tout le monde était au courant, sauf moi !

Enfin, il pleurait comme il n'avait pas pu le faire depuis cette nuit où Brian et lui s'étaient mis ensemble. Alertés, les inspecteurs de police esquissèrent le geste d'entrer dans la chambre. Talker ne vit pas le regard furibond que leur jeta la douce et fragile Tante Lyndie pour les en empêcher. Il eut pourtant la sensation qu'il y avait en Brian cette même violence cachée : celle qui les avait projetés dans ce gouffre glacé et hivernal où ils se trouvaient aujourd'hui coincés.

# III
## EXCUSEZ-MOI, J'AI QUELQUE CHOSE À VOUS RENDRE

— *ALORS, TALKER, quand vous vous êtes retrouvé chez votre copain, que s'est-il passé ?*

*Tate haussa les épaules.*

— *Nous étions sur son canapé, à regarder un film et puis... d'un seul coup, j'ai eu les mains de Trev partout sur moi. Franchement, je ne pouvais pas lui en vouloir, hein ?*

— *Moi si, déclara Brian d'une voix sombre.*

*Talker piqua un fard.*

— *Je lui ai dit... euh... pas vraiment 'dit', mais... j'ai vraiment tenté de lui faire comprendre que ce qui m'intéressait... ce que je voulais...*

*Il s'empourpra.*

— *Euh... Je voulais baiser d'accord, mais seulement avec... euh, autre chose... enfin, avec...*

— *De l'amour, marmonna Brian. Bordel, tu peux l'avouer franchement.*

*Talker fut si surpris qu'il se tourna pour le regarder. Il ne put retenir son sourire – qu'il détestait parce que ses dents étaient tordues, ses canines proéminentes, sa mâchoire trop encombrée. Normal : un gosse élevé dans le système social ne reçoit pas d'orthodontie.*

— *Ouais, fit-il, ben dans ce cas, j'étais pas au bon endroit.*

SI TATE cherchait de l'amour, le bon endroit, c'était près de Tante Lyndie : elle était aussi chaleureuse que son neveu.

Au bout d'un moment, Talker se calma enfin. Les foutus flics avaient abandonné, ils attendaient toujours à l'extérieur de la chambre de Brian, avec un regard si sombre que ceux qui désiraient entrer dans la chambre se sentaient mal à l'aise – même l'infirmière.

Cette femme ne jouait pas à 'la débordée' – elle était plus âgée que Lyndie de quelques années, avec de merveilleux yeux gris et une peau tannée. Il semblait aussi irradier d'elle une sorte de sérénité compétente. Talker en fut reconnaissant.

Elle fit un petit 'hmm-hmm' en examinant le fluide rosâtre qui émanait de la sonde urinaire au pied du lit, puis elle se tourna vers Talker et Lyndie.

— Avec tout ça, on pourrait croire que ce garçon a gagné le combat et non le contraire.

Tate dut se mordre la langue pour ne pas s'écrier : 'Il a gagné le premier !' Pour s'en empêcher, il se concentra sur ce que l'infirmière faisait avec le sac où le cathéter plongeait.

— Il saigne.

C'était lui qui venait de parler. L'infirmière se tourna vers lui et acquiesça, mais son visage ne perdit pas son calme.

— Oui, effectivement. Mais ce n'est pas trop grave. Les reins sont fragiles, il leur arrive de saigner après un traumatisme, même bénin. Quelquefois, le simple fait d'introduire un cathéter dans l'urètre produit un saignement, aussi l'urine sort rosée. Ça n'est pas inquiétant. Pas encore.

Talker hocha la tête.

— Qu'est-ce qu'ils vont faire pour son épaule ?

L'infirmière soupira.

— Là, c'est un problème. À mon avis, quand il sera un peu remis – et que nous serons certains que ses organes n'ont pas souffert – il faudra l'opérer pour réparer ses ligaments et ses déchirures musculaires. Et encore, ce ne sera qu'un début… parce qu'il faudra ensuite une rééducation – une rééducation complète.

— Il va déguster, déclara tranquillement Tate.

L'infirmière acquiesça avec un sourire compatissant.

— C'est certain, confirma-t-elle. C'est toujours le cas.

Tate n'arrivait pas à s'empêcher de caresser la main de Brian.

— Il est solide.

Durant cette dernière année dans l'équipe de base-ball, Brian avait dû souffrir en permanence le martyre à cause de son épaule. Et il était resté. En serrant les dents, en s'accrochant du bout des ongles, il était resté. Et il avait continué à lancer parce qu'il voulait acquérir l'éducation que lui offrait sa bourse sportive. Tate se souvenait du dernier match de Brian. Le simple fait de lever le bras pour attraper la balle l'avait fait transpirer – il en avait eu le front inondé. Il avait couru en surveillant son coup, son corps étant un véritable miracle de muscles et de grâce. La balle était partie comme une étoile filante. En fait, le coup avait atteint la seconde base, mais c'était sans importance. Brian était tombé à genoux dès qu'il avait lâché la balle puis, tout tranquillement, il s'était évanoui. De douleur. Sans dire un mot. Sans pousser un cri.

L'infirmière hocha la tête avant d'écrire quelques annotations sur le dossier médical placé au pied du lit.

— Eh bien, j'espère que vous être solide aussi, dit-elle, avec franchise. Parce que ça va être un long calvaire.

Tate déglutit avec difficulté. Solide ? Quand on le voyait, on le croyait solide – sinon dur. Son demi-gant noir cachait sa main déformée. Ses tatouages cachaient ses cicatrices. Sa coupe iroquoise cachait le fait que ses cheveux, sur son crâne brûlé, ne repoussaient plus qu'en touffes hirsutes. Ouais, ses vêtements, ses cheveux hérissés, ses colliers à pointes de fer... tout n'était qu'un déguisement pour dissimuler un corps détruit.

— Il le faudra bien, dit-il, la gorge à vif.

Il n'avait pas le choix. Il s'agissait de Brian... et Brian méritait d'avoir le garçon de ses rêves à ses côtés. Donc, il faudrait que Talker tienne le coup et assume.

Il faudrait qu'il soit solide.


— *ALORS, JE me suis levé et j'ai pris mon manteau.*

*Talker préféra ne pas évoquer le moment où il avait senti la main de Trevor dans son pantalon, ni la révulsion qu'il avait éprouvée. Il ne voulait pas que Trevor le touche.*

— *J'ai fait deux pas en direction de la porte, continua-t-il, puis Trevor m'a dit... je ne sais plus... 'Où tu vas ? Je pensais qu'on devait s'amuser ?' Un truc comme ça*

*Il édulcorait son récit – et Brian le savait sans doute. Mais la vérité était affreusement gênante. Trevor était un vrai con... et Tate l'avait trouvé sympa. Ce que Trev avait réellement dit, c'était : 'Je sais que tu en crèves d'envie, salope, alors bordel, reviens ici. Enlève ton froc et tu vas voir ce que ton petit cul va recevoir.' C'était trop humiliant. Il n'était pas nécessaire de répéter ces mots-là à haute voix.*

*De plus, ce n'était pas ce qui comptait.*


QUAND LYNDIE émit un son menaçant à ses côtés, Tate se tourna pour jeter un coup d'œil en direction de la porte. Les deux inspecteurs venaient de l'ouvrir. Talker dut ravaler une vague de nausée.

Il était censé rester 'solide' pas vrai ?

— M. Walker, nous aimerions vous parler.

— Pas...

Sa voix n'étant qu'un chuchotement inaudible, il dut se reprendre et la raffermir.

— Pas ici.

Le flic brun acquiesça – celui qui avait ricané avec une amertume non dissimulée un peu plus tôt, à travers la vitre. Tate le regarda avec méfiance.

— Alors, sortons, dit le flic.

Talker se leva et avança vers la porte de la petite chambre, en se demandant pourquoi ses genoux tremblaient aussi fort.

Soudain, Lyndie se trouva juste derrière lui et sa petite main fragile aux longs doigts d'artiste se nicha dans la sienne. Tate réalisa que, finalement, il serait probablement capable de marcher sans s'écrouler jusqu'au couloir, devant la chambre de Brian.

Une fois arrivé là, il s'adossa contre la paroi vitrée, comme si, quelque part, il tentait quand même de maintenir une connexion avec Brian.

— Nous avons interrogé M. Roberts, indiqua l'inspecteur aux cheveux bruns. Nous voulons simplement nous assurer que nous avons la totalité de cette histoire.

— M. Roberts ?

Tate ne reconnut pas le nom.

— Oh oui, bien sûr, Jed. J'avais oublié.

Il déglutit, tandis que sa pomme d'Adam jouait au yo-yo. Puis il reprit :

— Il est rare, quand on travaille dans un bar, d'utiliser le nom de famille des gens. En fait, je ne pense pas que la moitié du personnel connaisse le mien. D'accord, c'est Jed. Vous avez parlé à Jed. Il était là. Il a tout vu. Il sait ce qui s'est passé.

Talker s'attendit presque à ressentir sur son épaule le toucher subtil de Brian, mais ce ne fut pas le cas... alors... alors... et paf ! bien sûr. Il tressauta suffisamment fort pour arracher sa main à celle de Lyndie et se heurter la tête contre le plexiglas. Il dut se concentrer, vraiment fort, pour oublier les étoiles qui lui dansaient devant les yeux. Il nota que l'inspecteur blond le regardait avec des yeux plus inquiets que sarcastiques et méprisants.

— Gamin, tu t'es shooté à quoi, au juste ? demanda le brun.

Talker eut encore un spasme, moins violent, mais bien réel.

— À rien, marmonna-t-il. Ça ferait sauter ma bourse d'études universitaire si je prenais des drogues.

— *Toi,* tu es à l'université ? Bon sang, tu dois vraiment courir très vite ! ricana le flic brun.

Tate sentit tout son visage se contorsionner dans une grimace.

— J'y étais bien obligé pour éviter les gérants de mes familles d'accueil, répondit-il, sèchement.

Ce n'était pas un mensonge. Pour l'un d'entre eux, en tout cas, Talker avait dû le faire. Mais la colère était une bonne chose : la colère l'empêchait de se recroqueviller comme une couille molle en laissant tomber Brian, en laissant tomber Lyndie – et merde, en laissant aussi tomber Jed… et cette infirmière qui semblait croire que Brian avait besoin de lui.

Tate devait être solide.

Le flic leva les yeux au ciel.

— Ouais, ouais, bien sûr, j'en ai le cœur brisé. Qu'est-ce que tu veux au juste, que je pleure sur ton sort ou que je m'inquiète plutôt de ce pauvre mec tabassé qui finira peut-être avec des reins nazes ?

Talker eut la sensation que la moelle de ses os s'asséchait en réalisant qu'il était responsable de l'état de Brian : un corps inerte et inconscient, juste derrière lui.

— Je veux que ça n'arrive plus jamais, dit-il, d'une voix sans timbre.

Sa vision était devenue grise aux extrémités. Talker se souvenait de ce qu'on éprouvait, le corps brisé, dans un lit d'hôpital. Il l'avait vécu. Il ferait n'importe quoi pour que Brian ne souffre pas ce que lui-même avait enduré.

N'importe quoi.

*— MERDE, DR Sutherland ! Est-ce que je dois vraiment revivre tout ça ? Vous savez parfaitement ce qui s'est passé… Je vous l'ai dit, dès notre premier rendez-vous, pas vrai ?*

*La session avait déjà dépassé sa durée habituelle, mais ce soir, Tate était le dernier patient du Dr Sutherland. Et Talker commençait à se dire que le bon toubib l'avait fait exprès. C'était planifié, pour qu'il n'ait pas cette bonne excuse pour se barrer. Il allait être obligé de s'arracher le cœur et de le déposer en offrande, sur la table basse du cabinet médical.*

*— Oui, Tate, vous avez effectivement prononcé ce mot. Mais sans le connecter à vous-même. Depuis six mois que vous venez me voir, vous ne*

cessez d'évoquer le 'Pire Rendez-vous qui Soit'. Pour certains patients, ce genre de raccourci démontre qu'une conversation les ennuie, aussi ils la stigmatisent. Pour vous, ça signifie que vous n'arrivez pas à dormir, que vous commencez à réagir de façon bizarre et que le mec qui vous aime a perdu dix kilos.

Tate dut avaler une grande goulée d'air, avant de jeter à Brian un regard torturé.

Brian fit la grimace.

— Merde ! jeta-t-il, furieux. Ce n'est pas vrai !

Puis Brian parut mécontent – comme chaque fois qu'il n'arrivait pas à contrôler une situation, sans trop savoir pourquoi.

— Je viens d'avoir vingt-deux ans, reprit-il. J'ai juste perdu mes rondeurs enfantines, c'est pour ça que mon menton est devenu plus pointu. J'ai le visage qui a mûri.

Talker lui adressa un gentil sourire, que Brian lui rendit.

— Ça te va bien, murmura Tate.

Brian s'empourpra, apparemment touché par ce petit compliment.

— Mon but dans la vie est de te plaire, dit-il en rougissant davantage.

Le psy n'intervint pas durant cet échange, il leur laissa un peu d'intimité. Peut-être était-il aussi intelligent qu'il le paraissait : il savait que les petits moments de bonheur donnent parfois la force nécessaire pour endurer les pires épreuves.

Malheureusement, tout a une fin et bientôt la voix de Sutherland, aussi sinueuse et traître qu'un serpent, refit son apparition dans leur Éden.

— Dites-moi, Tate, vous aimez Brian ?

À cette intrusion, Tate fronça les sourcils et se retourna vers le psychiatre, imité par son amant.

— Plus que tout, répondit-il, avec certitude.

C'était la question la plus facile qu'on lui ait jamais posée.

— Plus que votre fierté ? insista le psy. Plus que votre douleur ? Êtes-vous certain que vous l'aimez vraiment ?

Tate sentit ses épaules se raidir et sa peau se tendre sur l'articulation de son omoplate droite, juste pour rendre la situation encore plus inconfortable.

— Je mourrais pour lui.

Et c'était la vérité. S'il le fallait, Tate Walker se lancerait en avant sans hésiter, il jetterait aux orties sa vie inutile pour que Brian puisse continuer son chemin.

*Le Dr Sutherland hocha la tête.*

*— Très bien, je suis heureux de l'entendre. Maintenant, pourriez-vous dire la vérité et toute la vérité, ne serait-ce que pour lui ?*

*Les poumons de Talker devinrent un bloc de glace. Il dut lutter contre une envie terrible d'uriner.*

— GAMIN, EST-CE que ça va ?

C'était l'inspecteur aux cheveux blonds, le plus grand des deux, qui paraissait aussi le plus jeune. Peut-être avait-il une famille… Peut-être que Talker lui rappelait son fils ou un autre gosse… Non, sans doute pas. Après tout, Talker n'avait jamais été le fils de personne : il avait été abandonné à six ans. Et ça avait été une bénédiction, pas vrai ?

— Oui, ça va, croassa-t-il.

Il essaya de se concentrer. À l'âge de six ans, il avait appris à se protéger, à se rendre dans un endroit secret de sa tête, là où il y avait de la musique – grâce à cette petite infirmière qui lui avait apporté un baladeur à l'hôpital. Actuellement, il entendait de la musique, alors même qu'il parlait à ces officiers de police qui n'étaient pas du tout ses amis.

*Jeremy a parlé en classe aujourd'hui…*

— Fichez-lui la paix et il ira très bien !

C'était la voix de Lyndie. Elle provoqua chez Talker une autre réaction violente. À nouveau, sa tête heurta avec un craquement sonore le plexiglas ; à nouveau, il vit des étoiles. Une nouvelle nausée, cette fois épouvantable, lui remonta dans la gorge. Tate se mit à trembler et à lutter contre son envie de vomir.

Détournant les yeux, les flics examinèrent la tante de Bryan. Talker crut, pendant une minute, qu'il pouvait à nouveau respirer.

— Madame, nous essayons simplement de savoir ce qui est arrivé à votre fils.

— C'est mon neveu. Il a été tabassé par des voyous dans un parking. C'est une honte, je vous l'accorde, mais ça arrive tout le temps. Et jamais mon neveu ne voudrait que Tate, ici présent, soit maltraité par deux flics comme vous, qui s'imaginent à tort tout connaître et tout savoir

Malgré sa vision brouillée, Tate regarda Lyndie. Elle mentait pour lui. Cette femme, qui avait toujours été adorable envers lui, mentait aujourd'hui pour lui, afin qu'il n'ait pas à dire la vérité sur ce qui s'était passé. Jed aussi avait menti pour lui ; Brian s'était battu pour lui. Bon Dieu, pourquoi Tate

Walker, avec ses cheveux de punk et ses tatouages de super-dur-à-cuire n'était-il pas capable de se protéger tout seul ?

— Madame, avec sa dégaine, il fait un bon coupable, déclara le flic brun.

Tate s'entendit gémir.

— Je préférais mourir que causer le moindre tort à Brian, chuchota-t-il.

Aussitôt, les deux flics se concentrèrent sur lui.

— Ah ouais ? Alors, Coco, c'est quoi toutes ces grimaces et ces gesticulations ?

C'était le flic blond, avec une voix presque gentille.

— Je n'aime pas les flics. Je n'aime pas les hôpitaux. Je n'aime pas voir mon copain massacré.

Talker avait retrouvé du poil de la bête. Il en adressa ses remerciements à un Dieu absent. Une seconde, sa vision s'éclaircit, aussi il repoussa à deux mains le mur derrière lui. Le stuc était lisse et froid contre ses paumes. Ce n'était pas – *ce n'était pas* – le bois rugueux de la porte d'entrée chez Trevor. Il n'y avait pas de verrou ; il n'y avait pas de brute ricanante ; il n'y avait pas en vue de queue menaçante – toute rouge et boursouflée, avec des veines apparentes...

*Oh, bordel, mais d'où lui venait cette image ?*

À nouveau, Talker déglutit et fit de son mieux pour ne pas perdre la tête.

Lyndie s'approcha de lui et lui reprit la main. Quand Tate réussit à resserrer les doigts sur les siens, elle marmonna :

— Seigneur, Tate, ta main est glacée. Tu dois être en état de choc. Je pense que nous devrions prévenir une infirmière.

— Ça va, mentit-il.

Il ne s'était jamais senti aussi acculé de toute sa vie... sauf cette autre fois, quand...

— *ALORS, TREV s'est levé... et il m'a dit que je ne devais pas partir. J'ai essayé de le prendre à la rigolade, je lui ai dit...*

*Talker déglutit.*

— *Je lui ai dit qu'il fallait que je rentre à la maison, pour m'assurer que tout allait bien. Parce que je m'inquiétais au sujet de Brian.*

— *Et c'était vrai ? insista le Dr Sutherland.*

*Tate acquiesça, soulagé de pouvoir répondre.*

*— Ouais.*

*Il déglutit et jeta un coup d'œil à Brian qui lui serrait très fort la main. Il vit les lèvres de Brian esquisser un sourire, comme pour le rassurer. Mais c'était le contraire : c'est Talker qui voulait rassurer Brian.* Ouais, j'étais aveugle, mais ce soir-là, bébé, j'ai su que quelque chose n'allait pas. Je ne voulais pas traîner avec un autre mec, je te le jure. Je ne pensais qu'à toi.

*— Ouais, j'étais inquiet. Bien sûr, nous ne... nous n'étions pas ensemble, mais... Vous savez, un mec comme Brian, on n'en rencontre tous les jours.*

— ALORS, TU as vu ton copain se faire tabasser ? insista le flic brun.

Une fois de plus, Talker se retrouvait acculé le dos contre un putain de mur.

— Ouais, nous sommes sortis ensemble du bar. Ils sont arrivés avec des chaînes et alors... oh merde !

*Oh bon Dieu ! Putain de bordel de merde !* Il réalisa tout à coup la vérité.

— Et alors, reprit-il, je suis resté figé. Je ne suis pas très solide, alors...

Son visage eut un spasme.

— Je disjoncte assez vite. Alors, je suis resté... bordel, tétanisé. C'est Brian qui m'a poussé, il m'a dit d'aller chercher Jed. C'est ce que j'ai fait. Nous sommes revenus ensemble, une ou deux minutes après, mais c'était trop tard... Ils étaient quand même trois... et Trev avait une chaîne.

Les deux flics devinrent si attentifs et immobiles qu'on aurait cru des statues, c'était comme si tout ce putain d'hôpital était devenu un musée.

— *Qui* avait une chaîne ?

Lyndie resserra les doigts sur ceux de Talker – qui se retrouva tout à coup ramené à la dernière fois où il avait été acculé contre un mur.

*— TREV M'A attrapé par les épaules et... il m'a collé contre la porte. J'ai cherché la poignée, mais il m'en a empêché. Il m'a jeté sur le dossier du canapé, penché en avant.*

*— Avez-vous dit quelque chose ?*

*Brian serrait ses doigts assez fort pour que la circulation du sang ne passe plus. Et ce n'était pas encore assez. Ce n'était pas encore assez fort. Talker apprécia presque d'entendre la voix du Dr Sutherland : elle l'aidait à se concentrer – il en avait besoin. C'était très dur pour lui de se concentrer.*

*— J'ai dit que je voulais rentrer, chuchota-t-il. J'ai dit que je voulais rentrer parce que Brian m'attendait. Mais Trev m'a répondu de la fermer, que j'étais juste une salope et que j'allais me faire mettre. Ensuite, ses mains... Je portais une ceinture bizarre, avec des épines de fer... il n'arrivait pas l'ouvrir. J'ai essayé de me débattre et de me relever, mais... il était plus fort que moi. Il m'a tordu les bras dans le dos, il a pesé sur moi de tout son poids, il a baissé mon pantalon...*

*— Avez-vous dit quelque chose alors ?*

*— J'ai dit : 'Trevor, je t'en prie, laisse-moi partir. Je veux rentrer à la maison. Je veux rentrer retrouver Brian.'*


— QU'EST-CE QUE j'ai dit ?

Talker cherchait désespérément à rester dans le présent.

Il entendait encore dans sa tête la voix du Dr Sutherland – et surtout la sienne racontant ce moment terrible. Cette dernière session dans le cabinet du psy ne cessait de l'attirer et son cerveau partait en vrille. Talker avait un mal de chien à réfléchir de façon cohérente.

— Tu as donné un nom. Tu as dit 'Trev'.

C'était le flic blond, celui qui avait des rides aimables autour des yeux. Tate se dit que ce serait mieux s'il connaissait le nom des deux inspecteurs – merde, il pourrait même éventuellement les fixer droit dans les yeux. Pour l'instant, il ne les différenciait que par la couleur de leurs cheveux et leur âge. En vérité, il se foutait complètement du reste.

— S'agirait-il par hasard de ce Trevor Gaines qui a été tabassé devant ce même bar, il y a cinq mois ? Nous nous sommes également occupés de ce cas et M. Gaines est resté très discret sur l'identité de son agresseur. Par contre, il a grogné pas mal de menaces en parlant de se venger. Auriez-vous quelque chose à nous dire, M. Walker ? Sauriez-vous ce qui s'est passé ?

— Non.

Talker n'avait rien su jusqu'à ce que Jed lui en parle, cette nuit, dans la voiture.

— Vous en êtes sûr ?

C'était à nouveau le flic blond, le seul que Tate était capable de regarder.

— S'il s'agit d'une vengeance, ça ne va pas s'arrêter. Il faut bien que vous le compreniez. Votre copain va vouloir se venger, puis M. Gaines va à nouveau s'en prendre à M. Copper. Ces choses-là peuvent dégénérer jusqu'à la mort d'un des deux adversaires. Votre copain, là-dedans, il n'a pas l'air en forme.

Tate gémit.

— Ce n'était pas de sa faute, chuchota-t-il.

L'obscurité se resserra sur lui, prête à l'engloutir. Il distinguait encore le visage du flic, il sentait encore la pression de la main de Lyndie, mais un océan de noirceur le séparait d'eux – aucun être humain ne pouvait plus l'atteindre.


— CE N'ÉTAIT pas de ta faute, dit Brian doucement.

Brian ne se contentait plus de tenir la main de Tate : il avait avancé son épaule, derrière Tate, pour lui empoigner le haut du bras. Et il lui parlait doucement, comme pour le forcer à se calmer, tout en le protégeant du cocon de son corps.

— Bien sûr que si ! répondit Talker avec amertume. Je suis allé chez lui. Je voulais me faire baiser. C'est entièrement de ma faute.

— Que s'est-il passé ensuite ? insista calmement le Dr Sutherland.

— À votre avis ? aboya Talker. J'avais le pantalon aux chevilles, le cul en l'air et Trev – ce fumier – était le plus fort. Il n'y a qu'une seule fin à ce genre de situation, Doc. Vous voulez un dessin ?

— Qu'avez-vous dit au juste à M. Gaines ?

Non ! Qu'il aille se faire foutre ! Bordel ! C'était insupportable, c'était intolérable, c'était... Est-ce qu'il fallait réellement que Talker le dise à voix haute ? Était-ce à ce point nécessaire ? Pourquoi le docteur tenait-il tellement à l'entendre ? Bordel, bordel...

Qu'il aille se faire foutre !

Jeremy a parlé... a parlé... parlé...


— CE N'ÉTAIT pas de la faute de Brian.

Talker se sentait plus fort maintenant et la colère enflait dans sa voix.

— C'était quoi alors, une histoire de jalousie ? demanda le flic brun.

112

Tate étrécit les yeux et chercha à se concentrer. Il espérait qu'il n'avait pas l'air trop shooté

— Qui êtes-vous au juste ? demanda-t-il. C'est quoi votre nom.

— Je suis l'inspecteur Henries. Ça vous va ou vous voulez aussi mon numéro de badge ?

Mépris. Dédain. Arrogance.

Tate secoua la tête, laissant tout le reste s'échapper de lui et dégouliner dans son dos... comme la sueur de Trev cette nuit-là.

— Je veux simplement que vous me croyiez, ce n'était pas une histoire de jalousie.

— Ah oui ? ricana Henries. Les gens comme vous deviennent sacrément jaloux à ce que j'ai entendu dire.

— Merde, Henries ! protesta le blond.

Henries haussa les épaules.

— Tu peux me dire tout ce que tu veux, je vais te dire un truc : deux matous se sont disputés les tatouages de ce coco-là ! aboya-t-il

Talker trouva l'idée que Brian et Trevor se battent à cause de lui absolument épouvantable – mais étrangement comique. Du moins, presque aussi comique que demander du lubrifiant à un violeur, pas vrai ?


— *JE LUI ai dit d'utiliser du lubrifiant ! aboya Talker.*

*Il avait la sensation que son crâne enflait et qu'il n'allait pas tarder à exploser.*

— *J'ai demandé aussi un préservatif. N'importe quoi. Parce que... Trevor était plutôt énorme. On s'était déjà embrassé, j'avais senti sa queue contre ma jambe, alors la seule chose que j'arrivais encore à me dire, c'était : 'bordel, Trev, ne m'enfile pas à sec.' Il a rigolé et m'a appuyé la tête sur le canapé.*

— *Oh Seigneur...*

*La voix de Brian exprimait une telle torture que Tate se tourna vers lui, une colère injuste lui précipitant les mots hors de la bouche.*

— *Quoi 'Oh Seigneur' ? Brian, je vais te dire un truc : le Seigneur n'était pas dans cette pièce et si c'est le cas, je ne l'ai pas vu.*

*Brian était solide, quelles que soient les circonstances. Il ne grimaça même pas devant le regard enragé de Talker, pas plus qu'il ne lui lâcha la main.*

113

*— Oh Seigneur, je n'arrive pas à croire que tu lui aies demandé ça, reprit-il.*

*Mais il était en colère : on sentait la rage bouillonner juste sous la surface de son visage dur. Il continua :*

*— Comment as-tu pu penser que tu méritais d'être...*

*Tate frissonna, puis haussa les épaules.*

*— Brian, j'ai juste demandé du lubrifiant et un préservatif... Je ne voyais pas ce qu'il y avait de mal à ça.*

... en classe aujourd'hui... Jeremy a parlé... en classe aujourd'hui...


HENRIES REGARDAIT Tate comme s'il était fou – ce qui n'est jamais bon signe.

— Qu'est-ce que tu trouves de drôle, débile ?

— Si vous continuez à l'insulter, je vous fais un procès, connard !

Tate dut y vérifier à deux fois : oui, il s'agissait bien de Tante Lyndie. Jamais il ne l'avait encore entendu dire un gros mot... et encore moins se montrer aussi agressive qu'un pit-bull sous amphétamines.

— Madame, j'essaye juste d'obtenir de ce gosse une réponse honnête. Je vous le répète, votre neveu a été tabassé dans un putain de duel de tapettes. Franchement, nous perdons notre temps.

— Si c'est ce que vous pensez, vous ne méritez pas de connaître la vérité, gronda Lyndie.

Tate réalisa que la petite dame s'était placée en face de lui et qu'elle montrait les dents – comme pour le défendre contre le reste du monde. Il pressa ses paumes contre ses yeux. Lyndie s'était interposée pour lui. Jusqu'ici, Brian était le seul à l'avoir fait. Et Tate ne le méritait pas. Bon Dieu, il ne le méritait absolument pas – mais il n'avait pas mérité non plus ce que Trev lui avait fait subir.

*Bordel, mais d'où ça venait ?*

— Pourquoi ne pas nous laisser en juger ?

C'était le blond cette fois – celui qui n'était pas Henries. Il tentait d'apaiser la situation.

— Allez, je suis désolé, reprit-il. Jed vous a appelé Talker. C'est quoi déjà votre nom ?

— Talker, répondit Tate.

Il se demanda s'il pouvait avoir un verre d'eau. Il avait la bouche aussi sèche que s'il avait mastiqué du latex.

— D'accord, Talker. Je suis l'inspecteur Melville...

— Comme dans *Moby Dick* ?

Vraiment ? Tout ce qui émergeait de son cerveau en bouillie passait comme une lettre à la poste. C'était bon à savoir. Parce que, étrangement, cette réflexion sembla mettre Melville à l'aise.

— Ouais. Tu l'as lu ?

— En Littérature et Rhétorique Avancées. Avec le professeur Kay Glowes. C'était quoi, votre question ?

Quand Lyndie tourna la tête pour lui adresser un regard par-dessus son épaule – son vieux visage ridé contrastait avec les cheveux teintés d'un noir de jais qui lui tombaient dans le dos. Elle eut un sourire. Pendant une seconde, une simple seconde, Tate crut qu'il allait tenir le coup. Puis il réalisa que ce sourire était le même que celui de Brian, aussitôt, ses mains recommencèrent à trembler de façon incontrôlable.

— D'accord, alors Talker, brillant étudiant en Littérature et Rhétorique, pourquoi as-tu rigolé il y pas une minute ? Franchement, mec, je vais te dire un truc : tu avais l'air dingue.


JEREMY A parlé... en classe aujourd'hui...

*Brian avait les épaules qui tressautaient comme s'il riait, mais en fait, il s'essuyait les yeux avec le revers de ses mains, comme un gosse.*

— *D'accord, mais ce n'est pas vraiment ce que tu voulais dire.*

*Sa voix cassée et rocailleuse chatouilla, au sens littéral, Tate au niveau des orteils.*

— *J'avais annoncé à tout le monde que je voulais me faire sauter, grogna Tate. Même à toi.*

— *Et tu n'avais pas le droit de changer d'avis ?*

*Tate n'avait jamais vu Brian aussi en colère. Il faillit craquer en entendant le hurlement que poussa son amant. Il se recroquevilla.*

— *Ne me crie pas dessus ! protesta-t-il.*

*Brian jeta un regard éperdu en direction de la porte, puis il regarda Talker et le psy, tour à tour... il sembla réaliser que la seule chose que Talker ne lui pardonnerait pas, c'était de se barrer. Au bout d'un moment, il se cacha le visage dans les deux mains.*

— *Alors, ne plaisante pas avec ça. Tu as simplement demandé à être traité de façon décente, comme un être humain. Ça n'est pas drôle.*

— *Allez, Brian, admets-le : dans le contexte, c'était risible.*

*Quand Brian le regarda, il avait les yeux rouges et enflés, des larmes sur les joues, de la morve sous le nez. Son beau visage de jeune Américain à la peau pâle couverte de taches de rousseur exprimait une douleur intense. Il parut gêné, tout à coup et utilisa son tee-shirt pour se nettoyer. Puis il leva la main jusqu'à la joue de Talker – celle qui était abîmée – et l'essuya du pouce. Son doigt en fut à la fois mouillé et taché de l'eye-liner noir que Talker utilisait sur ses deux yeux pour cacher le fait que son côté droit était légèrement déformé. Il avait également perdu une partie de sa vision sur cet œil, mais pas complètement. Un coup de bol.*

Jeremy a parlé… a parlé…

— *Regarde-nous, bébé, supplia Brian. Est-ce que tu nous trouves drôles ou même risibles ?*

… en classe aujourd'hui…

— JE TROUVAIS marrant que vous preniez Trev pour mon copain, dit Talker.

Il avait décidé que mieux valait ne plus réfléchir. Après tout, les flics étaient déjà au courant, pas vrai ? Ils savaient que c'était Trev. Ils savaient que Brian l'avait tabassé le premier. Peut-être, s'ils comprenaient le motif qu'avait eu Brian… peut-être s'ils le savaient… alors, Brian n'aurait pas d'ennuis. Peut-être que les flics réaliseraient à quel point Tate avait eu peur – à quel point il avait toujours peur, maintenant encore… Oh, merde… Combien de temps allait-il encore tenir le coup ?

— Il n'est plus ton copain – maintenant ? insista le flic. Ou bien il ne l'a jamais été ?

Tate se mit à trembler, de plus en plus fort.

— Il n'a jamais été mon copain, marmonna-t-il. Ni mon amant, ni mon ami, rien…

— *ALLEZ, MA jolie salope, allez…*

— *Bordel, Trev, mets un peu de… Aïe ! Bordel, ça fait mal ! Mets du lubrifiant, merde ! Trev, j'ai super-mal… Arrête…*

— *C'est comme ça que c'est bon. C'est ce que tu veux.*

— *Non, pas du tout ! Arrête ! Bordel !*

*Et il y avait cette voix dans sa tête, celle qui hurlait dans la fournaise de ses pires douleurs, quand son cœur se recroquevillait d'agonie...*

Jeremy a parlé... en classe aujourd'hui...

— OUAIS, GAMIN, c'est ça ! Tu t'imagines qu'on va croire une connerie pareille ? Essaie d'être un peu plus convaincant...

— *QU'EST-CE QUE tu as dit, Tate ?*

— *Allez, Dr Sutherland !*

— *Il abusait de toi, pas vrai ? Il te faisait mal, tu as voulu partir et tu as lutté, c'est ça ?*

— *Il m'avait coincé. Il est fort, vraiment très fort, presque autant que Brian, mais jamais Brian n'a essayé de faire mal à autrui. Je ne pouvais plus bouger les épaules, ni le cou et ça me faisait un mal de chien...*

... a parlé... a parlé... Jeremy a parlé...

— IL VOULAIT me baiser et je n'étais pas d'accord...

Est-ce qu'il allait pouvoir les convaincre – réussir à paraître vraisemblable ?

— Ouais, c'est ça, on te croit !

— *ALORS, QU'EST-CE que tu as dit ?*

Jeremy a parlé... en classe aujourd'hui...

HENRIES PROVOQUAIT Tate, nez à nez. L'inspecteur Melville tentait de retenir son acolyte brun. Et Talker cherchait désespérément à passer à travers le mur, pour revenir auprès de Brian.

— Notre version ne te plaît pas, Talker, alors tu t'en es inventé une autre, c'est ça ?

La voix de Melville était gentille, mais Talker ne voyait aucune gentillesse dans cette nuit atroce avec Brian, aussi il ne supportait pas d'en parler 'gentiment'. Il n'y avait plus rien de gentil dans sa vie, plus rien de serein, plus rien...

117

— ÇA SUFFIT ! J'AI DIT NON !

Il avait la gorge à vif d'avoir hurlé si fort. Derrière sa tête, le stuc/plexiglas glissait comme le plastique d'un toboggan dans une aire de jeux. Il atterrit violemment sur le cul, tandis que des miasmes de nausée traversaient ses organes vitaux, à la fois irrépressibles et horribles.

— J'ai dit non, répéta-t-il, d'une voix faible. J'ai dit non à Trevor.

Il se plia en deux et vomit, encore et encore… en plein sur les chaussures de l'inspecteur Henries.

# IV
## LES ÉCHOS DU CHAOS

IL PROVOQUA un sacré bordel.

Henries tentait d'arracher ses chaussures tout en beuglant à Talker des obscénités et des menaces ; Melville hurlait en demandant des explications ; les infirmières couraient partout, à la recherche de torchons et de serpillières… Quant à Lyndie…

Elle s'était accroupie à côté de lui. Le front posé sur sa tempe et elle chantonnait. Talker l'accompagnait.

— *Essaie d'oublier ça*, marmonna-t-il sur le même air.

Il entendit Lyndie chanter le vers suivant.

— *Essaie de l'effacer du tableau noir…* C'est une chanson triste, murmura-t-elle ensuite.

Il acquiesça.

— Tu la connais ? s'enquit-il, un peu surpris.

Autour d'eux, le chaos était de pire en pire, mais lui et Tante Lyndie, dans leur petite bulle, se trouvaient parfaitement bien.

— Mais oui, répondit-elle, doucement. Et si tu écoutais maintenant une de mes chansons, d'accord ?

Au bout d'une minute, Talker réussit à baisser le son dans sa tête pour se concentrer sur la voix basse de la vieille dame qui chantait. Les hurlements de Jeremy réclamant son attention furent noyés par une douce mélodie… qu'il avait déjà entendue il y a bien longtemps, sans arriver à se souvenir des circonstances exactes.

— C'est une jolie chanson, Tante Lyndie, marmonna-t-il.

À nouveau, Lyndie frotta sa tempe contre la sienne.

— Je la chantais autrefois pour Brian, juste après la mort de ses parents, chuchota-t-elle.

Elle parlait tout doucement, la bouche contre l'oreille de Brian. Rien ne venait troubler le petit cocon de solitude où ils se trouvaient tous les deux, Talker et cette femme adorable qui l'avait défendu comme une mère ourse son petit.

— Je ne suis pas pratiquante, mais cet air est agréable. J'aime l'idée d'un Dieu qui danse. Quand Brian était triste, il se sentait mieux après l'avoir entendu.

Il y eut soudain un grand silence autour d'eux. Tate se demanda si le claquement de ses dents pouvait envoyer des échos jusqu'au fond du couloir.

— Ç-ç-ça m-m-marche p-p-pour m-m-moi aussi.

Après un moment difficile et tendu, il réussit à décoincer légèrement sa mâchoire pour demander :

— Pensez-vous qu'ils me laisseraient me relever et aller prendre une douche ?

Lyndie jeta un regard noir aux deux inspecteurs qui avaient arrêté de hurler et se contentaient maintenant de les regarder... comme s'ils tentaient eux aussi de pénétrer dans la bulle.

— Mais oui, bébé. Je pense que vomir a été une excellente façon de les calmer. Une des infirmières m'a demandé si tu voulais quelque chose pour dormir, qu'en dis-tu ?

Tate cligna des yeux. Ses spasmes se calmaient et les taches noires qu'il avait devant les yeux commençaient à s'effacer.

— Non, je ne veux pas être une victime, répondit-il calmement.

Justement un docteur arrivait : il tenait à la main une seringue et une ampoule, aussi Tate répéta sa phrase d'une voix plus forte :

— Je ne veux pas être une victime.

Le silence se fit attentif quand il regarda le docteur.

— Je vous en prie, ne me droguez pas. Brian attend toujours d'être opéré... Je vais... je vais me nettoyer. Je vais me changer. Je vais... merde, je vais me calmer. Je ne veux pas de piqûre.

Avec un frisson, il se tourna vers Lyndie qu'il implora des yeux.

— Ce n'est pas que j'ai peur des piqûres, expliqua-t-il.

Elle hocha la tête, pour manifester sa compréhension.

— Ce n'est pas ça... reprit Talker, d'une voix calme. Je... Vous savez, j'ai passé presque un an à l'hôpital quand j'étais enfant. Je m'en suis remis. Je n'aime pas y retourner, mais... j'arrive à le gérer. Simplement, je ne veux pas m'en aller. Je ne veux pas... Je ne veux pas que le reste du monde puisse gagner.

La tante de Brian opina et, à nouveau, jeta aux flics un regard noir.

— Vous avez entendu, inspecteurs ? demanda-t-elle d'une voix féroce. Pas de calmants. Pas de connards qui lui aboient au visage. Il veut

120

une douche et un peu de respect. À mon avis, ce n'est pas trop demander. Peut-être obtiendrez-vous ensuite de lui des réponses qui satisferont tout le monde. Talker n'a jamais fait de mal à une mouche. C'est lui qui a été blessé. Et vous deux, les comiques, vous devriez vous en souvenir.

— Excusez-nous, madame, dit Melville.

Il recula en jetant un regard haineux à Henries – qui tentait toujours de nettoyer ses chaussures avec les torchons que lui tendait une infirmière, plutôt amusée.

— C'est la moindre des choses ! aboya Lyndie.

Elle se releva et tendit la main à Tate. Il l'examina un moment, puis il la prit et se redressa à son tour. Il tourna le dos aux flics, au couloir, au chaos.

Quand Lyndie le ramena dans la chambre de Brian, elle demanda à l'infirmière de garde, absolument sidérée :

— Il voudrait savoir si vous avez une douche qu'il pourrait utiliser.

La femme hocha la tête et lui indiqua le chemin à prendre. Elle gagna ensuite la gratitude éternelle de Tate en lui apportant des échantillons de shampooing et un uniforme d'infirmier qu'elle emprunta au bureau du personnel. Lyndie accompagna Tate jusqu'à la salle de bain et lui assura qu'elle revenait très bientôt.

Tate passa vingt minutes merveilleuses sous l'eau brûlante, à prétendre que le reste du monde n'existait plus.

Ou quelque chose du genre.


*IL ÉTAIT en train de perdre la tête sur le joli canapé du docteur Sutherland, dans son joli bureau et Brian le serrait contre lui.*

*— Tu as dis non, chuchota Brian.*

*— Exactement.*

*— Ce n'était pas de ta faute.*

*— Tu me connais.*

*— Je connais surtout la vérité.*

*Quand Tate leva les yeux, il se sentait à la fois misérable et vulnérable.*

*— La vérité, c'est que je ne te voyais pas. Tu étais là, juste devant moi et je ne te voyais pas. Je ne sais pas comment tu peux encore supporter de me regarder après un truc pareil.*

*Brian fit la grimace, ses yeux bleus se détournèrent un moment, avant de revenir se poser sur Talker.*

*— Bien sûr que si, tu me voyais. Tu es même la seule personne dans ma vie à m'avoir jamais vu.*

LE JOUR de leur première rencontre, les yeux de Brian s'étaient écarquillés en voyant Talker chercher une place où s'asseoir dans le bus. Ses yeux avaient exprimé la surprise, mais aucun dégoût, pitié ou colère à l'idée que : '*Bordel, il allait se retrouver à côté de Tate-Le-Tatoué-Surexcité !*'. Et Talker n'avait pas davantage lu sur son visage cette expression qu'il connaissait si bien et qui disait : '*Oh non, encore cette pédale !*' Les yeux bleus n'étaient que très grands, très étonnés et très solitaires. Le joli visage n'avait pas caché son plaisir d'être choisi – malgré le fait que tout chez Brian était ordinaire, ce qui l'aidait à se fondre dans le décor, où qu'il aille.

Oui, Tate l'avait vu. Il l'avait vraiment vu. Et que Brian soit homo ou hétéro n'avait aucune importance. Ce n'était pas ce qui le définissait. Son cœur pur était aussi rafraîchissant que la pluie en plein été. Tate avait eu besoin de cette pluie qui le nettoyait, comme il avait besoin ce soir du jet brûlant qui le martelait.

Quand il sortit de la douche, Tate se sentait vacillant mais résolu. Il venait de mettre son âme à nu et de dégobiller son repas devant le monde entier – tandis que son amant était inconscient dans la pièce d'à côté. Après un coup pareil, il pourrait survivre à n'importe quoi.

Du moins, il l'espérait.

En sortant de la salle de bain, il eut la sensation d'être frappé au plexus solaire.

— Dr Sutherland ?

— Hé, Talker.

Le psy était assis dans le couloir où il attendait calmement – en tricotant.

— C'est vous qui faites tous ces chouettes cardigans ? Je pensais que c'était votre femme.

D'une main, Tate tenait sous son bras le sac de ses affaires sales, de l'autre, il retenait à la taille le pantalon vert lagon de l'uniforme trop grand pour lui. Sa question aurait pu paraître bizarre, mais le Dr Sutherland ne s'en offusqua pas. Il ne fit qu'en sourire. Il devait réellement apprécier son jeune patient.

— Ma femme aussi tricote.

Il leva un pied recouvert d'une véritable œuvre d'art TRÈS colorée.

— Elle fait des chaussettes.

Sutherland rangea ses aiguilles à tricoter dans une sacoche à ses côtés, puis il se leva et avança le long du couloir en compagnie de Talker.

— Qu'est-ce que vous faites ici, Doc ? demanda Tate.

Il dut admettre que la présence à ses côtés de cet homme aux jambes arquées et à la panse proéminente était réconfortante dans ce couloir blanc et stérile. Il lui serait beaucoup plus facile d'attendre des nouvelles si le psy restait là.

— C'est la tante de Brian qui m'a téléphoné. J'imagine qu'elle a trouvé mon numéro dans ton portefeuille, quand tu es passé sous la douche. Elle semblait penser que tu aurais peut-être besoin d'un support moral.

Talker plissa les yeux. Il venait de réaliser que les cheveux du psy n'étaient pas comme d'habitude, attachés en catogan : non, ils pendaient sur ses épaules, tout emmêlés. De plus, son cardigan – un très joli modèle gris sombre – était boutonné de travers.

— Vous êtes arrivé drôlement vite. Merde, je suis resté combien de temps sous la douche ?

— Très longtemps, admit Sutherland gentiment. Mais j'habite à cinq minutes d'ici.

Il y eut un moment de silence. Talker déglutit. Ce mec devait sacrément s'inquiéter pour lui s'il avait déboulé aussi vite au beau milieu de la… merde, c'était déjà le matin ?

— Je ne veux pas en reparler, dit Talker, après une minute. J'ai déjà tout déballé dans votre bureau et ensuite… ce soir…

Il haussa les épaules. Il était pratiquement certain que Lyndie avait dû expliquer la situation au psy.

Tout à coup, le docteur fut plus proche de lui qu'il ne l'était d'ordinaire : il tendit le bras et en entoura les épaules de Talker. Il sentait le talc ; il avait dû prendre une douche quand on l'avait fait sortir de son lit pour venir à l'aide de ses deux jeunes patients.

— Ne t'inquiète pas, Talker. Les inspecteurs vont vouloir t'interroger d'ici une heure ou deux et nous devons encore attendre les nouvelles de Brian. Tu n'as pas besoin de dire un mot, d'accord ? Lyndie s'inquiétait pour toi. Elle semblait penser que tu avais besoin d'aide, alors me voilà.

Tate acquiesça avant de cligner les yeux, avec force.

— Très bien, dit-il, d'une voix rauque. Est-ce que vous avez déjà vu Brian ?

Quand ils arrivèrent à la chambre de Brian, le Dr Sutherland fut trahi par sa respiration… qu'il contrôla à grand soin. Il était sous le choc, Tate le devina.

— Il est particulièrement boursouflé, dit Lyndie à mi-voix.

Assise tranquillement, elle s'occupait de son propre tricot. Tate eut un bref moment de déconnexion en imaginant une conversation que la tante de Brian et son psy pourraient avoir.

— *Je préfère le crochet, c'est vrai, ça donne un tricot beaucoup plus velouté.*

— *Moi je n'utilise que des aiguilles très pointues. J'aime les tricots bien lisses, comme mes sweats.*

Le bruit dans sa tête s'effaçant, Talker scruta à nouveau le visage de Brian. Apparemment, il avait un nouveau bandage. Tate leva vers Lyndie un regard interloqué.

Ses mains ridées blanchirent aux jointures, tellement elle les serra sur son crochet et son tricot.

— Ils ont percé l'enflure qu'il avait sur la pommette et une autre, sur l'arcade, répondit-elle d'une voix éteinte. D'après eux, c'est pire à voir que ça ne l'est en vérité.

Talker hocha la tête, tout en luttant contre un spasme à la lèvre, puis il s'assit au chevet de Brian. Le Dr Sutherland baissa de son côté le rail métallique, aussi Talker put se pencher et tenir la main de Brian dans la sienne – celle qui était intacte. Le silence cotonneux n'était troublé que par les '*bip-bip*' de divers appareils médicaux qui contrôlaient les signes vitaux de Brian et sa respiration difficile… à travers son nez cassé. Restant assis là, Talker se mit à rêvasser, à la fois épuisé, surexcité et terrorisé. Pour une fois, ce ne furent pas des cauchemars. C'était comme si son corps avait, pour le moment, perdu toute capacité de faire de mauvais rêves dans ce bref moment de paix au milieu du stress.

Il ne restait plus que les bons rêves.


— *QUOI ?*

*Brian venait juste de se réveiller, ce matin-là, juste après leur dernière session avec le Dr Sutherland. La nuit avait été épuisante – ils avaient dû travailler et tous deux avaient littéralement rampé dans les escaliers avant de prendre, chacun à son tour, une douche. Après un bref petit 'coucou' à Sunshine, la rate, ils s'étaient écroulés dans leur lit.*

*Mais c'était le matin. Le soleil brillait à travers la fenêtre, aussi acéré qu'un pic à glace. En ouvrant les yeux, Tate avait découvert Brian au même endroit que les six derniers mois : dans son lit, où il ronflait assez fort pour en être horriblement gêné, s'il l'avait su.*

*Talker ne lui avait pas encore dit. C'était un petit secret connu de lui seul. Du moins, lui et Virginia, puisqu'elle avait également passé la nuit avec Brian. Virginia ayant aidé Brian à sortir du placard, Tate lui rendait le service de prétendre qu'elle n'existait pas.*

*Il y avait d'autres secrets que Tate connaissait : il savait que Brian avait sur la fesse gauche cinq taches de rousseur légèrement plus foncées que les autres et quatre sur la droite. Il savait que Brian était très fier de s'être mis quatre clous dans les oreilles et un dans le nez : il se trouvait trop banal et quelque part, ses piercings le différenciaient. Tate savait que Brian était un peu snob : il n'aimait pas les gens vulgaires qui faisaient du bruit pour attirer l'attention, ni ceux qui balançaient des vannes méchantes pour faire rire les autres. Il savait que Brian détestait le piratage de chansons, parce qu'il pensait aux musiciens comme à des artistes – comme sa tante Lyndie – et qu'il ne voulait pas leur voler leur gagne-pain.*

*Talker savait que Brian lui pardonnait de faire exactement ce qu'il condamnait, parce qu'il savait combien la musique lui était nécessaire pour demeurer sur terre quand rien d'autre, même pas la main de Brian sur lui, n'aurait pu y réussir.*

— *Quoi... quoi ?*

*Talker eut un sourire. Il y avait quelque chose dans la façon dont Brian le regardait qui lui faisait oublier ses cicatrices, ses tatouages, ses dents tordues.*

— *Je veux savoir à quoi tu penses. Je ne sais pas ce que c'était, mais tu y pensais si fort que ça m'a réveillé.*

*Talker se pencha en avant et frotta son nez contre celui de son amant, pour le faire à nouveau sourire.*

— *Je pensais que nous étions bien trop habillés, mentit-il.*

*Brian eut un frisson. Ils avaient le chauffage, mais ça coûtait trop cher, aussi la plupart du temps, il était... quasiment éteint. Les deux garçons gardaient la rate dans leur chambre, sous une lampe solaire. Ils avaient aussi un petit radiateur d'appoint, mais pour dormir, ils mettaient des survêtements et deux sacs de couchage que Brian avait achetés pour rien dans une brocante au mois de juin.*

— *Foutaises ! dit Brian en levant les yeux au ciel.*

*Talker se sentit obligé d'avouer.*

*— Je me demandais si ça te manquait.*

*— Si quoi me manquait ?*

*— Ce que nous ne faisons pas.*

*Brian fronça les sourcils en le regardant, perplexe.*

*— Tu veux dire le... le...*

*Il s'empourpra terriblement, décontenancé comme chaque fois que le sexe apparaissait dans la conversation.*

*— Ouais, le sexe, le cul, tu vois...*

*Talker avait parlé en toute franchise, Brian plissa le nez et roula de côté, pour lui faire face. Talker aimait bien cette position : celle de deux gamins qui dormaient ensemble – sauf quand Brian glissait sa main sous son sweat pour lui caresser la poitrine. À ce qu'il en savait, les gamins ne faisaient jamais ça.*

*— Eh bien, tu as une curieuse façon d'approcher le sujet, se moqua doucement Brian.*

*Puis il soupira et tendit la main. Elle était un peu froide, mais quand même, c'était bon. Surtout quand les longs doigts suivirent le tracé des muscles durs de Talker, puis jouèrent à l'aveuglette avec ses mamelons. Bref, c'était un contact humain – c'était ce dont Tate avait désespérément besoin quelques fois. Sa peau en crevait littéralement d'envie.*

*— Effectivement, je te l'accorde. Alors, est-ce que ça te manque ?*

*Tandis qu'il réfléchissait à la réponse à donner, Brian fit la moue – ses lèvres devinrent renflées comme un oreiller moelleux.*

*— J'ai déjà sodomisé une fille, tu sais, dit-il. C'était sympa.*

*Talker en resta bouche bée... au point qu'il faillit baver sur l'oreiller alors qu'il était réveillé.*

*— Tu as quoi ?*

*Brian plissa le front et tenta de s'expliquer. Il paraissait anxieux.*

*— Dans la vraie vie, les filles sont très différentes de ce qu'on voit dans les bouquins, dit-il. Elles sont... très agressives. Une fois, une fille a amené un préservatif et du lubrifiant. Elle s'est mise à quatre pattes, elle s'est préparée toute seule, elle m'a dit en indiquant l'endroit : 'Mets-le là.' Tu sais, une fois dans l'ambiance, on n'a pas tellement le temps de... réfléchir. C'est ta queue qui prend les commandes, alors... Voilà.*

*Talker gloussait déjà quand Brian termina son discours. Il n'y avait que son amant pour paraître aussi... aussi... boudeur en racontant qu'une fille lui avait offert la sodomie.*

— C'est vrai ?

— C'est vrai.

Brian riait, mais il avait les oreilles toutes rouges. Talker eut envie de l'embrasser très fort, mais il voulait encore plus connaître la fin de l'histoire.

— Alors... C'était comment...

— Étroit, répondit Brian du tac au tac. C'était très étroit. Mais c'était bon. Très bon.

Il secoua la tête.

C'est aussi la dernière fois que j'ai vu cette fille. Elle m'a dit que c'était terrible, qu'elle avait adoré ça et après... Tu sais ce que c'est.

Il haussa l'épaule qui n'était pas appuyée au matelas.

— Non, je ne sais pas, corrigea Tate.

Brian soupira.

— C'était... c'était comme avec toutes les filles que j'ai connues. Elles étaient marrantes, j'aimais bien être avec elles, mais quand je les touchais ou qu'elles me touchaient, ce n'était pas... Ce n'était pas vraiment ça. Je n'éprouvais aucune exaltation, aucune passion, aucune vibration...

Il posa la main sur le cou de Talker, qui sentit son pouls battre contre la paume de Brian.

— Je n'ai jamais ressenti avec elles ce que je ressens quand tu me touches, quand tu me souris, ou encore... quand tu chantes sous la douche, quand tu laisses traîner les chaussures dans le couloir, quand tu discutes avec la rate – en croyant que je ne t'entends pas.

— Mmmm, soupira Tate, tout heureux.

Il se cambra pour mieux s'offrir à la paume de Brian, mais il refusa de lâcher le morceau.

— Mais quand même, ça ne te manque pas... de baiser ?

Brian fit la grimace et piqua un fard – indiquant ainsi qu'il allait parler sexe. Tate le regarda chercher ses mots avec un plaisir non dissimulé. C'était assez rare.

— Tu veux dire baiser autrement que dans ta main, ta bouche, tes cuisses... et pratiquement toutes les autres options possibles ? Tu sais, il ne s'agit pas d'un orifice particulier. On peut baiser sans pénétration – même si ce n'est pas la définition officielle. Il n'a pas de sexe orificiel.

Cette fois, Talker ne put se retenir : il éclata de rire, un son qui jaillit de sa poitrine et le secoua de spasmes, du ventre jusqu'aux couilles. Il hurla de rire jusqu'à en perdre le souffle avant de reprendre :

— Le sexe orificiel ? Brian, ça n'existe pas. Tu viens de l'inventer !

Les oreilles de Brian étaient passées de roses à carrément pourpres. Il était si gêné qu'il se cacha le visage dans l'oreiller. Talker ne résista pas à son envie d'embrasser cette délicate coquille de cartilage brûlant. Brian se tortilla sous lui, aussi il l'embrassa encore, puis la caressa de sa langue. Brian s'agita davantage.

Quand embrasser l'oreille de son amant ne lui suffit plus, Tate passa à sa nuque – encore rougie, mais qui se marbrait de plaques, comme si l'excitation de Brian prenait le pas sur l'embarras. Il la mordilla pendant une minute. Les deux garçons avaient eu le temps de prendre une douche la nuit passée, si bien que Brian avait un goût de gel douche et de peau brûlante. Il avait les cheveux assez longs pour que Tate les écarte, afin qu'ils ne le chatouillent pas. Il déposa un chapelet de baisers le long de la colonne vertébrale, jusqu'à l'encolure du sweat. Brian émit un son rauque, moitié rire, moitié soupir et Tate ressentit brusquement le désir... oh merde, le désir terrible...

Avec un gémissement, il souleva les hanches et se frotta dans le creux que formait le haut des cuisses de Brian, juste sous son petit cul si ferme. Brian aussi se mit à grogner, avant de se cambrer contre lui. Tate ne cessa pas de lui embrasser le dos. Soulevant le sweat de Brian, il planta des baisers sur sa peau pâle et dorée. Brian avait trois grains de beauté dans le dos, plats et sombres, dispersés sans ordre particulier le long de sa colonne vertébrale. Tate les embrassa les uns après les autres, comme s'il s'agissait d'un jeu dont lui seul connaissait la règle. Il descendit jusqu'à la taille de Brian, qui se souleva, pour lui donner un meilleur accès. Tate en profita pour lui enlever son survêtement, blanc et serré, qu'il baissa jusqu'au pied du lit, avant de le rejeter.

Brian esquissa le geste de rouler sur lui-même, mais Tate l'en empêcha.

— Ne bouge pas ! dit-il en riant.

Il continua à l'embrasser et à explorer son corps, descendant toujours. Brian avait des fesses fermes et pommées, marquées de fossettes qui se creusaient quand il rentrait le ventre. Tate voulait jouer avec elles. Il voyait les testicules de Brian – de plus en plus durs, de plus en plus lourds – au creux de ce triangle d'ombre, magique et mystérieux. Ils étaient couverts de poils blonds, Tate désirait jouer avec eux sous cet angle inconnu. C'était drôle. C'est Brian qui lui avait fait découvrir, dans ce lit qu'ils partageaient, le jeu, l'exploration, le plaisir et une joie qui lui faisait tourner la tête.

128

Brian lui facilita la tâche. Il releva les genoux, carrément jusqu'à sa poitrine et garda les épaules incrustées dans le matelas... puis il se mit à farfouiller dans le tiroir de la table de chevet.

— Qu'est-ce que tu fais ? demanda Tate entre deux baisers.

Il était très occupé par la fente si tentante de ce petit derrière.

— Gnnnggg... grogna Brian.

Tate eut un grand sourire, puis il passa la main sous le mince corps musclé et caressa le long sexe épais plaqué contre le ventre de Brian. Son copain ne réalisait pas la splendeur de ce levier imposant qu'il portait à l'entrejambe. Jusqu'ici, Tate avait réussi à ne pas lui avouer qu'il pourrait pénétrer dans n'importe quel bar gay de la ville, baisser son froc et hurler : 'Qui veut m'entretenir pour le reste de mes jours ? '. Il obtiendrait de nombreuses offres. Tate avait décidé que c'était un secret à ne pas partager.

Tate continua ses caresses, il se mit à lécher les couilles de Brian – très satisfait que son copain prenne des douches soigneuses, parce que dans le cas contraire, ce genre de position pourrait s'avérer très désagréable. Brian, durant une minute, se figea net en oubliant ce qu'il cherchait. À nouveau, il enfouit son visage dans l'oreiller. Puis il eut un bref éclat de rire.

— Meeerde ! Talker. Tu me tues. Tu – me – tues !

Talker ouvrit grand la bouche et aspira un testicule tout entier, juste pour le plaisir d'entendre Brian s'étouffer et perdre le souffle dans son oreiller. Il continua. Au bout d'une minute ou deux, Brian recommença à fouiller dans le tiroir de la table avant de s'écrier :

— Bon Dieu, pas trop tôt !

Il retira sa main du tiroir et chercha celle de Talker – celle qui lui caressait la queue.

Talker dut lâcher l'objet de sa convoitise, ce qui ne lui fut pas facile. Bon sang, c'était si bon de sentir Brian aussi tendu, palpitant, excité ! Il resserra les doigts sur ce que Brian lui avait donné...

Un tube... de lubrifiant...

— Que... ? commença-t-il, sidéré.

— Merde, Talker, haleta Brian. Je suis... suis... Prépare-moi et prends-moi, d'accord ?

Il releva les fesses pour mieux accentuer ses paroles, tandis que Talker le regardait bouche bée. Dans son pantalon de survêt, son érection devint douloureuse. Mais son cerveau venait de griller.

Brian poussa un gémissement plaintif, puis il se retourna et récupéra le tube. Talker cherchait toujours à retrouver la capacité de parler.

— Mais c'est toi qui... tu dois être dessus. Et moi... Oh merde...

Brian se versait déjà sur les doigts le gel gras et transparent, puis il passa la main derrière lui et... Oh pétard ! Bon sang ! Merde ! Il s'enfonça les doigts dans son propre anus – si serré, si tentant... Tate n'arrivait pas à le quitter des yeux.

Brian soupira et grogna ; tout son corps frémit comme celui d'un chien qui venait d'être gratté au bon endroit. Il ajouta même un autre doigt.

Talker perdit toutes ses idées préconçues sur 'qui' devait être dessus ou dessous. Il ne voulait plus qu'une chose : toucher son amant de cette façon-là, le faire gémir doucement dans son oreiller. Chacune des molécules de son corps le désirait aussi – même les tatouées, même celles qui se trouvaient au bout de ses cheveux hérissés.

Aussi, il arracha la main de Brian en disant :

— Laisse-moi faire.

Brian reposa la main sur le lit et resta en position : le cul en l'air, offert et vulnérable. Il tremblait d'une supplication muette qui poussa Talker à se dépêcher, au point que ses propres mains frémissaient. Il arracha ses vêtements et frissonna dans l'atmosphère glacée de la chambre, puis il récupéra le tube de lubrifiant que Brian avait laissé tomber, sur le lit, avant d'en humecter ses doigts.

Il avait l'habitude de se ronger les ongles, aussi rien de dur ou de tranchant ne pouvait blesser la peau délicate. Il utilisa deux de ses doigts et poussa... poussa... poussa...

Il sentit le sphincter de Brian se refermer sur lui comme un étau serré et humide – ce qui le fit frissonner de tout son corps. Brian gémit. Talker commença de lents va-et-vient, en savourant la texture brûlante et granuleuse des entrailles de Brian. En même temps, il se demandait... Oh merde, il se demandait...

Lui-même avait une queue de taille moyenne, légèrement déformée, qui dégoulinait déjà de sperme sur les couvertures froissées. Bon Dieu !

— Écarte-moi, ordonna Brian, d'une voix rauque et impatiente. Ouvre les doi... Aaah ! Ouais, comme ça !

Tate n'avait jamais possédé la moindre subtilité.

— Maintenant ? Maintenant, tu es prêt ?

*Brian le suppliait. Bon sang, il avait son amant à quatre pattes, tout graissé et dilaté, qui le suppliait de le prendre et* bien entendu, *Tate était prêt à s'exécuter.*

— *Je suis plus que près. Allez, Talker… Vas-y… merde…*

*Après d'autres gémissements plaintifs et suppliants étouffés par l'oreiller devant lui, Brian bougea le cul de façon suggestive. Il continuait à frissonner. Tate le désirait follement, mais…*

— *Je ne veux pas te faire mal…*

*Pendant un moment, il hésita, mais Brian interrompit vite fait ses réflexions.*

— *Merde, Talker, arrête de déconner ! Tu devrais déjà être en train de me baiser.*

*D'accord, difficile d'être plus clair, pas vrai ? Talker avait un gland pratiquement sans cicatrice, aussi quand il se mit en position, il trouva que l'image de lui, prêt à pénétrer Brian, était… comment dire ? Miraculeuse.*

*Il poussa et passa à travers l'anneau de muscles. C'était incroyable. C'était de la vraie baise.*

*Brian cessa de gémir et resta immobile, complètement immobile, tandis que sa respiration devenait presque inexistante. Tate comprit qu'il se forçait à se détendre. Il tendit la main et caressa le flanc de son amant, puis le creux de son dos, tout en continuant à s'enfoncer, centimètre par centimètre, doucement mais inexorablement. Ce n'était pas le bon moment pour hésiter.*

— *Comment ça va ? demanda Tate à mi-voix.*

*Il y était presque… presque…*

*Voilà !*

— *Aargh ! hurla à moitié Brian dans l'oreiller.*

*Tate faillit s'écarter d'un bond. La seule chose qui l'en empêcha fut la crainte de provoquer davantage de dégâts.*

— *C'est dément ! bredouilla Brian. Absolument dément. Continue. Bordel, continue !*

*Talker réussit à aller doucement. Pour lui, c'était un triomphe d'aller doucement. Il… il…* oh merde… *doucement ! Doucement jusqu'à ce qu'il soit enfoui jusqu'à la garde. Doucement jusqu'à ce qu'il ne puisse plus continuer. Le corps de Brian était complètement contracté autour de lui.*

*Une fois au fond, il dut s'arrêter… Brian et lui étaient unis, fusionnés, officiellement engagés dans un sexe* orificiel… *Talker vibrait sous l'effort, le plaisir et l'étrangeté de l'expérience.*

— Hum… Talker ? demanda Brian, dont la voix tremblait autant que le corps.

— Ouais ?

— Mec… et si tu commençais à bouger ?

Talker eut un sourire tendu, tandis que tout son corps frissonnait encore.

—Attrape-toi la queue pour que nous jouissions ensemble, d'accord ?

— Ouais, je pense y arriver et… Aaah !

Bon, ce dernier cri signifiait sans doute que Brian avait réussi. Talker recula ses hanches jusqu'à être… bref, là quoi… puis il donna à nouveau un coup de reins, suffisamment fort pour que Brian ait un sursaut. Les deux garçons grognèrent ensemble. Alors Talker recommença.

Il prit le rythme. Lentement au début, puis de plus en plus vite et de plus en plus fort et ensuite… entre gémissement et grognements… il se mit à marteler son amant aussi violemment que possible, sans rien retenir. Brian hurlait dans l'oreiller, mais c'était des cris de plaisir. Il se branlait en même temps, sans réellement calculer ses gestes frénétiques. D'ailleurs, Tate n'était pas davantage capable de se contrôler.

Il baisait. Bon Dieu, il baisait. C'est lui qui tenait les rênes, c'est lui qui baisait et…

Il baissa les yeux et regarda sa propre queue pénétrer le corps de son amant pour la centième fois. La réalisation de ce qui se passait le fit brutalement basculer par-dessus bord. Il ferma les yeux et laissa le monde exploser autour de lui, illuminant l'obscurité d'une myriade de feux d'artifice avec de brillants éclairs blancs. Sous lui, autour de lui, Brian se convulsa en hurlant, puis il contracta ses muscles internes et donna en arrière un tel coup de reins que Tate fut expulsé dans un jaillissement de sperme.

Talker retomba lourdement sur le dos de Brian, qui s'écroula sur le matelas, écrasé sous son poids. Les deux garçons haletaient… puis ils s'étouffèrent ensemble, moitié riant, moitié grognant.

Quand Brian s'agita, Tate s'écarta de lui et roula sur lui-même, pour le regarder : à nouveau face à face, comme deux copains, comme deux enfants… L'estomac de Brian étant agité de spasmes, Tate se demanda s'il contractait ses sphincters pour… s'assurer que tout était encore en place.

— Ça va ? demanda Tate.

En même temps, il posa la main sur les muscles durs qui bougeaient. Brian croisa son regard et hocha la tête.

— *Super bien ! Et toi ?*

*Les yeux de Brian et son hochement de tête exprimaient l'enthousiasme, aussi Talker eut un sourire.*

— *Moi, je suis quasiment arrivé sur la lune, répondit-il.*

*Le regard de Brian se fit lointain durant un moment. D'après son expression, il venait de plonger dans d'intenses considérations intimes.*

— *Tu es sûr que ça va ? s'inquiéta Tate.*

— *Ouais, mais voilà... je crois que je vais devoir passer en urgence dans la salle de bain... Ne le prends pas mal, d'accord ?*

*Talker explosa de rire. Il ne put s'en empêcher. Il était aussi sensible à l'humour scatologique que n'importe quel autre gars.*

— *D'accord. Tu es pardonné. Vas-y.*

*Brian eut un grand sourire.*

— *Alors, tu es content ? Maintenant, nous avons... tu sais...*

— *... connu le sexe* orificiel *? ironisa Tate.*

*Brian hocha la tête.*

— *Exactement – c'est le cas. Nous sommes maintenant un couple* orificiel.

*Il redevint sérieux et scruta longuement les yeux et le visage de Tate.*

— *Il n'y avait rien d'anormal à notre façon d'être. Rien ne manquait. Tu n'as pas à t'excuser, tu n'as rien à regretter. Nous sommes très bien ensemble.*

*Tate cligna des yeux, plusieurs fois. Bon Dieu. Ils avaient passé tant d'heures tous les deux dans le cabinet de ce psy et c'était Brian qui découvrait enfin la seule chose qui n'avait jamais été dite.*

— *Oui, nous sommes heureux, confirma-t-il. Je t'aime.*

— *Je t'aime aussi.*

*Avant que Brian, ainsi qu'il l'avait dit, ne file en courant jusqu'à la salle de bain, les deux garçons eurent le temps de s'embrasser longuement et passionnément dans la froideur glacée de ce petit matin*

# V
# IL A PARLÉ EN CLASSE AUJOURD'HUI...

— TATE ?

C'était la voix douce de Lyndie.

— Tate, mon chou, réveille-toi. Les inspecteurs veulent te parler.

— Quouahh ?

Tate se redressa. De sa main abîmée, il essuya la salive qu'il avait au coin de la bouche. Le tissu cicatriciel s'accrochant à sa lèvre, il y jeta un coup d'œil contrarié. Après avoir dégueulé sur le demi-gant de laine qu'il portait d'ordinaire pour recouvrir ses doigts recroquevillés, il l'avait enlevé et oublié de dire au copain de Lyndie de lui en ramener un propre.

*Tiens, au fait...*

— Où est Craig ? s'enquit-il.

Il préférait nettement rencontrer les inspecteurs avec des vêtements à lui.

— Il sera un peu en retard, répondit Lyndie.

Il y avait dans sa voix comme une hésitation, Tate s'apprêtait à lui demander pourquoi, mais il sentit alors les doigts de Brian se resserrer sur les siens.

— Talker ?

Tate réussit à trouver en lui un sourire, quelque part au sud de son estomac, au nord de ses chevilles.

— Bruiser [5] ?

Un rire étouffé.

— Tu n'es pas encore rentré à la maison pour dormir ? demanda Brian.

Cette fois, il fallait dire la vérité.

— Nous attendons de savoir si tu seras opéré ou pas.

---

5  Film américain sorti en 2000, où un homme se réveille un matin sans visage et réalise qu'il vient de perdre son identité. '*Bruise*r' signifie aussi 'Gros-Dur' en anglais.

Tout en parlant, Tate plissa les yeux pour examiner de plus près le liquide qui s'écoulait dans le sac en plastique, au pied du lit. Ce n'était pas son imagination : l'urine commençait à foncer.

— Qu'est-ce que tu portes ? s'étonna Brian, les yeux étrécis.

Tate cligna des paupières comme une chouette. Ses cheveux hirsutes pendouillaient de côté, sur la partie blanchâtre de son crâne, ses paupières étaient nues. Brian se fichait toujours qu'il soit démaquillé ou dépouillé des piercings qui cachaient son oreille déformée. La seule chose dont se souciait Brian, c'était que Tate aille bien.

Il *fallait* qu'il aille bien.

— Une tenue d'infirmier, répondit-il.

Il eut un rire forcé.

— J'ai comme qui dirait dégobilllé sur la police – j'en ai foutu partout.

L'œil de Brian – le moins enflé – s'écarquilla. Autour de la pupille, le blanc était tout sanglant.

— Bon sang, Talker, qu'est-ce qui s'est passé ?

Tate secoua la tête et détourna le regard.

— Je n'avais même pas remarqué, tu sais. Tu as tabassé Trev et je ne l'ai même pas remarqué.

Brian gémit – un son qui n'avait rien à voir avec les bons souvenirs que Tate venait juste d'évoquer.

— Ne leur raconte rien, Tate, marmonna-t-il, la voix rauque. Mec, laisse-les m'arrêter. Ils n'ont pas besoin de savoir. Ça ne les regarde pas.

*Seigneur, regardez-le !*

Brian pissait le sang ; il n'arrivait même pas à voir ; son bras et son épaule étaient dans le plâtre, à peine rafistolés avec de la ferraille qui devait lui faire un mal de chien ; et il essayait quand même de protéger Tate.

Talker passa un moment à fixer son amant dans les yeux – dans l'œil, en tout cas, aussi enflé soit-il.

— Moi, ça me regarde, dit-il enfin. Écoute, bébé, je sais pourquoi tu as tapé sur Trev. Je remercie tous les jours le ciel qu'il ne soit pas venu au bar, s'il s'était pointé pour me revoir... s'il avait cherché à me toucher... je ne pense pas que j'aurais pu le supporter... Je te jure...

Brian le savait. Brian avait veillé sur lui chaque nuit depuis le Pire Rendez-vous... merde, depuis le viol – depuis ce putain de viol. Chaque nuit, Brian avait ouvert la porte de la chambre obscure pour écouter Tate respirer. Talker avait fait semblant de dormir, mais il l'avait entendu. Et il était certain qu'il n'aurait pas supporté de revoir Trev.

Talker se força à faire face à Brian comme il n'avait pas été capable de le faire – envers quiconque – durant tous ces derniers mois.

— Tu m'as sauvé la vie, Brian. Tu le sais. Je le sais. C'est pour me protéger que tu as fait dégager Trev. Cette fois, c'est à mon tour, je ferai la même chose pour toi.

— M. Walker ?

C'était l'inspecteur blond, M. Moby Dick en personne. Il venait de passer la tête dans la chambre pour le réclamer. Tate abandonna tout espoir d'avoir des vêtements décents ; il acquiesça et tourna la tête vers l'homme qui l'attendait à la porte.

En se levant, il se pencha sur le visage de Brian et lui effleura les lèvres – à peine, parce qu'elles étaient éclatées et douloureuses. En réalité, il se contenta de mêler leurs deux souffles.

— Je t'aime, bébé, chuchota-t-il. Ne fais pas de bêtises pendant mon absence.

Brian grogna, puis déclara :

— Tante Lyndie, va avec lui.

Tate écarta du visage martyrisé les cheveux d'un blond pâle.

— Tante Lyndie reste avec toi, Bruiser. Mais j'emmène Doc, si ça peut te rassurer.

— Doc ?

— Oui, il est venu à la rescousse. C'est sympa de sa part, hein ? Je pense que je vais le garder en renfort pendant un moment.

Brian réussit à esquisser un faible sourire, mais ses yeux papillonnaient déjà d'épuisement. Et Tate avait en vue un interrogatoire avec les deux flics. Il caressa du pouce le poignet de Brian, puis tourna les talons.

— Doc ?

C'était quasiment une supplication, mais il n'en dirait pas plus. Doc Sutherland – que le ciel le bénisse ! – le savait très bien.

— Bien sûr, Talker. Juste le temps de récupérer mon tricot.

LES INSPECTEURS avaient réquisitionné une petite salle de conférence, assez éloignée de l'unité des soins intensifs. Tate fut certain qu'il lui faudrait demander de l'aide pour retrouver son chemin. Après avoir haleté à ses côtés, le docteur Sutherland parut soulagé de pouvoir s'asseoir dans le siège qu'on lui proposait et de vider un verre d'eau.

Tate prit également une chaise. Il souhaitait désespérément un soda, mais il se contenta du verre d'eau qu'il engloutit d'une seule goulée.

— Tu fumes ? demanda l'inspecteur blond. Si tu préfères une cigarette, nous pouvons faire ça dehors.

Talker le regarda en fronçant les sourcils. Il eut un haussement d'épaules.

— On ne fume pas quand on fait de l'athlétisme, déclara-t-il.

Il écrasa dans son poing son gobelet en carton, ce qui faisait travailler les deux doigts de sa main droite. L'inspecteur suivit son geste des yeux.

Il y eut ensuite dans la pièce un horrible silence. Tate surveilla attentivement les différentes étapes de la révélation – le regard du flic scruta sa main abîmée, remonta le long de son bras, étudia les tatouages qui recouvraient ses cicatrices… jusqu'à son cou où elles étaient dissimulées par les plis, puis sur son visage et sa tête. Sa crête iroquoise suivait la délimitation où ses cheveux ne poussaient plus.

*Aha ! Eurêka ! J'ai compris !*

La seule fois où Tate n'avait pas détesté une découverte du même genre, c'était quand Brian l'avait faite. Parce que Brian avait été sympa avec lui avant même de savoir le 'pourquoi' de ses tatouages ou de sa coupe agressive. Brian, malgré sa timidité et sa réserve, avait apprécié et recherché sa compagnie. Brian ne lui avait jamais exprimé ni pitié, ni dégoût, ni malaise.


*— Aïe !*

*— Ouais, c'était douloureux. Ma mère s'est endormie avec une cigarette et une bouteille de Whisky. La couverture sur laquelle je dormais en était imbibée.*

*— Ta mère ?*

*— N'a pas survécu.*

*— Mes parents non plus.*

*C'était bien le genre de Brian de découvrir ainsi le pire moment – était-ce le second maintenant, ou même le troisième dans sa liste ? – de la vie de Tate et de s'arranger pour exprimer qu'il avait vécu la même chose.*


— QUE S'EST-IL passé ? demanda l'inspecteur.

Tate déglutit, il aurait voulu réclamer encore de l'eau. Assez peut-être pour noyer les battements de son cœur qui l'assourdissaient.

— Le feu, répondit-il sèchement. Vous tenez vraiment à en parler ?

L'inspecteur écarquilla les yeux et dit :

— Tu n'aimes pas les hôpitaux ?

— Vous n'aimez pas en venir directement au sujet ?

— Bon sang, j'essayais juste de te parler. Et puis, j'attends Henries, si tu veux le savoir. Il essaye toujours de nettoyer ses chaussures.

Il y eut un léger frémissement sur la bouche de l'inspecteur. Tate eut dans l'idée que, si ça avait été possible, Melville aurait lancé : *'Bien visé !'*

Après un soupir, Talker décida de tenter sa chance. Il hésita encore un moment, puis demanda :

— Je voudrais ne parler qu'à vous. Est-ce que c'est possible ?

Il se sentait ridicule et faible, mais Melville parut soulagé.

— Bien sûr que c'est possible. Est-ce que je peux t'enregistrer ?

Tate tourna les yeux vers le Dr Sutherland, qui paraissait mal à l'aise.

— Il n'a rien fait, répondit le psychiatre. Tate est une victime. Brian est une victime. Je déteste ce genre de procédures.

Oh, que le Seigneur bénisse cet homme ! Tate manifesta son approbation d'un hochement de tête.

— Écoutez, reprit-il, voilà ce que je vous propose : je vais vous dire ce qui s'est passé et vous déciderez ensuite ce qu'il faut faire. Parce que, la seule chose que vous et Chaussures-Dégueu ayez bien comprise, c'est que Trev ne va jamais s'arrêter.

Melville rangea son appareil dans sa poche.

— D'accord, je comprends. Très bien, parle-moi alors. On t'appelle Talker alors écoutons un peu ce que tu as à dire.

Tate soupira et détourna les yeux. Dans le lointain, il entendait de la musique. Pendant un moment, il se laissa engloutir par le beigeasse de cette salle de conférence stérile, tandis qu'il chantonnait quelques rimes de Tante Lyndie. Cet hymne ne lui ravageait pas la gorge comme *Jeremy*.

Quand Talker brisa enfin le silence attentif qui l'entourait, il dut forcer son corps à revenir dans la réalité.

Il ne remarqua même pas avoir fait sursauter les deux autres.

— J'ai été violé, murmura-t-il, comme s'il avait l'habitude de le dire sans difficulté. Il y a huit mois, je suis sorti avec Trevor Gaines… il pensait que l'affaire était dans le sac… mais moi, j'ai eu la trouille. Alors, il m'a violé.

Il dut déglutir, parce qu'une vérité épouvantable allait suivre. Brian l'avait devinée sans l'exprimer ; le docteur Sutherland avait aussi tenté de la lui extirper.

— Ça m'a presque tué. Pas la chose en elle-même, mais…

Il frissonna, à nouveau perdu dans le morne beige des murs autour de lui.

— La peur, la solitude… Tout ça…

*J'ai dansé au petit matin à la création du monde…*

— Tate ? intervint doucement le Dr Sutherland.

Quand Talker sursauta, le psy n'en parut pas surpris.

— Mon garçon, il faut que tu te concentres.

— Est-ce qu'il va bien ?

Tate ne savait pas trop ce qu'il avait fabriqué pendant que le petit hymne de Lyndie résonnait dans sa tête, mais le gentil flic avait la trouille. Manifestement.

— Où est Brian ? demanda Tate en guise de réponse, pas si rhétorique que ça. Où est Brian ? Est-ce qu'il me tient la main ? Est-ce qu'il me dit que ça va aller ? Parce que, si ce n'est pas le cas, non, je ne vais pas bien du tout. Écoutez…

Tout à coup, il se sentait parfaitement concentré.

— C'est ce que je cherchais à vous expliquer. Je n'allais pas bien du tout après ce que Trev m'a fait. J'étais…

*… suicidaire,*

— …complètement paumé. Alors, tous les soirs, quand je rentrais chez moi, je ne pensais qu'à… qu'à… vous savez bien. J'ai un rasoir dans mon tiroir. Ça m'aurait été facile de… Après… après, j'aurais eu un peu froid durant un moment et puis… la paix.

Le Dr Sutherland posa la main dans son dos et se mit à le frotter, en cercles réguliers, apaisants. Se sentant réchauffé, Tate le laissa faire. Par contre, il ne pouvait pas regarder Melville – il ne le pouvait pas.

— La seule chose qui m'a empêché de le faire… qui m'a empêché de prendre ce rasoir… c'était la certitude que Brian veillait sur moi. Toutes les nuits, il venait vérifier si ça allait… parce que c'était mon ami, mon colocataire. J'ignorais alors qu'il attendait autre chose depuis des mois, qu'il m'offrait son cœur pendant que je déconnais avec ce sinistre enfoiré de Trevor Gaines. D'ailleurs, Brian ne m'en voulait même pas… parce qu'il… il avait réellement besoin de savoir que j'allais bien. Il aurait dû vivre avec si j'avais sauté le pas, alors je ne l'ai pas fait. J'ai juste continué d'avancer.

Quand Melville se racla la gorge, Tate se tourna vers lui, le suppliant mentalement de la boucler, de se contenter d'écouter le temps qu'il vide son sac. Ce fut Doc Sutherland qui sauva la mise. Oh Dieu ! Personne ne s'était trouvé à ses côtés cette nuit-là, avec Trevor, mais Tate commençait à réaliser que ce cauchemar avait été un clin d'œil du destin. Il avait de vrais amis qui seraient intervenus s'ils l'avaient pu. Et là, Doc se lança sans hésiter à sa rescousse.

— Un peu de patience, inspecteur, dit-il calmement. Il va y venir.

Peut-être que Melville était un mec bien – ou peut-être qu'il s'inquiétait seulement que ses chaussures soient aussi couvertes de vomi – dans tous les cas, il la boucla.

— Vous voyez… commença Tate

Il regarda Melville, complètement à nu, en pensant : *Je parie qu'il a des enfants. Je parie qu'il a un fils et qu'il se demande ce qui peut transformer un brave gosse en un misérable taré qui dégobille sur les chaussures d'un flic, un monstre qui se tatoue la gueule jusqu'à faire peur. Regardez-moi bien, inspecteur, je suis ce que je peux être.*

Talker eut un spasme, comme pour s'extirper de son propre crâne.

— Vous voyez, reprit-il, je n'aurais pas supporté de revoir Trev face à face. Je n'aurais pas pu. Maintenant, peut-être… pas ce soir, mais…

*C'était avant que je dégueule sur les chaussures du méchant flic.*

— Maintenant peut-être que je pourrais… l'affronter… sans m'effondrer et paniquer, ou plonger dans ma tête sans jamais en ressortir. Avant, c'était impossible. Alors, il faut que j'imagine…

— Que tu imagines ?

— Ouais, parce que je ne me souviens pas. J'étais… perdu bien trop profond dans mon trou noir. Je me rappelle à peine avoir vu les cicatrices sur les mains de Brian – et il n'est pas du genre à chercher les ennuis, d'accord ? Il venait au bar tous les soirs pour me raccompagner. Donc, si c'est arrivé là, j'imagine… oui, je parierais que Trev s'y trouvait et que Brian… a voulu me protéger.

— Et il n'aurait pas pu se rendre au poste de police ? demanda Melville, en tentant un ton sévère.

— Pour dire quoi ? s'enquit Tate avec amertume. Que son colocataire gay à la tronche défoncée était suicidaire après un rendez-vous un peu trop agité ?

Il eut un sourire corrosif.

— Et il n'y a pas que vous… je n'aurais jamais pu prononcer le mot 'viol' même pour sauver ma vie. En fait, même pour sauver celle de Brian je n'aurais pas pu…

Melville eut un profond soupir.

— Nous savons très bien que M. Gaines n'a pas été tabassé aussi durement que Brian…

— Parce que Brian l'a affronté seul à seul. Demandez à Jed. Il vous le dira.

— M. Roberts a prétendu ne rien savoir, rétorqua sèchement Melville.

Talker le fusilla du regard.

— Il protégeait Brian. Mais je ne pense pas que Trev va s'arrêter là. Alors, moi aussi, je tiens à le protéger.

Melville soupira encore, puis il acquiesça. Il semblait d'accord : il allait demander à Jed de confirmer ce qui s'était passé durant cette première bagarre. Talker n'était pas certain de vouloir en connaître tous les détails, mais il se morigéna fermement : quand il serait enfin prêt, ce serait à Brian qu'il poserait ses questions.

Melville attendit un moment en silence. Quand il vit que Talker ne disait plus rien, il insista :

— Alors ? Ce soir ?

— Ce soir ? Ce soir, nous sommes sortis du bar et nous marchions vers la voiture. Il y avait Trev et deux autres mecs, avec des chaînes.

— Et toi, tu n'as pas été blessé ?

L'accusation était implicite, mais méritée.

— Brian m'a forcé à courir, répondit Talker.

Il était de retour dans le territoire beige. Il évoqua sa terreur paniquée en revoyant Trevor, en remarquant les chaînes, en pensant : '*Non, je ne peux pas revivre ça !*'

— Forcé ?

L'accusation était toujours là.

Talker hocha la tête. Il n'avait pas de réponse à cette accusation. Pourquoi ? Le mec pensait-il que Talker ne se sentait pas coupable ?

— J'étais tétanisé, chuchota-t-il. Bordel, je suis resté… tétanisé… Je…

Il s'interrompit, les yeux brouillés de larmes. Tout à coup, il sentit le Dr Sutherland lui prendre la main. Il s'y accrocha comme à une bouée de sauvetage, souhaitant plus que tout au monde qu'il s'agisse de celle de Brian.

— Je ne pouvais pas revivre... Alors Brian... Il m'a pris par les épaules et m'a poussé en avant vers le bar, en me disant d'aller chercher Jed... Un des mecs l'a frappé dans le dos avec un tuyau de plomb, puis Trev s'y est mis aussi, il a balancé...

C'était arrivé. Pas plusieurs mois auparavant... non, c'était arrivé quelques heures plus tôt... parce que Brian était toujours là, toujours blessé. Brian n'allait pas bien.

Maintenant, Talker non plus.

Il ne vomit pas ; il ne disparut pas dans un monde parallèle ; il ne s'enfuit pas. Il resta seulement assis, les yeux noyés. Au lieu de Tante Lyndie, ce fut Doc Sutherland qui le serra dans ses bras et le laissa pleurer contre ce foutu cardigan tricoté à la main. À court de mots, Talker n'avait plus rien à dire, ni au gentil flic qui semblait sous le choc, ni au Doc Sutherland, ni à Tante Lyndie, ni même à lui... dans sa tête.

Au bout d'un moment, il se reprit. Quand il leva les yeux, Melville était toujours là, sans marquer son impatience. *Bon sang, je parie que ce mec a réellement des gosses, sinon, il ne pourrait pas attendre comme ça.*

Melville reprit la parole dès qu'il comprit que Talker l'écoutait avec attention.

— Il faudra que je voie avec l'assistant du procureur, déclara-t-il. Mais à mon avis, Brian n'aura pas d'ennuis. Une fois que nous aurons ta déclaration sous serment, nous arrêterons Gaines pour agression. Nous...

Il eut une grimace.

— Si tu pouvais parler à M. Roberts ? Essaye de le convaincre de nous raconter ce qui s'est passé. Quoi qu'il ait promis, ça ne sera pas une trahison, au contraire, ça nous serait *très* utile.

Talker, soudain méfiant, fronça les sourcils.

— Vous n'allez quand même pas essayer de lui coller ça sur le dos ? Je veux une attestation écrite que Jed ne risque rien. C'est un mec bien.

Melville acquiesça.

— D'accord.

Rassuré, Talker se demanda s'il pourrait dormir maintenant. Puis il repensa à Brian. Pendant un moment, il ne ressentit plus qu'une terreur sans nom à l'idée que son amant risquait d'être opéré. Puis il revint à Melville.

— C'est terminé ? Est-ce que je peux... m'en aller ?

Il avait le visage bouffi et déformé. Mais il lui restait sûrement à verser quelques larmes inutiles.

Melville hocha la tête, l'air absent.

— Non, tu restes…

Il soupira et se reprit.

— Hé, tu l'aurais vraiment fait… ? Tu te serais vraiment suicidé si Brian n'avait pas été là ?

Très lentement, Tate acquiesça. Il se souvenait de la gentillesse attentive de Brian, la nuit où il était revenu de chez Trevor.

— C'est uniquement pour lui que je suis rentré à la maison, cette nuit-là.

Il se releva brusquement. Il était épuisé, soudain. Il voyait presque briller devant lui le tunnel qui le ramènerait en ligne droite jusqu'à Brian. Il ne garda aucun souvenir de son trajet retour, mais il se ranima brusquement en rencontrant dans un couloir une équipe médicale qui poussait la civière de Brian.

— Merde ! marmonna-t-il.

Lyndie, qui était là également, déclara :

— Laissez-le passer ! Laissez-le passer !

— Brian ? bredouilla Talker qui n'avait plus de voix.

— Opération, répondit Brian. T'aime, bébé. À plus.

Les deux garçons réussirent à s'étreindre brièvement les mains avant que la civière ne continue son chemin vers la salle d'opération. La dernière chose que vit Talker, ce fut le sac du cathéter accroché au pied du lit, comme un drapeau sanglant.

# VI
## TESSONS DE LUMIÈRE À NOËL

ILS EURENT de la chance. Avec un peu d'insistance et les talents d'homme à tout faire du copain de Lyndie, ils obtinrent que l'hôpital laisse sortir Brian deux jours avant Noël.

Entre le moment où Talker l'avait vu disparaître au fond du couloir blanc d'un hôpital et celui où Brian, soutenu par Tate et Jed, arriva en vacillant sur le seuil récemment rénové de l'appartement, Talker pensait avoir vieilli d'un siècle – peut-être même davantage.

En fait, une fois Brian en salle d'opération, il lui avait bien fallu accepter un calmant. Il s'était mis à trembler si fort que ses dents claquaient et il n'avait pas réussi à se calmer cette fois. Il n'avait plus la motivation d'en faire l'effort… il ne pouvait plus rien accomplir pour aider Brian qui disparaissait dans cette pièce froide et immaculée.

Il avait repris conscience en salle de réveil, juste à côté du lit de Brian. Apparemment, Lyndie avait houspillé le personnel, mêlant menaces, supplications et cajoleries, afin que Tate soit admis ici. Étendu sur sa civière, il s'était retrouvé à chantonner le petit hymne de Lyndie – tout en regardant Brian dormir, le temps de libérer son corps de l'anesthésie. Brian respirait ! Il était hors de danger, il allait survivre. Dans le silence de la tête de Talker, la seule chose qui vivait encore, c'était la musique.

Ce fut la musique qui l'aida à traverser les semaines suivantes, mais il ne resta jamais seul. Lyndie veillait à le faire manger, histoire de le maintenir en vie jusqu'à ce que son neveu soit debout, une fois son épaule opérée en phase de guérison. Craig garda un œil sur l'appartement, veillant à ce que Sunshine reste au chaud et bien nourrie. Il installa aussi une rampe et des poignées dont Brian aurait besoin pour monter et descendre les escaliers de leur misérable taudis. Quant à Jed, il accumulait les heures de travail, remplaçant même Brian au restaurant où il travaillait, pour que les deux garçons puissent payer leur loyer jusqu'au moment où l'assurance sociale paierait à Brian ses premiers versements d'incapacité.

Le Dr Sutherland avait rencontré tous les professeurs pour que les deux garçons aient leurs examens reportés, ce qui leur évitait de perdre leurs efforts du dernier semestre. Ils pourraient continuer à préparer leur diplôme. Le psy avait même obtenu de l'administration une aide supplémentaire pour le prochain semestre de Brian. Effectivement, même remis sur pied, il serait privé des pourboires qui payaient d'ordinaire ses frais d'inscription aux examens et ses livres de cours.

Malgré l'aide de ceux qui l'entouraient, Talker avait dû retourner dans le misérable petit appartement et y dormir sans Brian à ses côtés.

Ça avait été difficile. La première nuit, il avait eu de tels cauchemars qu'il s'était relevé pour traverser en courant la rue et acheter un somnifère au drugstore. Il tenait à être capable d'affronter le lendemain matin. Celui précisément où il était convoqué au tribunal, afin de déposer sous serment et faire arrêter Trevor. Donc, c'était important. Ça valait le coup.

Cette journée au tribunal avait été un véritable calvaire. Tate n'aurait jamais pu la traverser sans Doc et Tante Lyndie. L'encadrant chacun d'un côté, ils l'avaient traîné de salle en salle tandis que Tate ne distinguait qu'une masse de visages flous. Il avait fait sa déposition – et ne se rappelait quasiment de rien. Tout du long, il avait eu Staind qui jouait dans sa tête, leur album tout entier. Rien, ni ce qu'il avait dit, ni les gens qu'il avait rencontrés, ne s'était enregistré dans sa mémoire.

Il se rappelait seulement que Jed l'avait serré très fort, en lui assénant de grands coups dans le dos, pour lui dire que tout allait bien – tant que Brian n'avait pas d'ennuis, tout allait bien. Jed non plus n'aurait pas d'ennuis : Melville avait tenu parole. Talker avait cependant insisté pour ne pas assister à sa déposition. Il ne voulait rien entendre de ce combat, il voulait que ce soit Brian qui le lui raconte.

Henries était là aussi, mais il évita Talker avec ostentation. À un moment, tandis que tous deux attendaient dans un couloir immense où les échos résonnaient sur les brillantes dalles de granit du sol, Henries avait eu un commentaire désobligeant sur la tenue de Talker. Pour se rendre au tribunal, Tate avait emprunté un des plus chouettes pantalons de Brian, avec des poches sur le côté et une chemise qu'il avait boutonnée de haut en bas. Il avait cependant conservé son demi-gant et son maquillage. Melville avait très sèchement répondu à son partenaire, en lui annonçant que s'il ne la bouclait pas, quelqu'un d'autre allait vomir sur ses chaussures. Tout le reste du temps, Henries avait fait la gueule près du distributeur à eau.

À la fin, une seule chose comptait : que Talker ait tenu bon. Son témoignage avait enfin mis les choses au clair : Trev était un salaud. Brian s'était montré le défenseur du bien, peut-être pas côté légal, mais certainement côté moral. Et la réaction de Trevor avait été hors de proportion. Une fois acculé, Trev donna aux flics le nom de ses deux acolytes – en s'exprimant avec le nez cassé. *Bravo, Jed !* Tate regretta sincèrement de ne pas avoir d'argent : il aurait tellement voulu offrir à Jed le plus beau des cadeaux de Noël... peut-être quelque chose pour ses gosses.

De loin, Tate vit Trev arriver dans le couloir, menotté et escorté par deux policiers. Le mec gardait la tête haute, les traits tordus dans ce rictus méprisant que Tate, autrefois, avait trouvé séduisant. À la fin de la session, l'assistant du procureur avait obtenu un marché : si Trev ne portait pas plainte contre Brian, il serait accusé d'agression à main armée et non de tentative de meurtre. Vu que la deuxième option risquait de l'envoyer passer une éternité en prison, Trev avait accepté les dix-huit mois qu'on lui proposait. Ce n'était pas beaucoup – pour Tate, ce n'était certainement pas assez – mais au moins les deux garçons seraient libérés de sa présence le temps de récupérer. De plus, à sa sortie, Trev serait soumis à une ordonnance restrictive – et Tate en éprouvait un certain réconfort.

Il ne voulait pas penser à ce que vivrait Trev en prison. Il n'éprouvait aucune satisfaction à l'idée que, quelque part, les rôles seraient inversés. Quand Trevor quitta le tribunal, il ne se sentit ni victorieux, ni vengé, ni satisfait. Il ne pensa même pas à crier : *'Hé, Trev, maintenant tu sais l'effet que ça fait !'* En réalité, toute cette histoire lui donnait la nausée. Et Tante Lyndie avait un mal terrible à le faire manger.

Il disparut un moment. Quand il retrouva ses esprits, il était devant le tribunal, sur un des hideux bancs en granit froid qui faisait partie d'une sculpture aménagée autour de la fontaine. Il était assis là, les genoux relevés contre la poitrine ; il ne bougea pas avant que Lyndie et Doc le retrouvent et l'entraînent jusqu'à une salle suivante, lambrissée de bois, où un autre groupe lui adressa la parole – et jamais il ne se souviendrait de ces visages.

La seule chose qui aida Tate à se concentrer toute la journée, la seule chose qui l'empêcha de perdre la tête, de vomir, de trembler, d'avoir à être assommé de calmants, ce fut l'idée de rendre ensuite visite à Brian.

Chaque jour, son visage dégonflait. Quand il fut ramené chez lui, il avait encore des meurtrissures visibles, mais les agrafes avaient été enlevées : en clair, il n'était plus défiguré. Il était redevenu... Brian.

Brian écoutait, avec de grands yeux écarquillés, Tate babiller au sujet de sa journée – bonne ou mauvaise. Il jetait, de-ci de-là, un calme commentaire pour bien montrer à Tate qu'il lui accordait toute son attention. Brian disait aussi à Tate combien il avait été courageux – et c'était sans la moindre once d'ironie. Il parlait de Noël comme s'il s'agissait d'un événement important. Pour Tate, le plus beau des cadeaux était juste que tous les deux s'en soient sortis vivants.

Le lendemain de la déposition de Talker, Brian avait reculé sur son lit d'hôpital, malgré son corps meurtri, douloureux, pas encore cicatrisé, pour faire une place à Tate. Après l'avoir forcé à s'allonger près de lui, Brian lui avait mis les écouteurs de son iPod dans les oreilles, puis il l'avait pris dans ses bras. Pour lui, ce devait être un épisode difficile, mais pour Talker, c'était le meilleur Noël qui soit. La chaleur du corps de Brian, le battement calme et réconfortant de son cœur… Quand Talker s'était pelotonné dans ce cocon, il réalisa que ça avait valu le coup de supporter ces gens fouineurs et leurs horribles questions, cette éviscération intime – bordel, oui ça avait valu le coup ! Pour qu'il puisse ainsi se retrouver auprès de Brian, avec la certitude que tous les deux étaient dorénavant en sécurité.

— *ALORS, TU n'as pas eu à revoir Trevor ? avait fini par demander Brian.*
*Contre son épaule, Talker s'était contenté de secouer la tête.*
— *C'était justement l'intérêt de cette épreuve, avait-il répondu, candidement, la bouche plaquée contre la poitrine de Brian. Avec ma dégaine, il valait mieux que je n'apparaisse pas à la barre et Trev ignorait que tu étais incapable de témoigner contre lui…*
— *Je ne l'aurais pas fait, l'avait coupé Brian d'une voix ferme.*
*Talker avait fermé les yeux.*
— *Je sais bien que tu ne l'aurais pas fait, avait-il répondu doucement. Je sais bien que tu n'y serais pas allé, pour la même raison que tu m'as poussé en direction du bar dès que tu les as vus. Tu es très protecteur envers moi, Brian. C'était mon tour de prendre soin de toi.*
*Brian avait émis un gémissement étouffé. Tate avait rencontré son regard.*
— *J'aurais préféré que ce ne soit pas aussi dur pour toi, avait-il murmuré Brian.*
*Le sourire de Tate n'avait été qu'amertume. Il refusait d'en parler.*

*— Dur ? Tout est relatif. Tu vas devoir affronter un an de rééducation fonctionnelle. Moi, je n'ai eu que quelques jours à souffrir. Chut... Cette chanson est sublime... je veux l'écouter...*

Ils n'en avaient plus jamais reparlé.

Et maintenant, Jed venait de partir en promettant de revenir la nuit suivante – la nuit de Noël – avec toute sa famille ; Doc Sutherland avait exigé de Tate l'assurance qu'il garde son numéro à portée de la main ; Lyndie et Craig s'étaient enfin offert le luxe de passer un jour ou deux chez eux... Aussi, il ne restait plus que les deux garçons, comme au premier jour : Talker et Brian contre le monde entier.

Même Talker savait que ce n'était pourtant pas le cas.

— Ils vont tous revenir demain soir, c'est ça ? demanda Brian, un peu surpris.

C'était une idée de Lyndie : elle prétendait que tout le monde voulait s'assurer que Brian était sain et sauf et heureux. Après tout, n'était-ce pas la nuit de Noël ?

— Ouaip, confirma Talker.

Il s'assura que le plaid que Lyndie avait tricoté pour son neveu à l'hôpital, tout en veillant à son chevet, était bien enroulé autour de sa taille. Brian était assis sur le lit, appuyé contre ses oreillers, un bras dans le plâtre. Manifestement, cette matinée l'avait fatigué, aussi bien sa sortie de l'hôpital que cette montée des escaliers où il avait dû être essentiellement porté.

— Lyndie a dit qu'elle viendrait tôt, afin de nettoyer et de faire quelques courses.

Talker eut un frisson. Il savait qu'il ne restait dans les placards que des céréales rances et du lait. Il en vivait depuis trois semaines.

Brian eut un sourire un peu rêveur.

— Tu crois qu'on pourrait avoir des chips ? Bon sang, je *crève* d'envie de manger quelque chose de salé et de mauvais pour la santé !

Talker eut un grand sourire.

— Si tu veux, je peux aller t'en acheter tout de suite.

C'était possible : ils vendaient des chips au drugstore, de l'autre côté de la rue.

— Plus tard, refusa Brian en secouant la tête.

Dans le silence qui venait de retomber, il fit le tour de la chambre du regard.

— Hé, c'est quoi ce truc où Sunshine est enfermée ?

Talker grimaça. Il se sentait coupable. Depuis trois semaines, il avait à peine sorti la rate de sa cage. La première fois qu'il avait tenté de s'en occuper, elle l'avait presque mordu, aussi il avait fait plus d'efforts. Depuis, elle s'était radoucie envers lui, mais la pauvre créature ressentait les effets de sa négligence. Il faudrait que Brian passe un peu de temps avec elle pour la réconforter.

— C'est Craig qui a fabriqué ça, répondit-il. La nuit où tu as été blessé, je crois qu'il faisait très froid ici. C'est comme un petit terrier, tu ne crois pas ? La lumière marche avec des piles, alors nous n'avons plus besoin de laisser tout le temps la lampe solaire allumée. Et nous pouvons lui créer de nouveaux horaires. Elle ne fera plus tourner cette fichue roue à 3 heures du matin pour ensuite dormir quand nous avons envie de jouer avec elle. C'est chouette, non ?

Ouais, même si c'était bizarre. Talker avait trouvé cette installation quand était revenu chez lui, une fois Brian sorti sain et sauf de salle d'opération. Cette installation à la fois chouette… et bizarre.

Brian haussa les sourcils.

— Craig avait sans doute besoin de s'occuper les mains pour ne pas réfléchir.

Talker haussa les épaules. Le copain de Lyndie – ce mec si grand, si calme, si imposant – avait été lui aussi dans tous ses états durant ces premiers jours si horribles. Mais il avait été un roc pour tous les autres. Talker commençait à réaliser que lui et Brian faisaient partie d'une famille. Et fêter Noël lui semblait une excellente idée, même si Lyndie était celle qui y avait pensé la première. Ça symbolisait une famille réunie. Et maintenant, Talker commençait à réaliser pourquoi c'était aussi important.

Sans sa famille, il aurait été perdu durant ces dernières semaines. Et s'il avait lâché prise, Brian n'aurait plus eu personne à son retour à la maison.

Secouant la tête pour échapper à ses pensées trop noires, il tendit la main d'un geste preste en direction de la cage.

— Elle a été plutôt énervée, expliqua-t-il à Brian. Elle m'a presque mordu la première fois où j'ai voulu la prendre, mais depuis, nous avons passé un peu de temps ensemble et je crois qu'elle m'a accepté.

D'accord, il n'avait pas réellement eu la tête à ça, mais la nuit précédente, quand Jed l'avait raccompagné après le boulot, Tate s'était assis devant la télévision, avec la rate sur les genoux, jusqu'à ce que la pauvre créature s'enroule sur elle-même et s'endorme dans la poche avant de son sweat.

— Tiens, tiens, qui voilà !

Il ramassa l'animal et fit un petit bruit de baiser avec sa bouche tout en frottant son nez contre le sien, puis il le passa à Brian. D'une main sous le ventre, Brian leva la rate et se mit à l'examiner avec l'attention d'un vétérinaire.

— Hum... Talker ?

— Oui ?

Talker enleva ses chaussures et s'en débarrassa d'un coup de pied, puis il vint s'asseoir sur le lit du côté du bras valide de Brian – pour être certain de ne pas risquer de heurter son membre blessé. L'attention de Brian était toujours portée sur le rat avec une féroce intensité.

— Ce n'est pas Sunshine.

Tate en fut si surpris qu'il faillit rater le bord du lit.

— Comment ça, ce n'est pas Sunshine ? Bien sûr, c'est notre rate.

Brian se mit à rire, puis il contempla la petite créature d'un air triste, en secouant la tête.

— Maintenant, c'est certainement notre rat, mais ce n'est pas Sunshine.

Sur ce, il retourna le rongeur, présentant à Talker son côté pile. Tate faillit à nouveau tomber du lit.

— Quouahh ? Bon sang, ce sont vraiment des couilles ? Elles font presque le tiers de son poids !

Tate récupéra le rat des mains de Brian et le remit à l'endroit pour l'examiner. Les marques noires et blanches sur sa petite tête ressemblaient beaucoup, beaucoup, à celle du rat qu'il connaissait. Il pensa au nouveau petit château-ratier que Craig avait bâti.

— Comment ai-je pu rater ça ?

Brian lui reprit le rat et l'installa sur sa poitrine, puis il posa le bras sur les épaules de Tate et l'attira contre lui pour un câlin.

— Si tu veux mon avis, tu avais autre chose en tête. Qu'est-il arrivé à Sunshine ?

Talker réfléchit, puis il grimaça, se sentant à la fois triste et coupable... et très mal à l'aise.

— La nuit où tu as été blessé, dit-il, les yeux dans le vague, il faisait froid – vraiment très froid. Il y a eu des coupures de courant partout en ville. J'ai demandé à Craig d'aller vérifier si tout allait bien et de me rapporter des vêtements. Il… il a mis une éternité à revenir. Je n'ai pas eu mes vêtements de rechange avant…

Merde, une fois mis sous sédatifs, il avait dormi presque douze heures. En se réveillant, il ne savait même plus quel jour c'était.

— En fait, je ne les ai eus que quand tu es sorti de chirurgie, termina-t-il.

Brian le savait. Il savait qu'ils s'étaient réveillés tous les deux dans des lits côte à côte. Mais qui voulait rappeler à son amant une telle période de faiblesse et de tristesse ? Après tout, au pire moment, Tate s'était dissous comme un souffle mentholé…

Brian arriva à la seule conclusion possible

— Oh lala… murmura-t-il. Sans électricité… Elle a dû…

Le Nouveau Rat lui heurtant le menton, Brian se mit à le caresser. Talker posa aussi le doigt sur le petit museau conique ; ensemble, les deux garçons réalisèrent la situation.

— Oh lala… répétèrent-ils d'une seule voix, en caressant tristement le Nouveau Rat.

— Pourquoi ne nous l'ont-ils pas dit ? demanda Talker, sidéré. Enfin… je sais bien que les emmerdes s'accumulaient, mais quand même ! Ont-ils vraiment cru que nous ne remarquerions rien ?

Quand il leva les yeux, il croisa le regard intense de Brian rivé sur lui.

— À mon avis, ils ont pensé que nous découvririons la vérité quand nous serions prêts à la supporter, dit-il doucement.

Talker eut du mal à déglutir.

— Je pense que c'était plutôt sensé de leur part, admit-il.

Pourtant, ça ne lui parut pas suffisant. Tandis que sa main – celle qui était abîmée – caressait le Nouveau Rat, il la vit tout à coup trembler, puis se brouiller sous un voile de larmes. La bonne main de Brian, celle qui n'était pas dans le plâtre, se posa sur la sienne. Ils entrelacèrent leurs doigts. Quand Talker parla, il s'adressa à leurs deux mains jointes.

— Brian, j'ai été violé.

La voix était basse – mais c'était bel et bien la sienne.

— Bébé, je sais.

— J'ai été à ce rendez-vous, mais au final… Trevor Gaines m'a violé et… je suis désolé. Bon Dieu, Brian… Si j'avais… tu sais, si j'avais été porter plainte, si j'avais eu le courage d'affronter tout ça… Mais non, je me suis planqué, je t'ai laissé me débarrasser de Trevor – et je n'ai rien remarqué…

La main de Brian se resserra sur la sienne.

— Ce n'est pas de ta faute, bébé, dit-il d'une voix dure. J'ai tabassé ce salopard parce qu'il le fallait. Tu le sais bien, non ?

Talker secoua la tête en silence, il ne regardait toujours que le rat.

— Regarde-moi quand je te dis ça, insista Brian, il faut que tu comprennes que c'est la vérité.

— Nous savons tous les deux que c'est à cause de ma faiblesse, répliqua Tate.

Il essaya de rire et n'y réussit pas. Brian, lui, n'avait pas envie de rire. Talker finit par regarder les yeux étonnants de son amant. Autour des iris bleus, le blanc était encore strié de rouge ; il restait quelques boursouflures au niveau des cicatrices, là où les points de suture avaient été enlevés ; il y avait un arc-en-ciel sous un œil de Brian et sur sa mâchoire ; Talker savait aussi, sans avoir besoin de regarder, qu'une de ses molaires avait sauté ; au-dessus du sourcil, pour drainer une enflure, une partie des cheveux blonds avaient été rasés, ce qui dérangeait leurs plis naturels.

C'était sans importance, Brian était toujours l'homme le plus magnifique que Tate Walker ait jamais vu.

— Tu me vois maintenant ? demanda Brian.

Tate hocha la tête d'un air grave.

— Tant mieux, continua Brian, parce que j'en ai besoin. Je referais sans hésiter ce que j'ai fait. Même en sachant toutes les emmerdes qui m'attendent ensuite. Je le referais parce que…

La voix de Brian se cassa un peu.

— Parce que je savais ce que tu envisageais, durant tous ces mois entre… entre le moment où tu as été attaqué et le moment où je t'ai fait sortir de ton trou. J'aurais fait n'importe quoi pour empêcher un truc pareil – quitte à être tabassé jusqu'à ne plus jamais me relever, tu m'entends ?

Talker acquiesça, puis il essuya d'autres larmes inutiles. Merde, il en avait vraiment marre d'être aussi faible, mais il ne pouvait s'en empêcher. Brian… Il était si facile de s'appuyer sur Brian, même blessé. Pour Tate, le monde devenait plus coloré quand il avait la tête sur sa bonne épaule de Brian.

Aujourd'hui, il avait encore les cheveux attachés par un élastique. Cela faisait des semaines qu'il ne s'était pas préoccupé de sa crête. En fait, ses cheveux repoussaient, par touffes un peu éparses et ils recouvraient une partie de son tatouage. Grâce à l'encre noire, on distinguait mal le crâne à nu des endroits chevelus. Talker réfléchit : il était peut-être temps pour lui de se trouver un nouveau look, celui-ci lui permettait de s'appuyer plus facilement sur l'épaule de Brian – et c'était un avantage.

— Je n'arrive pas à croire que tu aies fait ça, réussit-il à dire. Brian, tu es tellement...

Il fixa à nouveau leurs mains toujours jointes qui apprenaient à connaître le Nouveau Rat.

— ...tu es tellement gentil, reprit-il. Je n'arrive pas à croire que tu aies pu frapper quelqu'un.

Brian secoua la tête. Cette fois, Tate retira sa main pour caresser les cicatrices sur les jointures de Brian. Il l'avait déjà fait très souvent, réalisa-t-il, mais il n'avait jamais imaginé d'où elles venaient.

— Je ne me rappelle pas de grand-chose, avoua Brian à mi-voix. J'ai donné à Trev la possibilité de se défendre et ensuite... Je revois simplement Jed qui m'arrachait à lui.

— Salaud ! s'écria Tate d'une voix pleine de venin. Il n'en méritait pas tant.

— Après coup, j'ai vomi, dit Brian, comme si c'était important.

Quand Talker le regarda, il ne put s'empêcher de sourire. Il se rappelait avoir vomi aussi sur les chaussures de Henries. *Brian a raison,* pensa-t-il. Peut-être qu'en fait, tout ça avait une signification.

Il évoqua le jour de leur première rencontre, dans le bus et aussi la fois où Brian avait découvert ses cicatrices. Quelle différence entre eux deux ! Brian, un garçon qui incarnait à 100% l'idéal américain, une vraie figure emblématique, et Tate-le-Tatoué, Tate-le-Ressort... Deux parfaits opposés. Mais Brian ne s'y était pas arrêté. Il avait vu les points communs et non les différences.

Peut-être finalement étaient-ils pareils...

— Alors, comment allons-nous l'appeler ? demanda Tate au bout d'une minute.

Brian grattouilla le rat sous le menton et lui envoya d'autres petits baisers, avant de répondre.

— Et si on le nommait en ton honneur cette fois ?

— Tu veux appeler ce rat Talker ?

— Nan !

Quand Talker leva les yeux, il vit que Brian avait un grand sourire, farouche et victorieux, qui ne gardait aucune séquelle de son calvaire du mois écoulé.

— On va l'appeler Harry. Harry-le-Couillu.

Talker ricana.

— Qu'est-ce que ça a à voir avec moi ?

— Talker, mec, c'est grâce à toi que je ne suis pas en taule ; c'est grâce à ce que tu as fait. Je ne connais personne qui mérite autant que toi le nom de Harry-le-Couillu, tu ne crois pas ?

Talker piqua un fard et baissa les yeux une fois de plus sur le rat.

— Eh bien, c'est un chouette nom, marmonna-t-il.

Il entendit Brian rire doucement.

— Mais je ne suis pas si courageux.

Le baiser que Brian posa sur ses cheveux qui repoussaient lui parut une véritable bénédiction.

— Tu as survécu à tout ça, Talker. Tu t'es arraché les tripes alors que tu étais déjà à terre et tu l'as fait pour moi. Tu as un courage exceptionnel.

— Merde, je t'aime !

— Je t'aime aussi. Alors, ça te va comme nom, Harry-le-Couillu ?

Tate eut un sourire timide, blotti dans le cocon qu'il s'était créé entre la poitrine de Brian, sa foi et l'amour qui semblait avoir survécu chez tous les deux. Il hocha la tête.

— Oui, Harry-le-Couillu me paraît parfait pour ce rat. Ça lui convient tiptop.

Tout était calme et dans la tête de Talker, la musique recommença. Il se mit à chanter :

— *Alors danse, alors où que tu te trouves…*

Et Brian chanta avec lui.

# TALKER, LA DÉCISION

# REGARD SUR LE PASSÉ

*SITUÉE À l'arrière de la maisonnette, la petite chambre possédait une baie panoramique. Durant l'hiver, parce qu'il faisait horriblement froid, ils avaient installé sur les vitres une isolation thermique en fibre de verre et fixé les panneaux au mur pour les maintenir en place. En été, la lumière rebondissait sur la mer avant de heurter les parois de la maison, saupoudrant la chambre de reflets dorés. Parfois, ils gardaient en place ces panneaux qui cachaient les vitres, sinon, ils étaient réveillés à 5 h 30 tous les matins et à qui ça plairait ? Cependant, la plupart du temps, ils laissaient la lumière teintée de rose, d'or, de pourpre, d'argent et d'orange pénétrer dans la petite pièce, éclairer ses planchers de bois et son tapis coloré, afin de se réveiller en couleurs.*

*Dans la mémoire de Talker, ces moments passés étendu à côté de Brian étaient merveilleux, ensoleillés et illuminés comme l'arc-en-ciel qui brillait dans leur chambre. Pour lui, ce furent également les premiers moments de sa vie où il n'entendit que le silence dans sa tête. Habituellement, ses jours étaient une cacophonie de musique, réelle ou remémorée. Jadis, son rythme avait été rapide et saccadé, avec les rebonds syncopés d'une balle élastique heurtant les parois aux angles insensés de son crâne. Ensuite, le destin, ou plutôt Brian, avait permis qu'ils s'installent ici ensemble ; ils avaient entassé tout ce qu'ils possédaient dans la voiture pourrie de Brian et une vieille camionnette empruntée – toute cabossée, elle datait d'avant les années 90. Accompagnés par leurs amis, ils avaient roulé jusqu'à la mer, à 145 km de Sacramento. Ils avaient réussi à aménager leur chambre avant de s'écrouler, tous les deux, dans le lit. Et quand ils s'étaient réveillés...*

*La paix.*

*Quand Brian était sorti de l'hôpital, trois ans plus tôt, Talker avait été certain de ne plus jamais connaître la paix. Elle paraissait inaccessible à chacun d'entre eux.*

ILS AVAIENT installé un banc de musculation pour Brian afin qu'il puisse accomplir à domicile sa thérapie de remise en forme. Il s'agissait d'un matériel de seconde main qu'une grand-mère proposait dans une brocante. C'est Lyndie – la tante de Brian – qui l'avait découvert. Les divers poids en acier fournis avec le banc étaient recouverts de vinyle pastel, ce qui rendait leur prise en main difficile quand Brian faisait travailler son épaule droite, endommagée au-delà de toute réparation possible.

— Aïe ! Bordel ! Putain de bordel de merde !

Talker grimaça. Il était dans le salon, occupé à faire son travail scolaire, quand il entendit les poids heurter violemment le sol. Il s'était préparé à cette explosion. Brian avait besoin d'un coup de main, c'était évident. Il avait besoin que quelqu'un l'assiste, l'aide à ramasser les poids, lui maintienne les doigts serrés pour qu'il puisse les soulever. Mais Brian n'avait pas demandé d'aide. Brian ne demandait jamais qu'on l'assiste. Il n'avait rien demandé quand son épaule avait lâché ; rien non plus quand il avait coulé en classe. Il avait simplement serré les dents et enduré. Quelque part, il avait réussi à survivre avec le peu qu'il possédait – sans demander ce dont il avait besoin.

La plupart du temps, Talker admirait éperdument une telle attitude.

Mais dans des moments comme aujourd'hui, il n'avait qu'une envie : flanquer un grand coup sur la foutue tête dure de son amant.

Il y eut un autre choc. Tate ne put en supporter davantage. Il se redressa, baissa la musique de son ordinateur, puis s'aventura d'un pas tranquille jusque dans la chambre de leur petit appartement minable, en haut des escaliers. Brian agrippait le poids rose – pas le plus petit, mais presque – avec une telle concentration que la sueur lui dégoulinait du visage, même en ce printemps tardif, très tardif, dans un appartement qui n'était jamais suffisamment chauffé… à moins qu'il ne devienne surchauffé. Brian levait son poids avec assiduité, le plaçant derrière lui, le ramenant sur ses hanches, puis derrière lui… Il recommençait en comptant ses mouvements, le corps penché en avant, son autre coude posé sur le genou.

C'était sans aucun doute très douloureux. Les yeux de Brian, aussi bleus et purs que le ciel du Kansas, étaient étrécis, sa mâchoire, serrée ; des larmes coulaient au coin de ses yeux. La sueur plaquait sur son crâne ses cheveux d'un blond de blé, exposant le tissu cicatriciel sur sa tempe, son œil et sa joue. Une grimace étirait les cicatrices encore fraîches. Tant de douleur, tant de concentration et par-dessus tout, tant de silence. Brian ne voulait pas que Tate le voie dans cet état – parce qu'il possédait ce genre de fierté.

Tate déglutit avec difficulté ; il regarda encore un moment son amant s'exercer… avant de s'éloigner. Une fois devant son ordinateur, il tapa en douce une recherche Google avec les mots : 'ergothérapie + blessure épaule'. Il passa près d'une heure à étudier la question.

Le lendemain, il s'arrêta dans une des petites galeries d'art qui s'alignaient dans R Street : celle qui exposait en vitrine de la poterie et avait à l'arrière un four à céramique.

Quand il revint chez lui, il ramenait un petit paquet enveloppé de plastique qui lui avait coûté huit dollars, pris sur ses pourboires durement gagnés ou ses extra. En silence, il le déposa devant Brian qui, malgré ses côtes à peine solidifiées, s'activait avec acharnement à nettoyer la cuisine de sa seule main fonctionnelle.

Brian le regarda fixement, la tête penchée sur le côté. Pour la première fois depuis qu'ils se fréquentaient, Tate eut du mal à s'exprimer. Il se mit à enlever le plastique afin d'exposer l'argile polymère.

— Tu peux la faire cuire dans le four, mais d'après ce que j'ai compris, ça chlingue un max, dit-il.

Avec un regard gêné en direction de Brian, il retira le demi-gant noir qui cachait sa main handicapée, puis désigna de la tête le bras de Brian. Quand son amant avança son membre avec précaution, Tate continua :

— Viens ici.

Il vit un sourire naître sur les lèvres de Brian, ce qui était rare ces temps-ci. À l'époque de leur première rencontre, Brian n'était que grands yeux écarquillés et silence tranquille ; par contre, il souriait plus souvent. Depuis qu'il avait failli mourir après avoir été tabassé par le mec ayant violé Tate six mois plus tôt, ce sourire – ou même une simple petite crispation des lèvres indiquant que tout allait bien – avait quasiment disparu.

Il renaissait aujourd'hui.

Tate positionna Brian devant l'argile. Pressant sa poitrine contre le dos de son amant, il prit dans sa main handicapée le bras blessé. Toujours sans un mot, il glissa sa main dans celle de Brian et la plaça sur l'argile.

— Je ne suis pas idiot, Talker… commença Brian.

— Chut, chuchota Tate, qui déposa sur l'épaule blessée de Brian un baiser délicat et compatissant. C'est un essai. C'est censé être très bon pour tes capacités motrices. Je me fiche de ce que tu vas réaliser, l'important, c'est de faire un truc. Et de le regarder s'améliorer. Pour le moment, tu es en colère, pas vrai ? Tu es en colère parce que ton corps ne réagit pas comme avant, parce que tu as mal, parce que tu n'arrives plus à travailler et... tu as encore plus mal quand tu te mets en colère, tu comprends ?

— Je ne suis pas en colère contre toi, protesta Brian d'une voix bourrue.

En voyant Brian écarter les doigts avec effort, Tate comprit ce que signifiait ce geste. Il entrelaça ses propres doigts – scarifiés et handicapés depuis cet épouvantable incendie qui, durant son enfance, l'avait laissé à vie marqué au visage et au corps – avec ceux de Brian, sains bien que couturés.

— Je sais. Mais ça me fait mal de te voir comme ça, d'accord ? Alors, c'est juste pour essayer. Ce n'est pas comme si tu devais produire un chef d'œuvre... Il ne s'agit pas de vanité, j'en suis conscient. Tu penses sans doute que c'est une perte de temps, mais c'est faux parce que tu vas créer quelque chose. Je trouve ça positif.

Il sentit le dos d'acier de Brian se détendre, s'assouplir, se pencher. Puis la main de Brian se mit à travailler l'argile. Au début, la pâte fut froide et dure, mais tandis que Tate soutenait l'épaule de Brian de la sienne et utilisait les maigres forces de sa main abîmée pour aider son amant, le matériau se réchauffa peu à peu, devenant aussi doux, tendre et malléable que le cœur de Brian.

Au bout de quelques minutes, Brian s'était pris au jeu, aussi Tate recula-t-il peu à peu. Il alla dans la salle de bain se laver les mains, en chantonnant *Defying Gravity* de la comédie musicale *Wicked, basée sur le Magicien d'Oz.*

*TALKER ENVISAGEA un moment de dormir, mais c'était impossible. D'ici une demi-heure, la marée serait haute. Or, depuis qu'ils avaient emménagé à Petaluma, sur la côte californienne, son cœur battait au rythme des marées.*

*Il tenta de quitter le lit sans se faire remarquer – ayant du travail, Brian s'était couché tard la veille au soir, alors il avait besoin de sommeil pour affronter la journée et la nuit qui l'attendaient – mais ce fut en vain. Il marcha jusqu'à la baie vitrée, dans le caleçon qu'il portait au lit et un tee-shirt, tous les deux assouplis et délavés par de nombreux lavages ; il resta une bonne minute planté devant la fenêtre. Seigneur, la mer n'avait rien perdu de sa beauté au cours des deux années qu'il avait passées ici. En entendant un grognement, il se retourna et vit Brian rouler sur lui-même pour tâtonner, de la main, l'oreiller vide à ses côtés.*

160

*La plupart des amants auraient été grognons ou geignards. D'après Talker, quasiment tous auraient immédiatement protesté : 'Bébé, reviens au lit !'*

*Mais pas Brian.*

*Au contraire, il se remit sur le dos et offrit son visage au vif éclat du soleil, sans retenir son sourire tandis que la luminosité pénétrait sa peau et ses paupières closes.*

*— On y va ce matin ? marmonna-t-il.*

*Brian était prêt à se jeter de bon matin dans les eaux glacées de l'océan Pacifique, en Californie du Nord – comme il avait couru autrefois avec Tate à Sacramento, sur les chemins de VTT, dans la pleine chaleur de l'été.*

*Tate revint tranquillement jusqu'au lit et s'y jeta en travers, appréciant la façon dont les ressorts du matelas grinçaient sous son poids. Ces derniers temps, Brian travaillait souvent tard dans la nuit, aussi Talker n'avait-il pas entendu ce son aussi souvent qu'il l'aurait désiré.*

*Il répondit cependant à la question de son amant :*

*— Ouais. On y va – du moins si tu te sens en forme.*

*Avec un sourire, Brian plaqua ses deux bonnes mains de chaque côté de la poitrine de Tate, les glissant sous son ample tee-shirt afin de caresser la peau nue. Autrefois, Tate sentait chacune de ses côtes sous un tel toucher...*

*Mais plus aujourd'hui.*

*— Bien sûr, je suis en forme, murmura-t-il.*

*Soulevant le tee-shirt, Brian se mit à embrasser les muscles tendus du ventre de Tate.*

*— Mais avant, reprit Talker, j'ai envie d'un autre genre d'exercice.*

*Il gémit et leva les bras, laissant Brian lui enlever ce vêtement dans lequel il dormait. Il se fichait bien du courant d'air matinal qui lui donnait la chair de poule. Il savait que Brian n'allait pas tarder à le réchauffer. Autrefois, il craignait la lumière du jour pour leurs ébats.*

*Mais plus aujourd'hui.*

— TU N'AVAIS pas besoin de faire à manger, déclara Tate.

Il venait de rentrer après son travail chez Gatsby's et contemplait d'un air coupable le gratin de macaronis au fromage encore posé sur le fourneau. Il était en retard – ce qu'il n'aimait pas. Chaque fois qu'il regardait l'horloge

161

et réalisait être en retard, il repensait avec un frisson aux deux semaines qu'il avait passées dans l'appartement pendant que Brian était à l'hôpital. Il détestait être seul, aussi ne voulait-il pas que son amant le soit. De plus, sans lui, Brian se trouvait actuellement coincé à la maison. Bien sûr, il pouvait descendre les escaliers et traverser la rue, mais Tate n'avait pas l'habitude de voir Brian vulnérable, cette idée le terrifiait. Il n'aimait pas être en retard. Il n'appréciait guère déambuler sous l'éclairage glauque des lampadaires urbains – et jamais il ne l'avait fait tout seul – mais il détestait encore plus l'idée de Brian qui l'attendait.

Aussi, ce fut comme une révélation de rentrer chez lui pour la troisième nuit d'affilée pour y trouver l'appartement impeccable et son dîner sur la table. Il n'avait pas fait de courses, donc Brian avait réussi à descendre les escaliers, puis à revenir avec un sac de commissions. Mais aucun des deux garçons n'avait d'argent, alors comment Brian avait-il pu payer ?

— Ça me plaît de te faire à manger, répondit-il.

Levant les yeux de son ordinateur portable, il lui adressa un sourire. Près de quatre mois après l'agression, la plupart de ses meurtrissures avaient disparu, malgré le fait que ses yeux restaient hantés par la douleur et le manque de sommeil. Mais pas en ce moment. Dès que Tate passait la porte, les prunelles de Brian s'illuminaient, la chaleur effaçant la lassitude.

Tate approcha et posa son menton sur la nuque courbée de son amant. Bon sang, Brian était chaud, et dehors, il faisait un froid polaire.

— Qu'est-ce que tu fais ?

Brian le regarda puis il esquissa un sourire amer.

— Je vends mes livres de classe.

— *Quoi ?*

— Juste les vieux dont je n'ai plus besoin. Sur *amazon.com*, ils les reprennent d'occasion – c'est avec cet argent que j'ai pu payer l'épicerie aujourd'hui. Nous ne les avons pas vendus à la fin du semestre dernier parce que…

Il s'interrompit. Aucun des deux garçons n'avait besoin de terminer cette phrase.

— Mais, Brian, tu vas encore en avoir besoin ! Enfin, si je me rappelle bien, tu m'avais dit qu'un de ces bouquins représentait les trois-quarts du programme de la majorité des cours.

Brian fit la grimace.

— Celui-ci, je ne l'ai pas encore vendu, admit-il calmement. Mais…

Il se mordit la lèvre.

— Talker, tu es maigre comme un clou. Je sais que tu as faim, je te signale que je dors avec toi – j'entends ton estomac protester. Mais tu… tu ne manges rien. C'est déjà nul que je sois coincé ici encore un autre mois, je ne veux pas te voir fondre parce que tu t'inquiètes pour moi.

Tate déglutit, puis d'un geste délibéré, il se redressa et alla se servir un bol de gratin. Durant une minute, une partie de lui-même disparut dans l'hyperespace – comme un poisson dans le bocal de sa cervelle – mais il la ramena vite fait sur terre. Doc Sutherland lui avait fortement conseillé de garder autant que possible son poisson dans son crâne : de cette façon, il manquait moins ce qui l'entourait. Mais c'était dur. Très dur, surtout quand il ne voulait pas évoquer certains sujets. Il était tellement plus facile d'envoyer son poisson dans l'hyperespace et se déchaîner sur les nouvelles chansons de *Rise Against* plutôt que d'accabler Brian, toujours convalescent, avec ce qui lui pesait réellement sur le cœur.

Mais Brian avait souffert à cause des péchés de Talker. Il avait été agressé pour protéger un Tate incapable de se défendre lui-même. Chaque fois qu'il y pensait, il se sentait nauséeux – et il y pensait chaque fois qu'il voyait combien Brian avait du mal à bouger, à récupérer.

Travailler l'argile l'aidait – en fait, c'était génial. Désormais, Brian était capable d'assurer sa prise sur les poids et il faisait travailler son épaule avec assiduité. Mieux encore, son côté artistique, qu'aucun des deux garçons ne connaissait, s'était tout à coup réveillé, enchanté et obsédé par l'idée de modeler l'argile, de lui faire prendre forme, de la soumettre à ses vœux, de lui donner vie. Brian avait créé des cadres photo, des vases et des objets abstraits qui n'étaient qu'espace, lignes flottantes et courbes souples évoquant l'océan. La tante de Brian, Lyndie, lui avait apporté de la peinture – du genre qui rendait l'argile imperméable – et Brian avait travaillé et travaillé, améliorant sa psychomotricité et sa force, tout en remplissant l'appartement de petites pièces à la beauté étrange. Comme c'était de l'argile polymère, elle prenait toutes les formes possibles, aussi Brian avait-il fabriqué pour Tate un talisman – une pierre de relaxation – qu'il avait peint d'un vernis bleu nuit. Tate le portait autour du cou. Il l'utilisait aussi. Il le serrait dans sa main et le caressait du pouce dès qu'il sentait le poisson de son crâne tenter de s'égarer. En général, ça fonctionnait, le poisson restait en place au lieu de filer dans l'hyperespace.

En ce moment, justement, il tentait une évasion, alors Talker s'accrocha désespérément à son talisman et respira en cadence pour empêcher ses épaules de tressauter. Il savait bien que les frissons disperseraient une fois encore son poisson-cerveau. Appuyé au comptoir, tenant dans la main son bol de macaronis refroidis et durcis, il essaya de trouver les mots justes :

— Tu es tout ce que j'ai, marmonna-t-il. Je sais bien que, même s'il t'arrivait un truc grave, je ne serais pas tout seul – j'aurais Tante Lyndie et Craig, et même Doc mais… mais Brian… J'ai été faible, et ça a failli te tuer. Alors, quand j'y pense…

Sa main se mit à trembler. Aussitôt, Brian se releva, le visage bouleversé, les yeux tristes. Il déglutit et approcha, de plus en plus près, jusqu'à se tenir droit devant Tate. C'était plus proche et intime qu'ils ne l'avaient été depuis décembre. Fin janvier, on avait enlevé à Brian ses appareillages et son plâtre, mais la seule fois où les deux garçons s'étaient trouvé peau contre peau avait été quand Tate s'était pressé dans le dos de Brian, pour lui montrer comment malaxer l'argile.

— Tu sais quel est le vrai problème ? chuchota Brian d'une voix rauque.

Tate secoua la tête.

— Non.

— Le problème, c'est qu'il y a une putain d'éternité que tu n'as pas baisé.

Tate se mit à rire ; il ne put se retenir. Rester étendu la nuit dans son lit, à écouter le miracle qu'était la respiration de Brian, ça avait été bouleversant pour lui. Par contre, sexuellement, c'était plutôt refroidissant. Craindre de toucher son pauvre amant de peur de lui faire mal, ça empêchait de bander, pas vrai ?

— Tu n'es pas en état…

— Foutaises, répondit Brian sans se décontenancer. Tu as peut-être peur de me faire mal, mais je t'assure que maintenant ma queue est opérationnelle. Et qu'elle crève d'envie de toi.

Tate rougit.

— Je n'ai pas peur du tout, marmonna-t-il.

Brian glissa ses mains chaudes et rêches le long de ses côtes. Même Tate réalisa les creux et bosses que formait chacun de ses os sous la peau tandis que les paumes de Brian définissaient son corps.

Brian se pencha pour lui parler à l'oreille – celle qui était abîmée et si sensible au moindre murmure.

— Je vais te dire un truc… et si on s'occupait de ton cas ? Quand tu auras vérifié par toi-même que tout marche impeccablement, tu sauras que nous sommes vivants, que tout va bien, alors peut-être auras-tu envie qu'on s'occupe de mon cas.

Au début, Tate se fit prier. Mais Brian... Brian se montra insistant. Il n'était pas agressif, vicieux ou menaçant, non, il était juste décidé, implacable, et résolu. Son but était d'emmener Tate dans la chambre, aussi s'y appliqua-t-il pas à pas, en lui chuchotant à l'oreille, en lui serrant le visage à deux mains, en l'embrassant sur la mâchoire, en lui tenant la main. Une fois devant le lit, Brian lui retira son tee-shirt. Comme il était resté toute la journée à la maison, l'appartement n'était pas aussi glacial que lorsque les deux garçons s'en absentaient ; Tate n'eut pas à frissonner. Il le fit quand même parce que les grandes mains de Brian emprisonnaient à nouveau son torse, mais c'était un frisson de plaisir. Brian continua à l'embrasser, à lui chuchoter des mots sans suite, les lèvres plaquées sur sa peau, le long de sa gorge, au creux de ses clavicules, puis il descendit sur la maigre poitrine, l'épaule tatouée, jusqu'aux fossettes qui lui marquaient l'abdomen. Il passa un long moment ici, ce qui fut une torture parce que la peau y était fine. Brian ouvrit la bouche et aspira encore et encore la peau sensible, presque au point de chatouiller Tate qui ne put se retenir de pousser un son, mi-gémissement, mi-gloussement.

Brian leva les yeux ; il s'appuya sur sa bonne épaule et garda l'autre légèrement surélevée et rejetée en arrière.

— Tu es trop maigre, bébé, dit-il gravement. Je veux pouvoir embrasser plus de chair.

À nouveau, il se pencha et traça un chemin de baisers vers le bas... jusqu'au bouton du pantalon. Tate baissa la main pour aider à son déshabillage.

Quand Brian tira sur son jean, Tate se retrouva dans une position qui, autrefois, avait été l'un de ses pires cauchemars. En réalisant que les lampes étaient allumées, il commença à protester et Brian s'immobilisa. Accroupi entre les jambes de Tate, occupé à lui enlever ses chaussures, il releva les yeux vers lui.

— Je veux qu'il y ait de la lumière, dit-il doucement. Il faut que tu me voies – que tu voies ce qui est abîmé et ce qui ne l'est pas. Il faut que tu saches que je vais bien. Une fois que tu en seras certain, tu te sentiras mieux. Tu pourras manger. Et toi aussi, tu iras bien.

— Mais mes...

*Mais mes cicatrices* ! Il n'eut pas besoin de terminer sa phrase. Ils savaient tous les deux ce qu'il allait dire. Le côté droit de son corps était couvert de cicatrices, il avait fait tatouer celles de ses bras, son épaule, son cou, son visage, mais certaines parties de son corps ne voyaient jamais le soleil. Merde, même lui ne supportait pas de se regarder. Et tout à coup, il réalisa – pour de bon – que c'était exactement ce que Brian voulait lui faire comprendre. Brian connaissait ses cicatrices, il les avait touchées, il les avait caressées de la bouche et des mains ; il les aimait parce qu'il aimait Talker – elles ne le dégoûtaient pas, elles ne le repoussaient pas. Et aujourd'hui, Brian demandait à Tate de faire la même chose.

Une fois les chaussures enlevées, Brian déposa des baisers sur la jambe abîmée de Tate… qui gémit, posa le pied sur le lit et écarta les genoux. Ensuite, il jeta un bras sur ses yeux ; il était à la fois embarrassé, excité, désespéré.

Brian continua à l'embrasser. Il évita les creux – Dieu merci ! Parce que Tate était encore suant et collant de sa journée de travail – mais il lécha la base du sexe de Tate, caressant de sa langue le membre dressé jusqu'au gland renflé. Il y avait également des cicatrices à cet endroit – c'était la raison principale qui poussait Tate à vouloir l'obscurité. D'un autre côté, il y avait trop longtemps que Tate avait besoin de Brian, qu'il crevait d'envie de ressentir son contact. Il voulait être rassuré et seule une proximité physique pouvait enfin le calmer. Aussi, pour une fois, il ne se cacha ni ne se dissimula, et il ne s'excusa pas. La bouche de Brian engloutit son sexe, glissant doucement jusqu'à la base où elle se resserra avant de coulisser, une fois de plus. Le tissu cicatriciel qui recouvrait sa queue se trouva massé, encore et encore, par les lèvres de Brian, et…

Talker gémit, s'affola, supplia… Et il en était à peine conscient. Alors que Brian soutenait son poids sur sa bonne épaule, sa main affaiblie vint se resserrer sur le sexe de son amant. Il ne pouvait pas refermer les doigts aussi fort qu'autrefois, aussi la pression était-elle presque… insuffisante. À nouveau, Tate gémit en soulevant les hanches pour frotter plus activement dans la main de Brian. Mais ce dernier s'écarta avec un bref coup de langue.

— Ce n'est pas assez dur ? dit-il sèchement.

Tate tourna la tête pour le regarder. Brian était encore entièrement vêtu, mais ses hanches ondulaient suffisamment pour que Talker le sache excité, juste de l'avoir caressé.

— Tu parles de ma queue ? ironisa Talker. Je t'assure que si, elle est parfaitement dure.

Brian eut un gentil sourire.

— Je parlais de ma main, génie. Tu sais, au lieu de faire des objets abstraits, je devrais sans doute passer mon temps à sculpter des godes afin de retrouver une bonne prise.

Alors que Talker se mettait à glousser, Brian continua les caresses qui le rendaient fou.

— On dit que l'entraînement ne peut pas faire de mal.

Avec prudence, Brian se pencha pour déposer un baiser sur la hanche de Talker.

— Je peux peut-être m'entraîner de cette façon, déclara-t-il.

Quand Talker baissa les yeux le long de son corps, il vit les incroyables prunelles d'un bleu si pur le fixer avec une dévotion absolue.

Ce fut d'une voix rauque qu'il répondit :

— Ouais… ça me paraît une bonne idée. Vas-y, entraîne-toi…

Brian resserra les doigts ; cette fois, sa prise était presque trop brutale. Quand il se mit à rire, le son fut un peu amer. Alors, Tate descendit la main, celle qui était blessée.

— Voilà, dit-il.

Il resserra les doigts sur ceux de Brian, qui marmonna un 'hmmm-hmmm' avant de le reprendre dans sa bouche en agitant sa langue de façon experte. Talker continua à se caresser ; cette fois, avec leurs deux mains, la pression était parfaite.

Il sentit ses bourses se contracter, tout son corps se mit à trembler, Brian continuait à s'activer sur lui – sa bouche, ses mains et… oh bordel, leurs deux mains qui le caressaient ensemble, c'était…

— Oh ! Brian !

De son autre main – la saine – il agrippa les cheveux de Brian. Son amant continuait à bouger leurs deux mains, de bas en haut. Talker ferma les yeux très fort et se mit à jouir. Plein d'admiration, il regarda le rouge et le noir derrière ses paupières closes exploser en un million de fragments d'étoiles lumineuses – ce qui dispersa son poisson et tout le reste.

— Meeerde !

Il convulsa et roula sur le côté, en s'agrippant à la tête de Brian, pas pour le contrôler, juste pour le… tenir parce que l'univers de Talker venait de fondre dans une aveuglante lumière blanche et que les morceaux de son poisson tournoyaient au milieu.

Les spasmes continuèrent, encore et encore, jusqu'à ce que Brian s'écarte et serre Tate contre sa large épaule solide. Il se tortilla avec un grognement d'inconfort et récupéra la couette pour la tirer sur les épaules de

167

Tate – la température de la chambre n'avait quand même rien de douillet. À l'abri des bras de son amant, Tate continua à trembler un très long moment.

Quand il leva les yeux, il embrassa Brian dans le cou puis se souleva un peu et lui embrassa la joue, l'oreille, le coin de la bouche.

— Quoi ? demanda Brian.

En même temps, il ferma les yeux et savoura le baiser.

— Tu n'as pas joui.

— Mais si, un peu, répondit-il avec un sourire.

Tate frissonna encore ; ses lèvres descendirent le long du cou de Brian. Oui, son amant l'aimait à ce point.

— Aide-moi à t'enlever ton tee-shirt, marmonna Tate.

Brian s'exécuta, en prenant soin de ne pas trop remuer son épaule. Lorsque le vêtement glissa de son torse, Talker vit enfin ce qu'il avait tenté de toutes ses forces de nier au cours des premiers mois, bien qu'il ait dû aider Brian à s'habiller tous les jours – c'était une bonne chose qu'ils possèdent essentiellement des pantalons de survêtement, sinon Brian aurait dû rester à poil dans l'appartement pour pouvoir aller pisser. L'épaule de Brian était… endommagée. Elle le resterait toujours. On aurait dit qu'un psychopathe avait tailladé l'articulation comme s'il s'agissait d'une citrouille d'Halloween. Il y avait des cicatrices chirurgicales superposées les unes sur les autres, des boursouflures, de la faiblesse. Malgré tous les efforts de Brian, le muscle s'était détérioré et ce côté de son corps était notablement plus maigre que l'autre.

Les côtes ne se trouvaient plus à leur place normale. Il restait des bosses sur celle qui cicatrisait ; une autre, après avoir été délogée de la cage thoracique, avait été remise en place, mais à un angle bizarre. Sur l'estomac, Brian avait trois cicatrices – là où les toubibs avaient dû l'ouvrir pour réparer le dommage de ses organes internes lorsqu'ils lui avaient enlevé la rate. Brian avait aussi eu le nez cassé ; il gardait sur le front, la joue, le sourcil et la tempe quelques cicatrices qui s'effaçaient.

Et malgré tout ça – *oh Seigneur, malgré tout ça !* – il était toujours le garçon le plus beau que Talker ait jamais vu. Les cicatrices ne comptaient pas ; en fait, il les remarquait à peine. La symétrie de ce corps autrefois parfait n'avait aucune importance. Talker continua ses baisers le long du cou jusqu'à l'épaule, il embrassa chaque cicatrice qu'il vit tout en passant sa main dans le dos de son amant pour effleurer les autres de son pouce. Tirant la langue, il caressa le mamelon de Brian avant d'aspirer doucement. Brian gémit et haleta ; il grognait des 'hmmm-hmmm' quelque part au-dessus de lui. Tate l'embrassa encore et descendit jusqu'à la peau douce du ventre, effleurant les cicatrices de ses lèvres. Brian portait un pantalon souple. Talker le baissa pour découvrir l'érection familière et magnifique qui l'attendait.

Ce sexe était superbe, épais, long, très légèrement courbé en direction du nombril de Brian tandis qu'il reposait là, sur son ventre. Tate savait que Brian n'avait pas passé son adolescence à rêver du corps d'un homme – d'ailleurs, il ne rêvait pas davantage de celui d'une femme. Mais lui, Tate, avait vu suffisamment de photos pour comparer : le sexe de Brian était... impressionnant. Un butin, un trésor. Plus de virilité qu'un seul garçon ne devrait posséder. Et, tout en le caressant de sa main handicapée, Talker repensa à la dernière fois où Brian et lui avaient fait l'amour... avant le passage à tabac – oui, il pouvait dire ces mots à présent *'Brian avait été tabassé, Talker avait été violé'* ; ces mots avaient perdu leur force ; Talker les avait vaincus, il était plus fort qu'eux. Brian s'était offert – il s'était laissé pénétrer parce que Tate avait tout à coup déraillé en prétendant ne pas avoir 'le grand A'. Ces terreurs, ce déni complet de son traumatisme, tout ça l'avait rendu craintif, terrifié à l'idée de voir son corps envahi, blessé et rejeté.

Depuis lors, Talker avait affronté la vraie peur, il avait survécu aux souvenirs revenus le frapper en plein visage comme de l'acide glacial ; il avait regardé Brian s'accrocher à la vie du bout des doigts. Il avait prié. Ses prières n'avaient rien eu du genre : *'que je ne sois plus jamais violé.'* Non, elles ne demandaient qu'une chose et une seule : *'faites que Brian vive !'*

Seigneur, il avait voulu que Brian vive et qu'il vive bien ; qu'il obtienne tout ce que la vie avait à offrir.

Talker baissa la tête et ouvrit la bouche pour attirer à l'intérieur cette chair de velours magnifique, dure et tendre à la fois. Ses joues se creusèrent sous la succion. Brian lui caressa le côté du visage, celui qui avait des tatouages, celui où les cheveux ne repoussaient pas. Talker le suça encore. Puis il se redressa et s'écarta avec un petit 'pop'. Il esquissa un sourire timide en croisant les yeux bleus de Brian.

—Est-ce que tu... hum, tu veux... tu sais, me prendre, *orificiellement* ?

Brian cligna des yeux, puis se mit à glousser.

— Maintenant ? s'étrangla-t-il. C'est *maintenant* que tu me demandes ça ?

Tate tenta de ne pas rire ; il préféra goûter à nouveau le sexe de son amant pour s'assurer que la distraction n'avait pas gâché le moment.

— Peut-être plus tard, murmura-t-il.

En pensant à 'plus tard' il se remit à l'œuvre ; baissant la tête, il reprit Brian dans sa bouche pour le caresser, encore et encore, jusqu'à le faire gémir doucement, le dos arqué, les mains crispées sur la couverture avant de jouir sans inhibition. Les jets de sperme heurtèrent l'arrière de la gorge de Talker. Brian savait qu'il avalerait. Et ce qu'il ne pourrait ingurgiter se retrouverait sur les draps – qu'ils devraient ensuite laver ensemble.

Quand ce fut terminé, Tate se redressa pour que tous les deux soient au même niveau ; il pelotonna son corps nu contre celui de Brian et tira la couette sur eux. Il était couché du bon côté de Brian, celui qui n'avait aucune blessure, aussi putil poser la tête sur l'épaule de son amant et être ainsi plus proche de lui. Durant un moment, ils restèrent comme ça, en silence. Talker entendait dans sa tête *Brother on a Hotel Bed* du groupe *Death Cab For Cutie* ; puis même ça s'effaça… Il n'y avait plus que le son de la respiration de Brian – Brian qui caressait les longs cheveux poussant du côté de sa tête où il n'avait pas de tatouages.

Tate avait complètement abandonné sa crête iroquoise pendant que Brian était à l'hôpital. Ça lui avait paru trop ostentatoire, trop égoïste – une façon trop transparente de se déguiser. Aujourd'hui, il ne regrettait pas son choix parce que le frottement des doigts de Brian contre la peau de son crâne était apaisant, agréable. C'était un moyen de plus de se toucher, ce que Tate appréciait toujours. Il se rasait la moitié du crâne car quand ses cheveux poussaient, ils le faisaient de façon éparse, ils étaient hirsutes et en bataille. Déjà, ça faisait crade, en plus, ça le démangeait. Il valait mieux être rasé de ce côté-là et laisser pousser ailleurs ce qui pouvait pousser. La plupart du temps, il tirait ses cheveux en queue de cheval, mais l'élastique avait cédé pendant que Brian lui faisait l'amour ; il n'avait pas l'intention de la remettre maintenant.

— Un jour, chuchota Brian.

— Hmmm ? répondit Talker.

— Un jour, nous ferons cet autre truc. Nous aurons du lubrifiant et nous passerons toute la nuit au lit pour le faire bien. Je te ferai ressentir tout ce que tu m'as fait l'autre fois, c'était tellement bon. Mais pas maintenant. Maintenant… Merde, Talker – je suis déjà tellement content de pouvoir te toucher comme ça !

Talker leva les yeux vers lui, vers ce visage à la mâchoire carrée, si honnête et si franc, à la fois détendu et heureux. Il ne put s'en empêcher ; il tendit la main pour le toucher, effleurant du pouce la haute pommette avant de prendre en coupe la joue creusée. Brian le dévisagea puis, pour faire bonne mesure, il déposa un baiser au sommet de sa tête.

— Tu sais, chuchota Tate, je ne suis pas certain qu'un mot existe pour décrire ce qu'il y a dans ma poitrine, en cet instant, quand je te regarde.

— Mais si, il existe, murmura Brian. Tu l'utilises aussi quand tu parles de *Pearl Jam* – mais alors il devient galvaudé.

Alors que Talker s'endormait, il savait qu'il s'en souviendrait toujours, parce que c'était vrai. Mais en sombrant, il savait également que même un mot galvaudé ne le laisserait jamais confondre ce qu'il ressentait envers Brian avec ce que *Pearl Jam* lui inspirait.


*BRIAN ÉTAIT presque réveillé quand leurs bouches se rencontrèrent. Même s'il n'avait pas beaucoup dormi – du moins pas autant qu'il l'aurait dû – il était assez conscient pour poser ses mains fortes et exigeantes sur les hanches de Tate.*

*Tate n'hésita pas. Il enleva son caleçon de nuit en se trémoussant de droite à gauche, puis il passa vivement son tee-shirt par-dessus sa tête afin de donner à Brian un plein accès. Tout cela ne lui avait pas pris la moitié d'une seconde. Son talisman, la première chose que Brian avait faite pour lui, pendait sur sa poitrine. Il ne portait rien d'autre quand il s'installa à califourchon sur Brian et se frotta à lui, peau contre peau.*

*L'estomac de Brian était dur et tendu sous ses cuisses – et ses bourses. Brian travaillait dur – sacrément dur, et ça se voyait – pour remettre son corps en forme afin de pouvoir exécuter tout ce qu'il aimait faire... et que Tate aimait faire avec lui. L'épaule de Brian resterait toujours un peu faible, mais elle était suffisamment remise à présent pour permettre à Brian de soulever Tate ou d'attraper quelque chose derrière lui.*

*Brian ouvrit une bouteille de lubrifiant – désormais, ils achetaient les grands modèles, parce qu'ils les consommaient drôlement vite – et glissa ses doigts oints entre les fesses de Talker.*

*Tate écarta les jambes et se pencha en avant, pour donner à Brian un meilleur accès. Au cours des dernières années, il avait appris à adorer cette position. La première fois, il s'était senti mal à l'aise – et la pénétration l'avait un peu brûlé, malgré toutes les soigneuses préparations de Brian. Pendant un terrible moment, il avait perdu le souffle, terrorisé. Mais tous les efforts qu'il avait accomplis, cet apprentissage, cette façon qu'il avait maintenant de se maintenir en place – dans sa tête – ça avait payé,* parce qu'il avait réussi à respirer, encore et encore, malgré ses peurs et sa panique ; il avait pu s'ouvrir et regarder Brian dans les yeux. Il avait laissé Brian le contrôler sur ce plan-là, lui offrant son corps.

Brian ne l'avait pas laissé tomber. Peu à peu, la brûlure était devenue... intéressante dans un premier temps, étourdissante par la suite... et d'un plaisir exquis.

Maintenant, tandis que Tate sentait les doigts de Brian le pénétrer, l'étirer, l'envahir, il ondula des hanches dans un mouvement sans équivoque et se mit presque à ronronner.

— Bon Dieu, j'adore ce moment-là, dit-il doucement.

Brian lui sourit avec adoration – avant que son expression devienne malicieuse.

— Ce moment, ou celui qui suit ? demanda-t-il.

Tate se mit sur les genoux et recula jusqu'à ce qu'il soit positionné au-dessus du sexe de Brian. Son amant se souleva et ils se joignirent... ensemble – ah oui ! Tate respira plusieurs fois, il coulissa, descendit, se sentit empalé, et retint son souffle. Ce sexe était si gros – si énorme – si... Oh merde... Ohhh...

— Ohhh... gémit-il, avant de frissonner.

Puis il descendit, encore, encore, jusqu'à ce qu'il soit assis sur Brian, avec sa si merveilleuse queue complètement enfouie à l'intérieur de son corps.

— Ce moment... chuchota-t-il avec un sourire.

Il rejeta la tête en arrière et releva les hanches, mais Brian le maintint en place. Il ondula son bassin de haut en bas pour le baiser avec une lenteur exquise. Tate, couvert de sueur, trembla et gémit en réponse.

— Ne bouge pas, marmonna-t-il.

Il trouvait Brian trop tendre. Il voulait plus vite, plus fort. Alors, il se positionna avec les deux genoux sous lui et commença à rebondir, de plus en plus ardemment, coulissant sur le sexe planté en lui. Il chercha en même temps à regarder Brian, qui avait les yeux fermés et grognait doucement. C'était difficile. Tate ne put s'empêcher de fermer les yeux à son tour. Brian avança une main et la referma sur sa queue – cette fois, Tate crispa les paupières, bon Dieu, qu'est-ce que c'était bon !

Brian le caressait ; Tate montait et descendait ; il n'y avait autour d'eux que les bruits rauques, confortables et passionnés du sexe qu'il partageait. Ils éclaboussaient la pièce de vie, tout comme les rayons du soleil que les rideaux ne filtraient pas. Intérieurement, Tate sentait que *tout était dur, brillant, parfait. Tellement parfait. Parfait au point que son corps allait s'éparpiller, s'envoler et se désintégrer. Et il le voulait, il le voulait désespérément. Il chercha l'orgasme en se raidissant, en grognant, jusqu'au moment où Brian lui empoigna les doigts pour les poser sur sa queue, afin de pouvoir lui tenir les hanches à deux mains et le pilonner plus fort encore. Bordel. C'était encore meilleur. Ce fut alors que le monde explosa derrière ses paupières.*

*Il hurla, Brian gronda et haleta en se répandant en lui. Tate le sentit. Il le sentirait encore dans les minutes à venir, dégoulinant sur ses cuisses et transformant son arrière-train en un magma glauque – mais il adorait ça. Cette sensation était pour lui comme un petit porno intime qui lui rappelait avoir fait l'amour avec son amant.*

*Au bout d'un moment, il ouvrit les yeux en sentant Brian se détendre en lui. Il n'avait cependant pas envie de bouger. D'un geste machinal, Brian joua avec le sperme répandu sur son ventre. Tate récupéra son tee-shirt tombé sur le lit pour se nettoyer.*

*— Rabat-joie, protesta Brian doucement.*

*Tate lui répondit par un grand sourire.*

*— On ne joue pas avec le sperme.*

*— C'est ça, c'est ça.*

*Avec un éclat de rire, Tate roula sur le côté, puis il utilisa encore son tee-shirt pour essuyer Brian avant de le jeter dans le bac à linge sale.*

*Il posa la tête sur l'épaule marbrée de cicatrices. Il le pouvait maintenant, parce qu'elle était assez forte pour supporter son poids. Avec vénération, il déposa un petit baiser sur la peau nue et couturée.*

*— Est-ce qu'on a le temps ? demanda-t-il très anxieux.*

*Brian ne se donna même pas la peine de regarder le réveil posé sur la table de chevet.*

*— Le vernissage ne commence que dans la soirée, Talker. Nous pourrions très bien perdre toute la matinée, et avoir encore le temps d'ouvrir la galerie.*

*— Ouais, mais tu as des responsabilités.*

*Tate reprit son sérieux.*

*— J'en suis conscient, je ne veux pas être dans tes pattes.*

*Brian caressa le côté dénudé de son crâne. De l'autre côté, les cheveux de Tate étaient très longs, mais il continuait à raser la partie de son crâne couverte de tatouage. Après trois années, ses cheveux n'y poussaient toujours pas correctement.*

— *Tu n'es pas dans mes pattes, bébé, dit Brian, avec franchise. Tu as été très patient ce dernier mois. Mais la nuit dernière, j'ai terminé ce qui me restait à faire, aussi je te le promets, aujourd'hui, ce n'est que pour nous, d'accord ?*

*Talker hocha la tête, puis à nouveau, il lui embrassa l'épaule.*

— *C'est juste... Tu sais, je ne veux pas être le mec pénible qui s'accroche à toi alors que c'est ton jour de gloire.*

*Baissant la tête, Brian dévora la bouche de Talker de façon possessive ; il l'embrassa jusqu'à ce que Tate oublie ses doutes, ses peurs, ses insécurités. Il l'embrassa jusqu'à ce que seuls deux amants existent sur terre, comme toujours, même quand Talker craignait le contraire.*

CE SOIR, Brian rentrerait tard. Une fois de plus.

Au début, Tate avait été enchanté. Lorsque Brian avait reçu l'autorisation de recommencer à travailler, il n'avait pas cherché à retrouver une place de serveur de restaurant, il avait hanté les galeries de poterie et les ateliers, pour y déposer sa candidature – jusqu'au jour où il avait été accepté à l'endroit même où Tate avait acheté le premier bloc d'argile. Cette galerie possédait son propre atelier, bien achalandé, avec un tour de potier et toute la palette des teintes et vernis.

Brian y était entré un jour pour répondre à une offre d'emploi, un écriteau étant accroché à la porte d'entrée. Quand il avait demandé s'il pouvait utiliser le tour durant son temps libre, le propriétaire de la galerie avait demandé à voir son travail. Le lendemain, Brian avait obtenu non seulement le poste, mais également l'offre de vendre certaines de ses œuvres abstraites, tout en apprenant comment utiliser le tour.

Brian était aux anges.

Quand les cours avaient repris, le propriétaire de la galerie avait accepté de lui aménager ses horaires, et même d'ouvrir la galerie le dimanche pour que Brian puisse tenir la caisse tout en ayant du temps libre sur le tour. Le salaire n'était pas aussi intéressant qu'au temps du service de table, mais il fournissait gratuitement le matériel nécessaire. De plus, les commissions que Brian faisait sur les ventes de ses œuvres compensaient les pourboires qu'il ne touchait plus. C'était un arrangement parfait – Talker aurait dû être au septième ciel que Brian n'ait pas à soulever un plateau de plusieurs kilos avec une épaule à peine cicatrisée.

Mais il y avait un petit problème.

Le propriétaire de la galerie était un sale pervers vicelard qui bavait en matant le cul de Brian ; il le désirait au point de rester pantelant chaque fois que Brian pénétrait dans une pièce. En revanche, il regardait Tate comme s'il avait la gale, une hépatite et une halitose – le tout en même temps.

Même Brian le remarquait. Mais ayant bon cœur, il restait stoïque et acceptait son sort en refusant de ressasser les à-côtés sordides.

— C'est un sale pervers ! grogna Tate une nuit, peu après être revenu chercher Brian.

Le mec – pas trop moche pour quelqu'un ayant la quarantaine – les avait raccompagnés jusqu'à la porte, la main posée au creux des reins de Brian, la hanche pressée contre son cul. Brian n'avait cessé de s'écarter – heurtant même plusieurs fois Tate, qui avait failli s'étaler. Et pourtant, Mark s'était obstiné à envahir son espace personnel. Brian avait quasiment couru jusqu'à la porte ; quand il avait trébuché, Talker l'avait aidé à retrouver son équilibre, puis il s'était retourné pour dire :

— Bordel, mec, foutez-lui la paix.

La réponse de Mark le hantait encore.

— Ce n'est pas moi qui suis un fardeau pour lui.

Du coup, Talker boudait – il le reconnaissait lui-même. Il avait boudé durant tout le trajet jusqu'à l'appartement.

— Il se sent seul, offrit Brian en guise d'excuse.

Devant le regard outré que Talker lui jeta, il fit la grimace avant de proposer :

— D'accord, je suis désolé. Tu veux que je démissionne ?

Son offre était sincère. Tate dut serrer vraiment très fort le talisman qu'il portait autour du cou avant de répondre à mi-voix :

— Non. Tu es heureux là-bas. Tu as aussi une chance de faire ton travail scolaire ; l'année prochaine, tu peux obtenir ton diplôme. C'est énorme.

Effectivement, c'était énorme. Brian avait manqué un plein semestre, mais il lui restait quand même l'option de passer ses examens, en milieu d'année, dans quelques mois. Donc, il pouvait travailler pendant que Talker poursuivait ses études, ainsi l'un d'entre eux – au moins – obtiendrait – peut-être – un diplôme.

À l'heure actuelle, Talker était quasiment certain que ce ne serait pas lui.

Scolairement parlant, il était meilleur que Brian, plus rapide, plus à l'aise avec les mots ; il saisissait aussi plus vite les concepts – bref, il

175

avait l'esprit scolaire. Par contre, il avait la capacité d'attention d'un papillon shooté au crack ou d'un colibri accro aux méthamphétamines. Il s'était inscrit à des cours – en fait, chaque semestre, son emploi du temps se trouvait complètement plein – et il les suivait. Mais ce n'était que l'an passé, quand Brian l'avait entraîné pour une évaluation, qu'il avait réalisé son dilemme. S'il voulait obtenir un diplôme, quelle qu'en soit la matière, il lui faudrait aller en classe pendant encore trois ans, et sa bourse ne couvrait même pas complètement celle en cours.

Il y avait pire. Comme le fait que Brian en soit presque à son diplôme et combien ça lui plaisait d'avoir du temps libre pour y travailler. De plus, il adorait sculpter ; il le faisait avec une passion et un enthousiasme que, jusqu'ici, Brian n'éprouvait qu'envers *lui*, Talker. Merde, un an plus tôt, Talker aurait eu du mal à se souvenir de la matière principale qu'avait choisie Brian. Et pourtant, Dieu sait s'il adorait cet homme, même quand ils n'étaient pas ensemble. Mais Brian ne parlait *jamais* de ses cours. Jamais. Il allait obtenir un diplôme en informatique, sauf que Talker ne se souvenait pas s'il s'agissait de matériel ou de logiciel, d'ingénierie ou de design… ou même d'autre chose. Brian ne s'en souvenait pas davantage. Tout ce que Talker pouvait tirer de lui, c'était la vague notion d'avoir un revenu assez stable pour se payer des chaussures et une assurance pour la voiture. Talker savait que Brian avait passé son enfance avec sa tante Lyndie, une artiste, pour qui ce genre de factures était toujours difficile.

Mais la sculpture… Bon Dieu, Talker en connaissait un paquet sur l'argile, les artistes, la technique, les dessins, les fourneaux, les vernis… et d'autres trucs, bref, bien plus qu'il n'aurait jamais cru possible, parce que Brian revenait à la maison, tout excité et… oh lala ! Sur ce sujet-là, il parlait. Sur ce sujet-là, il était intarissable.

D'après Talker, Brian aurait très bien pu travailler toute sa vie comme serveur, en exprimant aussi peu d'enthousiasme pour cette tâche que pour ses études à l'université. Ce n'était pas la première fois qu'il réalisait que Brian s'était retrouvé en cours comme il s'était retrouvé la plupart du temps dans le lit d'une femme : par hasard. Brian faisait ce que ceux qui l'entouraient s'attendaient à le voir faire, sans se poser de questions.

La sculpture, ce n'était pas pareil. Quand il sculptait, Brian devenait le maître de sa passion. Et est-ce que ça avait échangé sa relation avec Tate ?

Ô que oui, bordel !

Ainsi, Mark Orenbacher était un pervers, un vicelard ; il voulait Brian au point que sa queue émettait presque des bruits de sonar dès que le chouette petit cul de Brian passait devant lui. Merde, et alors ? Si Talker n'avait pas assez confiance en Brian pour s'en tenir à sa sculpture, sans se laisser aller à peloter un salopard de pervers vicelard, quel était l'intérêt de vivre ensemble ? De survivre ensemble ? D'habiter au Top Ramen du rire et de la foi ?

Absolument aucun, pas vrai ?

— Non, grommela Tate, à contrecœur, mais en toute sincérité. Ne démissionne pas. Assure-toi juste de bien lui faire comprendre que ton cul m'appartient.

Brian ne put retenir son sourire, même s'il était un peu gêné.

— Franchement, Talker, à qui d'autre veux-tu qu'il soit ?

Talker s'était senti rassuré bien que ses démons continuent parfois à s'agiter. D'abord, il y avait l'idée qu'un autre désire ce que Talker avait toujours cru être à lui – et à lui seul. C'était pour Tate que Brian était sorti du placard. Tate avait été la seule et unique passion de Brian. Il avait expliqué à Talker avoir tenté d'embrasser d'autres hommes, ces expériences ayant été agréables – plus excitantes qu'avec une femme – mais sans effet particulier, parce qu'aucun de ces hommes n'était Talker.

Tate avait reçu cet aveu avec fierté. Il était spécial. Brian pensait qu'il était spécial. Si Brian déconnait – si un jour, faible ou fatigué, il tombait dans le lit de ce sale pervers vicelard d'Orenbacher – Tate le comprendrait et le lui pardonnerait. Par contre, il ne supporterait pas que Brian ne le considère plus comme étant spécial.

Aussi, il endura les nuits tardives – ce n'était pas pire qu'autrefois, quand Brian était serveur au restaurant, se dit-il, encore et encore. Il endura l'argile qu'il avait sans cesse sur ses vêtements – ce qui ne l'empêcha pas d'acheter à Brian un tablier pour son anniversaire. Il endura les horribles visions qui lui venaient du pervers vicelard Mark Orenbacher abusant une nuit du pauvre innocent Brian, quand il était endormi sur son tour à moitié épuisé par son travail et rêvait de rentrer chez lui pour retrouver Tate.

Malgré tout ça, il fut quand même très inquiet un soir, quand il ouvrit la porte, sa discrétion et sa célérité étouffant le son habituellement sonore de la cloche. C'était au printemps, juste avant que l'école ferme ses portes, aussi Brian étudiait-il avec application pour ses partiels de fin d'année, sans compter qu'il avait bientôt un vernissage de présentation. Pour lui, c'était important, *vraiment* important. Brian se faisait des sous en fournissant les œuvres que la galerie vendait – et Tate trouvait d'ailleurs qu'elle prenait un pourcentage *vraiment* énorme – mais un vernissage ? C'était une étape tout à fait différente. Si les gens appréciaient ce qu'ils voyaient, ils payaient n'importe quel prix. Dans ce cas, Brian et Tate pourraient peut-être financer les deux dernières années d'université de ce dernier.

À cette idée, Tate ressentait à la fois beaucoup de joie et de culpabilité. Retourner à l'école – le pied ! Pour devenir quoi ? Il l'ignorait encore.

Mais, depuis deux ans qu'ils vivaient ensemble en tant qu'amants et étudiants, Talker se savait plus que décidé à accepter de vivre avec son amant en balançant la part 'étudiant' du mode de vie qu'ils avaient choisi.

Maintenant, l'école était presque finie et Tate se glissait dans la galerie obscure. Il aimait bien se trouver là quand tout était sombre et désert – certaines nuits, Brian et lui s'embrassaient en silence, avec ferveur, dans un coin éloigné où personne ne les voyait, entourés par d'innombrables étagères contenant des œuvres délicates, grotesques ou magnifiques. Une nuit, il avait annoncé à Brian que ça transformait presque leurs caresses en poésie ; envoûté par la magie des lumières brillantes de chaque petite alcôve et la grâce des lignes fluides des sculptures, il n'avait même pas eu la sensation d'être stupide avec cette réflexion.

Brian devait avoir aimé ses paroles parce qu'il était tombé à genoux, ici même dans la galerie, pour prendre le sexe de Talker dans sa bouche. C'était l'acte le plus audacieux qu'ils aient jamais accompli en public ; pourtant, ça n'avait paru ni profane, ni vulgaire, ni même illégal. Simplement... magnifique.

En présence de Brian, toutes ces sculptures devenaient les extensions de son âme pure et artiste. Aussi, quand Talker quittait le bar Gatsby's Nick où il travaillait et conduisait la vieille Toyota pourrie jusqu'à la galerie, il y pénétrait toujours comme s'il s'agissait d'un sanctuaire.

Cette nuit, il entendit des voix et grimaça. La galerie était fermée, aussi la partie avec les sculptures et la caisse enregistreuse était-elle dans l'obscurité ; de l'autre côté, l'atelier, là où se trouvaient le tour du potier, le four à céramique, l'argile et les vernis, était encore brillamment éclairé. C'était de là que provenaient les voix. Il y avait un porche entre les deux côtés du magasin ; à travers, Talker vit le visage de son amant. Brian paraissait extrêmement mal à l'aise.

Pervers vicelard Orenbacher était là, lui aussi, déployant toute sa persuasion.

— Allez, Brian, ça fait au moins six fois que tu te frottes l'épaule, laissemoi...

— Talker me massera quand il viendra me chercher, coupa Brian sèchement.

Tate le vit s'écarter d'un geste brusque. Vicelard se trouvait juste à côté de lui, envahissant son espace personnel avec cette insistance visqueuse qui donnait à Talker envie de vomir.

— Brian, voyons réfléchis... Enfin, regarde un peu la gueule qu'a ce mec ! Je sais que tu tiens à être loyal, fidèle, et tout, mais franchement... il est un fardeau pour toi.

Tate se recroquevilla. Oh bon Dieu, c'était vrai. Brian était persévérant, solide et appliqué, il allait obtenir son diplôme universitaire – mais pas lui. Tate était trop lunatique ; brillant peut-être, mais par à-coups. Brian avait trouvé le boulot de ses rêves ; Tate n'était que barman dans un night-club, un job qui lui paraissait nettement moins noble aujourd'hui que trois ans plus tôt, quand il avait commencé. Bordel, qu'est-ce que foutait Brian avec lui ? Surtout quand il avait cet autre mec – plus vieux, plus expérimenté, plus riche – qui cherchait à lui masser l'épaule, à lui offrir un vernissage artistique et...

— Ferme-la ! rugit Brian.

Talker grimaça, il n'était pas certain d'avoir jamais entendu Brian s'exprimer avec tant de fureur. Il savait que ça pouvait arriver – c'était comme un iceberg dont on ne voyait que la partie immergée. Après tout, Brian avait été attaqué parce que son tempérament violent s'était déchaîné une fois. Ce jour-là, Brian avait massacré le mec coupable d'avoir abusé de Talker... mais jamais encore il n'avait vu son amant dans une telle colère.

Il n'aurait pu s'écarter même si on lui avait piétiné les orteils. Il voulait voir ce que Brian ferait ensuite.

— Brian, je n'ai rien contre ce mec...

Talker sentit son souffle peser comme une brique dans ses poumons, il entendit un 'boum', puis le fracas d'un homme fluet renversé contre une étagère vide.

— Si tu dis un seul mot de plus le concernant, menaça Brian d'une voix très calme, tu peux oublier le vernissage, tu peux oublier mes œuvres, tu peux oublier tout ce bordel. Je retournerai à Olive Garden et je ferai de la sculpture sur la table de ma cuisine. C'est bien compris ?

Orenbacher fit un effort admirable pour rester digne.

— D'accord, d'accord. J'ai compris. Reste avec ce petit punk maigrelet et ses tatouages. Il a suffisamment de métal sur lui pour...

— Ta gueule, Mark ! coupa froidement Brian.

179

Talker l'aperçut au seuil du porche, puis il disparut à nouveau, retournant vers l'endroit où les pièces étaient rangées après leur première cuisson dans le four. Il ne vit plus ce que Brian faisait là-bas, mais il entendit un bruissement, comme si une bâche était retirée. Ensuite, son doux et calme amant jeta derrière son épaule un regard furibard – une expression pareille aurait envoyé Talker s'enfuir au pas de course en hurlant sans plus jamais s'arrêter.

— Tu veux voir ce qu'il est pour moi ? Tu n'arrêtes pas d'être odieux envers lui, tu n'écoutes pas ce que je te dis. En général, je suis nul avec les mots. Il est le seul à qui je peux parler. Moi, je m'exprime avec de l'argile. Et si c'est la seule chose que tu comprennes, alors écoute. Toi et moi, ça n'arrivera jamais. Mais voilà qui est ce garçon que tu n'arrêtes pas de traîner dans la boue, il faut que tu comprennes pourquoi je ne peux pas te laisser continuer.

Quand Mark traversa le champ de vision de Talker, il avançait d'un pas lent et raide – comme si Brian lui avait vraiment fait mal en le projetant contre l'étagère. Il marcha jusqu'à l'endroit où se tenait Brian, puis Talker entendit le halètement rauque qu'il poussa… ce qui indiquait un véritable choc et une admiration éperdue.

— C'est magnifique, dit-il à mi-voix.

Alors seulement, Talker expira l'oxygène qu'il ignorait retenir.

— C'est lui ? dit encore Orenbacher.

— Si tu as besoin de le demander, c'est que tu as mal regardé, répondit Brian.

Lorsqu'il étira le bras en tenant ce dont les deux hommes parlaient, Talker reconnut cet angle des doigts, cette douceur de la mâchoire – c'était une expression et un toucher que Brian n'exprimait qu'envers Tate.

— D'accord, Brian, admit Mark, les épaules voûtées. Je suis déçu, je l'admets – je pense que toi et moi, nous aurions fait une superbe équipe. Mais tu es… tu es vraiment doué, et j'ai consacré toute ma vie à l'art. Je serais un vrai connard si je te privais de ce vernissage juste… tu sais. Si ceci…

De la main, il indiqua l'objet que Tate ne voyait pas.

— … ne correspond pas vraiment à ton copain, rappelle-toi qu'un vieux type plein aux as sera toujours là pour toi.

Le regard de Brian s'adoucit un peu. Il se mit à recouvrir d'une toile l'objet qu'il tenait.

— Je n'ai pas besoin d'argent, dit-il. J'ai passé toute ma vie sans argent. Par contre, j'ai besoin de Talker. C'est le jour où il m'a vu que j'ai commencé à exister.

Talker sentit son cœur s'arrêter. Il leva la main jusqu'à sa bouche et cilla, plusieurs fois, souhaitant qu'il y ait un trou où se cacher pour pleurer, ou bien une église où il puisse entrer, un sanctuaire pour faire une action de grâce...

Oh Brian.

*Il y a trois ans que tu essaies de me faire comprendre ça, pas vrai ?*

Talker ne l'avait pas cru. Il pensait l'avoir fait. Il laissait Brian le toucher, la nuit dans leur lit ; il laissait Brian le défendre, puisqu'il n'était pas capable de le faire lui-même ; il en était même venu à croire que Brian serait toujours là pour lui si lui-même acceptait enfin...

Mais quelque part, il lui restait le soupçon que Brian puisse agir par pitié. Que Brian puisse seulement se caser. Un jour, il l'avait timidement confessé à Doc Sutherland – son psy qui était également son ami – au cours d'une séance en tête-à-tête, tandis que le Brian était en cours. Doc Sutherland avait répondu n'avoir jamais vu quelqu'un d'aussi amoureux que Brian l'était envers Talker. Malgré ça, Tate... avait gardé ses doutes. Il avait passé sa vie entière avec des vêtements de seconde main, des soins médicaux gratuits, un amour distillé au compte-goutte. Comment croire qu'un homme aussi beau et sincère que Brian éprouve un sentiment véritable – et non un ersatz – envers quelqu'un comme lui, Talker ? Mais non, pas Brian. Brian vénérait Talker et pensait que ce qu'il recevait de lui en retour était d'une valeur inestimable.

Lorsqu'il avait failli bouffer son extrait de naissance, il n'avait pas agi ainsi parce qu'il se casait. Lorsqu'il venait de dire n'avoir jamais existé avant que Talker le voie... ce n'était pas de la pitié.

Tout à coup, toutes les peurs de Tate concernant ses lacunes, son sentiment d'être un cancre qui n'obtiendrait jamais de diplôme... tout devint accessoire. Revenant à la porte d'entrée, il la rouvrit et la ferma très fort, afin de faire sonner la cloche. À travers le porche illuminé, il vit Brian tourner la tête et lui adresser un sourire.

Talker avança vers lui pour le saluer, il lui saisit le visage à deux mains – celle qui était intacte et celle qui était couturée – et l'attira vers lui pour un baiser profond, humide et délicieux.

Brian s'écarta, piqua un fard, puis sourit encore.

— C'était pourquoi ?

— Parce que tu m'aimes, répondit Talker.

Et bon Dieu, c'était le cas, Brian l'aimait vraiment.

— Toujours, murmura Brian, avant de l'embrasser à nouveau.

Dans le sanctuaire de Brian, c'était suffisamment proche d'un vœu de mariage pour que Tate y croie toujours.


TALKER L'EMBRASSA *tandis qu'ils enfilaient leur maillot.*

— *C'était pourquoi ?*

— *Parce que tu m'aimes.*

— *Toujours.*

*Talker eut un sourire secret. Ces mots-là étaient devenus leur routine, tout comme la galerie d'art était devenue leur sanctuaire.*

— *Hé, dit tout à coup Brian, je vais aller nourrir les bestiaux, d'accord ? J'ai l'impression qu'ils ont besoin d'un peu d'affection. Pars devant et profite des premières vagues – je te rejoins dans une minute.*

*Talker acquiesça et laissa Brian s'occuper des quatre alpagas et trois moutons Mérinos qu'ils gardaient dans un petit enclos près de leur cottage. Le rat Sunshine était mort pendant que Brian était à l'hôpital ; Harry-le-Couillu, son remplaçant, avait presque vécu jusqu'à la cérémonie de diplôme de Brian. Après, les deux garçons avaient discuté pour savoir quoi prendre. Un autre rat ? Un chat ? Un chien ? Par la suite, ils avaient eu l'occasion de déménager ici, dans cette petite maison au bord de l'eau, leur lopin de paradis sur terre – un lieu de paix dont Talker n'avait jamais rêvé.*

*Quand la tante de Brian, Lyndie, leur avait suggéré d'élever des animaux pour en vendre la laine aux artisans locaux, ça leur avait paru une solution parfaite. Ils avaient deux chats, moitié sauvages, moitié domestiques, des bêtes furtives et ronronnantes qui dormaient parfois au pied de leur lit ou sur le capot de la voiture, mais les moutons et les lamas avaient été... une idée nouvelle, exotique et drôle.*

*Talker les adorait – il les nourrissait et les caressait tandis qu'ils le regardaient calmement, puis bêlaient et blatéraient avant de s'éloigner au petit trot. En fait, comme animaux de compagnie, ils étaient bien plus intéressants que Sunshine ou Harry. Talker leur apportait des carottes, de l'herbe tendre, de l'avoine ; il passait des heures à les bichonner, en écoutant le vent et le bruit des vagues, savourant le contact de leur toison riche et vivante sous ses mains.*

*S'il avait su que Brian et lui finiraient ensemble dans ce petit cottage sur la plage, il aurait été bien plus excité concernant cette offre de déménager à Petaluma. Mais au début, Brian n'était pas d'accord. Comment l'un et l'autre auraient-ils pu savoir que Mark était sincère ?*

LE VERNISSAGE avait lieu dans la salle des fêtes de la bibliothèque. Avec un tel intitulé, Tate avait toujours envisagé une petite pièce avec de la moquette démodée et des chaises en plastique. Mais pas du tout. On l'appelait 'la galerie municipale' et c'était une salle de bal, immense et somptueuse, avec un sol de marbre, un plafond voûté et une mezzanine qui faisait le tour de la pièce. De là, les visiteurs pouvaient admirer ce qui se passait au rez-de-chaussée.

C'était superbe. Et les œuvres exposées l'étaient encore plus. Brian était l'un des trois artistes qui faisaient une présentation ce soir-là. Tate Walker n'arrivait pas à regarder les sculptures montées sur piédestal ou présentées dans des écrins sans se sentir petit et indigne.

*Ce mec* était-il bien l'amant de Tate Walker ? Brian paraissait en grande forme – beau et assuré. La semaine précédente, Talker l'avait obligé à se couper les cheveux, aussi étaient-ils à peine un peu longs. Des cheveux pareils, si blonds et abondants, ne pouvaient être tondus. Les deux garçons avaient hanté les boutiques de fripes jusqu'à trouver deux vestes de sport à porter sur leurs jeans. Ils s'étaient également offert de nouvelles chemises – Brian arborait même une cravate – et tous les deux étaient rasés de près, même le côté tatoué du crâne de Talker. Ce dernier avait aussi acheté à Brian un nouveau piercing de narine, assorti à celui que lui-même portait, avec une petite croix celtique.

Mais Brian paraissait… professionnel – calme et posé. Il hochait la tête, souriait, restait serein, tout en écoutant avec attention si les gens lui parlaient. Il ne s'évadait jamais mentalement, ce qui pouvait effrayer ou faire croire qu'il était un artiste lunatique en qui personne ne devait avoir confiance.

Au contraire, Talker était tellement nerveux cette nuit-là qu'il tressautait fréquemment. Il réussit une fois à renverser son assiette sur la moquette, puis il éclaboussa de vin son veston. À chaque incident, Brian interrompait ce qu'il faisait le temps de s'occuper de lui – l'aidant à ramasser la nourriture étalée ou à tamponner doucement sa veste avec une serviette en papier.

— Ce n'est pas grave, murmura Brian la seconde fois. D'ailleurs, personne ne s'occupe de nous. Ils ne s'intéressent qu'à l'art, pas vrai ?

Après un hochement de tête, Talker posa la main sur celle de Brian.

— Je n'avais jamais vu toutes tes œuvres à la fois, se lamenta-t-il. J'aimerais tellement que tous ces gens-là réalisent à quel point tu es génial.

*Au lieu de ça, je te fais honte.*

Brian s'empourpra.

— Tu ne les avais pas toutes vues ? répéta-t-il, un peu raidi. As-tu au moins vu la principale ? Celle que Mark a installée au centre de la bibliothèque ? D'après lui, c'est la pièce maîtresse du vernissage. Tu n'as pas encore remarqué celle-là.

Talker secoua la tête. D'instinct, il sut que c'était l'œuvre que Brian avait montrée à Oren-vicelard pour le faire lâcher prise. Talker n'avait pas avoué à Brian s'être trouvé là cette nuit-là – mais jamais plus il n'avait douté de Brian. Jamais plus il ne s'était imaginé qu'un jour, son amant oublierait de l'aimer.

Pour la première fois de la soirée, Brian paru gêné et inquiet.

— Il faut que tu la voies, Talker. Il le faut absolument.

Une adorable femme d'une cinquantaine d'années approcha et posa la main sur le bras de Brian afin d'attirer son attention. Brian se tourna vers elle avec ce sourire que Tate commençait à reconnaître – celui destiné à un acheteur potentiel.

— Mme Rose, puis-je vous demander une seconde ?

Revenant vers Talker, il repéra quelqu'un derrière lui.

— Regarde, bébé, Tante Lyndie et Doc Sutherland qui sont venus pour nous soutenir. Je n'ai pas encore eu le temps de leur dire bonjour. Tu pourrais te charger d'eux ? Emmène-les aussi voir la pièce maîtresse.

Brian cilla. Pendant un moment, Talker crut même qu'il allait pleurer. Horrifié, il décida à l'instant de faire n'importe quoi pour éviter un tel désastre.

— J'ai vraiment envie que tu ailles la voir, chuchota Brian.

Talker lui prit les deux mains, les serra, puis les embrassa aux jointures.

— Bien sûr, murmura-t-il. Je vais le faire. Je vais y aller tout de suite. Et je vais l'adorer, j'en suis certain.

Brian lui adressa un petit sourire, puis s'efforça de retrouver son entrain. Les yeux plus vifs, il déclara :

— Promets-moi de me dire la vérité, d'accord ? Tu es le seul qui puisse me dire si c'est bon ou pas.

Tate ne sut comment expliquer à Brian qu'il était, au contraire, la dernière personne au monde à avoir un jugement objectif. Pour lui, tout ce que produisait son amant était superbe, parfait, étonnant – simplement parce que c'était Brian qui l'avait créé. Il était partial, bien entendu. D'un autre côté, Brian n'avait pas besoin d'objectivité. Il lui demandait juste son avis. C'était le boulot de Talker d'offrir au garçon de ses rêves tout ce qu'il demandait, non ?

Tante Lyndie l'accueillit en le serrant dans ses bras, si fort qu'il en eut presque la respiration coupée – étrange, parce que Brian et lui étaient passés la voir quelques semaines plus tôt, à la fin du mois de septembre. Ils le faisaient chaque année pour admirer les couleurs somptueuses que prenaient les feuilles autour de la maison. Étant artiste, Lyndie avait élevé Brian avec un tout petit revenu et beaucoup d'imagination pour boucler ses fins de mois. Ce soir, elle portait ses cheveux noirs – et teints – en un chignon souple et sa petite robe noire la transformait en femme mûre et sophistiquée. C'était sans importance : elle sentait toujours la pomme de pin et la peinture, ses yeux bleus étaient pleins de larmes, et son étreinte ne retenait rien. Son copain, Craig – un homme grand et costaud, avec des cheveux gris bouclés et une moustache, taciturne au point qu'il parlait encore moins que Brian en toute circonstance – lui serrait l'épaule sans discontinuer, comme pour tenter de la réconforter.

Lyndie, toute excitée, prit le bras de Talker.

— C'est vraiment superbe, tu ne crois pas ? s'exclama-t-elle. Oh là là – tu te rends compte ? Je n'ai jamais vu d'exposition aussi immense. Je suis si fière de lui. C'est comme… Tu sais, quand il était enfant, je lui ai tout donné : peinture, papier mâché, crayons, maquettes – et rien ne l'intéressait. Je lui ai même acheté de la pâte à modeler, mais il s'est contenté de jouer avec parce qu'il aimait bien le contact. Quand je voulais voir ce qu'il avait produit, il malaxait déjà ses œuvres pour en faire autre chose. C'était comme…

Sa voix s'interrompit quand elle croisa le regard de Doc Sutherland.

Tate leva la tête le temps de remarquer que le toubib grimaçait.

— Il ne voulait pas vous les montrer, dit Doc.

Talker ne comprenait plus rien.

— Pourquoi Brian ne voulait-il pas montrer ce qu'il avait fait ?

185

Lyndie pencha la tête de côté, lèvres pincées, comme si elle avait un goût doux-amer dans la bouche.

— Tu le connais mieux que personne, mon chou. Brian a-t-il jamais été capable de s'exprimer avec des mots ?

Ils se trouvaient face à une sculpture, aussi Talker s'arrêta-t-il net pour l'examiner de près. Il l'avait déjà vue. Ça commençait en immeuble, avec une fondation solide et des murs instables. À la base, l'enduit était délibérément brut, craquelé, un mélange grossier de bruns et de graviers. Chaque mur, cependant, s'allongeait, devenant de plus en plus ferme et élégant ; quant au sommet, ce n'était que spires et arches ; une beauté à la grâce irréelle qui évoquait Asgard ou Fondcombe.

Tate savait que Brian avait réalisé les spires sur son tour de potier, parce qu'il avait voulu une symétrie parfaite.

— Aujourd'hui, il a trouvé un moyen de s'exprimer, répondit Tate à mi-voix.

Lyndie étudia à son tour la sculpture, puis elle eut un petit hoquet. Craig posa les bras autour de ses épaules. Quand le grand homme pencha sa lourde stature pour envelopper de façon protectrice la petite silhouette de Lyndie, son geste fut d'une tendresse bouleversante.

— C'est merveilleux, Lyndie, chuchota Craig. Si ça représente son âme, tu as fait du beau travail, tu sais.

Alors que Tate s'apprêtait à approuver, il sentit le poids d'une main sur son bras. Levant les yeux, il vit Mark Vicelard-bacher et faillit presque lui envoyer un coup de coude en pleine poitrine. À la dernière minute, il réussit à se retenir, mais sa réaction initiale – hostilité et dégoût – persista.

Pervers-bacher le comprit parfaitement.

— Hé, pourrions-nous parler une minute ?

— Je suis là avec la famille de Brian, répliqua Tate d'un ton sec.

Vicelard-bacher fronça un peu les sourcils, perplexe, devant le groupe hétéroclite.

— Il ne nous a pas présentés, dit-il.

Même Talker entendit dans sa voix un peu d'amertume et de déception. Il se sentit minable de ne pas se charger lui-même des présentations... Ce n'est pas pour autant qu'il le fit.

— Que voulez-vous ?

Sa voix était froide – son estomac lui paraissait congelé ; l'autre ne cacha pas sa grimace.

— Écoute, pourrions-nous discuter dans un endroit tranquille ?

Talker jeta un coup d'œil derrière son épaule, en direction de Lyndie et des autres. Il avait parlé à Doc du désir sexuel que Vicelard-bacher éprouvait ouvertement pour Brian. Il vit le regard étréci que le gentil toubib à la barbe grise jetait au patron-mentor de Brian. Ça lui fit chaud au cœur : Doc Sutherland était dans son équipe.

— Nous nous apprêtions à aller voir la sculpture suivante, déclara Tate qui tentait de cacher son malaise. Je ne l'ai pas encore vue et Brian y tient beaucoup.

— Comment ça, tu ne l'as pas encore vue ?

Cette fois, la voix de Mark était bien plus qu'amère, elle se fit franchement douloureuse.

— Non. Je présume que vous, si.

— Oui, Tate Walker – toi qui es la muse, la vie et l'inspiration de Brian – j'ai vu cette sculpture. Et la simple idée que…

La voix aigre se tut, puis Mark sembla se reprendre, ce qui était une bonne chose, vu que Talker n'avait pas la moindre putain d'idée de quoi répondre. Mark trouva une petite alcôve qui leur accordait un peu d'intimité, à l'écart de la foule qui semblait s'agglutiner autour de la sculpture ; il tira donc Talker de côté. Sa grimace était éloquente : il n'aimait pas Tate. Il ne l'aimerait jamais, c'était évident.

— D'accord, alors écoute… dit-il. Je le voulais, tu le sais. Et si tu possèdes trois grains de bon sens dans ta petite cervelle d'écureuil, tu saurais déjà que lui ne me veut pas. D'accord, j'ai compris. Un véritable amour, pour toujours… Comme les minables gosses de ces navets vampires. Peu importe. Mais tu sais ce qu'il refuse ? Une occasion en or d'aller à Petaluma ! Ce serait très important pour lui. Le pays du vin, c'est… c'est comme qui dirait 'l'Eldorado artistique du moment' – comme Carmel et Monterey – pour un artiste libre et créatif, d'accord ? Brian a un talent étonnant, sauvage, naturel, beaucoup d'obstination, il suit son instinct. Il paraît s'en satisfaire, je veux bien l'admettre. Il ne veut pas prendre de cours, il compte apprendre tout ce qu'il peut dans des bouquins qu'il pirate en ligne, je le comprends aussi. Mais il a une chance de diriger sa propre galerie avec tout le matériel dont il a besoin, y compris un atelier avec une superbe lumière naturelle ; alors, essaie de lui faire comprendre ce qu'il rejette avec cette opportunité.

Tate écoutait la bouche ouverte, l'esprit en vrille, jusqu'à ce que la voix de Vicelard-bacher monte sur les derniers mots.

— Écoutez, Vice… euh, Mark, vous semblez croire que j'ai quelque chose à voir dans cette décision, mais je vous assure que je ne sais même pas de quoi vous parlez. Je n'en ai pas la moindre idée. Si vous voulez bien m'expliquer une seconde fois. Commencez peut-être à Petaluma, d'accord ?

Tate serrait de toutes ses forces son talisman pour lutter contre la tentation de s'évader, de quitter cette bibliothèque pour se retrouver dans son bocal, en plein ciel… c'était vraiment de plus en plus obsédant.

— Un de mes amis prend sa retraite, dit Mark avec patience, avant de détourner les yeux et d'inspirer profondément. Très bien, soyons honnêtes. C'est mon amant de longue date, il se meurt d'un cancer. Il va me laisser ce qui était toute sa vie : sa galerie et sa petite maison. Il est au courant pour Brian ; je lui en ai parlé parce que… eh bien, tu sais, j'avais… j'espérais…

Mark le fusilla du regard.

— Après que Brian m'ait montré cette pièce superbe que tu ne t'es même pas donné la peine de voir, il m'a demandé de lui foutre la paix. Il m'a dit que vous deux étiez comme Taylor et moi, autrefois…

D'accord, là c'était foutu. Talker ne pouvait plus détester ce mec… parce qu'il souffrait. Ce n'est pas pour autant qu'il comptait lui offrir le cul de Brian sur un plateau, bien sûr, mais il comprenait que la vie, parfois, ne tournait pas comme on l'espérait.

— La vie est une garce, dit-il à mi-voix.

Il fut récompensé de son effort par un peu moins de raideur dans l'attitude de Mark Orenbacher envers lui.

— Oui, la vie est souvent vache. Alors, Taylor est en train de mourir, il abandonne une super petite organisation – et c'est ce que j'ai proposé à Brian, parce que… parce que Taylor l'aurait aimé. En fait, même toi, il t'aurait apprécié – il avait un cœur immense. Mais Brian… Il n'a même pas voulu examiner mon offre.

Mark détourna les yeux, amer.

— Il dit qu'il te faut d'abord terminer tes études. J'ai tenté de lui expliquer que c'était sans espoir…

— Allez vous faire foutre ! jeta Talker furieux.

Il avait perdu de nouveau toute sympathie, Mark grimaça devant la violence de sa voix.

— D'accord, d'accord, je suis un vrai con, mais bon sang, c'est là, tout prêt, c'est superbe. Si Brian doit gâcher sa vie avec quelqu'un comme toi, je ne vois pas pourquoi il ne pourrait pas faire usage de son talent dans un plus bel endroit que cette ville de merde.

Talker le regarda en clignant des yeux.

— Vous aussi, vous détestez Sacramento ?

Brian et lui en avaient parlé. Dieu sait à quel point ils en avaient parlé. L'homophobie ambiante, l'urbanisation galopante, leurs petits magasins et endroits favoris qui se faisaient boulotter les uns après les autres par d'immenses complexes commerciaux. Brian regrettait la quiétude relative de Grass Valley, communauté à l'échelle humaine où les artistes partageaient une vie simple dans l'allégresse. Quant à Talker, la seule chose dont il rêvait, c'était un endroit où entendre le battement du cœur de Brian – et dans la grande ville, tout lui paraissait désordonné et bruyant.

— Tout le monde la déteste, répondit Mark distraitement.

Il y eut un mouvement de foule devant la sculpture, une faille s'ouvrit, alors Mark agrippa le bras de Tate pour l'entraîner en avant. Talker se laissa faire. Il en était au point où laisser Mark lui montrer ce qu'il crevait d'envie de voir était bien plus facile que de tenter d'émerger du fouillis de son cerveau.

— C'est juste… Franchement, ce serait une excellente idée que tu le fasses réfléchir, d'accord ?

— Hé ! protesta Tate en colère. J'aurais été très heureux d'y réfléchir si quelqu'un m'en avait parlé, alors…

Il oublia tout d'un coup Petaluma et la petite maison au bord de la mer. À dire vrai, tout lui échappa par les oreilles.

Parce qu'il était juste en face de la sculpture, planté devant.

C'était merveilleux. C'était splendide… et c'était *lui*.

On pouvait, avec de l'imagination, considérer que cette sculpture était un buste – elle représentait en tout cas un homme jeune, avec des cheveux sombres et une raie au milieu, des yeux d'un noir d'encre de chine, un nez délicat, et un menton trop pointu. L'expression était ouverte, vivante et pleine de joie. Les traits fins et ciselés formaient un contraste violent avec la surface sur laquelle ils reposaient.

C'était un bloc massif en trois dimensions, sombre et torturé, avec des sillons creusés et des volutes gravées dans l'argile ; des bosses étranges martelaient la surface malsaine et déformée. Il y avait des pointes hérissées, des clous – comme ceux des piercings que certains punks se flanquent dans les sourcils ou les narines – encastrés dans l'argile. Et, émergeant de cette masse noire et effrayante, il avait le visage magnifique de ce garçon. C'était comme si le jeune homme regardait dans un miroir, ne voyant autour de lui que l'obscurité, tandis que le spectateur, en face de lui, voyait le garçon, la lumière et la beauté.

Il y avait un panneau au pied de l'œuvre, un petit rectangle qui disait : 'Talker'.

Oh Seigneur ! Tate s'essuya les yeux de la paume. Ainsi, voilà comment Brian le voyait. Un garçon magnifique, sans le moindre défaut, avec un visage ouvert et heureux ? D'un autre côté, voilà aussi comment Talker se voyait : défiguré, douloureux et troublé.

Il sentit des sanglots secs émerger de sa poitrine. Mon Dieu, mon Dieu, il avait tellement besoin de pleurer. Il aurait voulu avoir les bras de Brian autour de lui pour se libérer de sa peine dans un flot de larmes amères… ininterrompues. Mais ce n'était qu'à l'abri des bras de Brian qu'il aurait pu s'abandonner – Brian, le seul qui voyait en lui un magnifique petit garçon caché. Brian, le seul dont il accepterait l'étreinte, le seul qui se souciait de lui, le seul qui voyait en lui ce Talker avec de grands yeux émerveillés contemplant l'avenir avec optimisme. Oh Seigneur, s'il fallait en croire cette sculpture, Brian voyait en lui un homme *courageux*.

Et tout à coup, il y eut les bras de Brian autour de ses épaules. Aussi, Tate oublia tout le reste, les acheteurs qui s'agglutinaient dans la bibliothèque, Mark Orenbacher et les cendres de ses regrets, et même la famille – Lyndie, Craig et Doc qui regardèrent d'abord la sculpture, puis Tate et Brian avec une admiration éperdue. Il se tourna dans les bras de Brian et frissonna longuement, avant de poser la joue sur la forte et large épaule capable de supporter toutes ses douleurs, toutes ses conneries. Malgré tout, Brian voyait encore en lui un être dont Tate lui-même n'avait pas conscience.

— Tu aimes ? chuchota Brian.

Les épaules de Talker frémirent avec force dans son étreinte parce que Brian paraissait hésitant.

— Brian… mec… tu m'as foutu un putain de choc, murmura Talker.

Il n'allait pas sangloter, réalisa-t-il tout à coup. D'accord, il versait une petite larme, mais il ne craquerait pas, parce que les bras de Brian étaient pour lui une ancre dont il retirait toute la force nécessaire.

— Tu crois que ça vaut quelque chose ?

Talker ne retint pas son rire, puis il s'écarta et s'essuya le visage du dos de la main.

— Mec, c'est dément. C'est absolument dément. Je n'arrive pas à croire que tu me voies comme ça. Je n'arrive pas à croire… que tu m'aies montré comme ça au monde entier.

Brian plissa le front.

— Ça te déplaît ? s'enquit-il, effondré. Si tu veux, je vais le ramener à la maison. Rien que pour toi. Mais…

Il chercha les mots pour s'exprimer ; c'était pénible de le voir s'agiter ainsi. Brian n'avait jamais été très doué pour parler.

— C'est parfait ! s'écria Tate avec une sincérité absolue.

Il n'aurait pas tatoué son visage avec ces volutes que Brian avait si parfaitement recréées dans l'argile, ni porté ces piercings, cette crête iroquoise et ce maquillage s'il n'avait pas tenté d'expliquer quelque chose. Brian avait vu à travers lui, avec une perception absolue, puis il avait exprimé au monde la vérité. Et cette vérité ? Elle était merveilleuse.

La vérité, c'était lui.

TALKER ATTENDIT le lendemain pour aborder le sujet de la maison et de Petaluma.

D'abord, les deux garçons durent rentrer chez eux, et du côté de Talker, tout resta un peu flou. Il n'avait envie que d'une chose, se retrouver seul avec Brian, mais il ne pouvait pas l'exiger – pas alors que c'était pour Brian le grand jour, ou plutôt la grande nuit. Les gens voulaient l'approcher, lui serrer la main, le féliciter ; il était essentiel pour lui de participer à toute cette parade.

Deux ans et demi plus tôt, jamais Talker n'aurait pu surmonter cette épreuve. Dix-huit mois plus tôt non plus. Mais depuis, Brian l'avait ramassé, il avait remis en place tous les petits morceaux éparpillés, il les avait fait tenir ensemble, il l'avait aimé alors que Tate se désespérait de l'être jamais. Après ça, Talker avait mis toutes ses forces pour réparer son cœur meurtri afin d'être solide et de pouvoir à son tour défendre Brian. Brian avait eu du mal à se remettre de son agression, mais il avait fini par retrouver la paix et une vocation ; et durant tout ce temps, il avait gardé en lui cette vision de Talker – son premier amour, si pur et vivant – dans son cœur.

Les gens ? La notoriété ? La joie ? C'était des bricoles à surmonter, épuisantes certes, mais Talker et Brian étaient capables de le faire. Ils pouvaient sourire, serrer d'innombrables mains ; ils pouvaient accepter les félicitations et les compliments. Ensuite, Talker s'écarterait et regarderait

Brian s'empourprer en étant, pour une fois, le centre de l'attention générale, tandis qu'il recevait ce qui était son dû.

Talker n'arriva pas à se souvenir du trajet retour jusqu'à l'appartement, ni du tintamarre qu'ils firent en rentrant, étourdis et heureux. À peine la porte refermée derrière eux, Brian pivota dans l'obscurité et embrassa Tate comme s'il comptait le dévorer. Tate rencontra cette bouche ouverte et brûlante avec une passion similaire. Ils se bousculèrent l'un l'autre, à bout de souffle, le corps raidi de désir, jusqu'à la chambre. En cours de route, ils abandonnèrent leurs habits au hasard.

La dernière chose à tomber fut la cravate de Brian. En fait, ils faillirent la lui laisser autour du cou, tellement ils étaient pressés.

Pressés, certes, mais pas pour autant trop pressés. Une fois qu'il furent débarrassés de tous leurs vêtements, ils emmêlèrent leurs jambes et se perdirent dans un baiser haletant et brûlant. Ils n'arrivaient pas à se séparer, ils ne le pouvaient pas, aussi continuèrent-ils, encore et encore, frottant leur bas-ventre l'un contre l'autre, leurs deux sexes érigés et collés ensemble. Mais ce qu'ils faisaient, ce qu'ils ressentaient était trop fort, trop vital, pour que ces simples caresses leur suffisent.

Ce fut Brian qui prit les opérations en main – même s'il était en dessous – il discerna ce qu'il fallait faire, donna les ordres et mena la bataille. Cette nuit-là, il poussa des cris pantelants, des gémissements plaintifs, exprimant un besoin bien plus intense que d'ordinaire. Du coup, alors qu'il prenait un moment pour respirer, Tate réalisa que cette nuit s'était construite depuis des mois et que Brian en avait été l'organisateur. Par-dessus tout, entièrement tout seul, il avait pris des décisions terribles et douloureuses.

— Tourne-toi, chuchota Tate à son oreille.

Brian obéit sans poser de questions. Tandis que Tate rampait jusqu'à la table de chevet afin de récupérer le lubrifiant, la vue de Brian à quatre pattes, le cul en l'air, frissonnant de désir dans l'obscurité, fut pour lui un tel choc qu'il sentit quasiment son cœur exploser dans sa poitrine.

Brian désirait ça. Brian le désirait.

Côté sexe, ils devenaient meilleurs – bien meilleurs – depuis leur première fois. Même si c'était le plus souvent Brian qui passait au-dessus, Tate savait quoi faire. Il savait comment préparer Brian à être pénétré ; il connaissait l'excitation bouleversante qui montait en lui en regardant ses doigts disparaître à l'intérieur du corps de son amant, entièrement. Parfois, il y mettait ses deux pouces avant d'enfoncer sa queue en lui tandis que

Brian gémissait et suppliait. Oh, cette sensation au début, quand l'anneau de muscles résistait... cet étau brûlant et lubrifié... la friction, le...

— Aargh ! hurla Tate en donnant un coup de reins.

Il n'arrêta pas avant d'avoir pénétré son amant jusqu'à la garde, ses bourses pressées contre le cul de Brian.

Brian hurla aussi avant d'enfoncer le visage dans l'oreiller en balbutiant des prières, des supplications, des cris... pour que Talker le baise plus fort.

— S'il te plaît, s'il te plaît, Talker – vas-y – vas-y à fond. Continue, continue...

Talker obtempéra ; il pénétra son amant encore et encore ; puis il passa la main autour de son corps afin de mieux le caresser. Ensuite, il s'enfonça à nouveau, jusqu'au fond, si profond qu'il eut la sensation en jouissant que tout son être se déversait en Brian. Il n'était plus certain d'être entier, mais c'était sans importance, il était content qu'une partie de lui vive dorénavant en Brian. Son amant jouit en même temps, se répandant dans la main de Tate et sur son ventre, ses cuisses...

Quand Tate s'écarta du corps de Brian, le sexe encore ruisselant, il se jeta sur l'oreiller, entraînant Brian dans ses bras. Il ne put s'empêcher de revoir cette statue sur un piédestal, exposée au monde entier. C'était bien la preuve qu'une part de lui-même se trouvait déjà à l'intérieur de Brian, non ?

Quelquefois, après avoir fait l'amour, les deux jeunes hommes chuchotaient ensemble, face à face, comme des enfants. Pas cette fois. Cette fois, Tate jeta un bras sur les épaules de Brian et le tint contre lui, jusqu'à ce que les secousses de leur orgasme se calment. En fait, Brian tremblait si fort que Tate suspecta que ça provenait également du stress de ces derniers jours... et de cette soirée, en plus de tout le reste.

Pourtant, ils ne parlèrent pas. Ils avaient passé toute leur soirée à discuter avec des étrangers, il leur sembla normal de partager un moment de silence – parce qu'ils étaient les seuls à pouvoir remplir le silence de signification.


LE LENDEMAIN matin, c'était dimanche ; ils eurent droit à une grasse matinée. Jed, le videur de Gatsby's Nick, avait fait une apparition tardive au vernissage, pour dire à Talker que son poste, cette nuit-là, avait trouvé un remplaçant. Jed s'était trouvé là le jour de l'agression de Brian. Depuis, leur amitié s'était renforcée ; d'ailleurs, tout le monde au club s'était attaché à lui depuis lors.

Tate se réveilla le premier. Malgré le brouillard persistant de Sacramento, la faible lumière d'un automne tardif traversait les stores poussiéreux et rendait l'appartement encore plus minable que d'ordinaire.

Brian dormait, le bras droit tendu, le gauche collé contre lui, la tête tournée en direction de Tate. Ce dernier resta tranquille un long moment, à étudier les longs cils de Brian, noirs à la base, presque transparents au bout, ainsi que les petites taches de rousseur qu'il avait sur les joues. Il compta aussi les cinq grains de beauté que lui seul, Tate, connaissait d'aussi près. Il sourit à la façon dont les cheveux blonds de Brian tombaient sur son front, la dureté nouvelle que la maturité apportait à sa mâchoire. Il vit la façon dont l'exercice physique avait renforcé la poitrine de Brian et combien les cicatrices douloureuses s'étaient améliorées depuis dix-huit mois – bien qu'elles ne disparaîtraient jamais complètement.

Il sut le moment exact où Brian ouvrit les yeux, et celui où il reprit suffisamment conscience pour réaliser que Talker, déjà réveillé, l'attendait.

— B'jour, marmonna-t-il.

Talker roula sur le ventre, ce qui l'amena à bonne distance pour déposer un gentil baiser aux commissures des lèvres de son amant.

— Bonjour, répondit-il doucement.

— Qu'essquia ? demanda Brian avec un sourire endormi.

Tate répondit sans se démonter :

— Je pense que nous devrions déménager pour Petaluma.

Brian cilla, puis il fronça les sourcils et se détourna pour s'asseoir.

— Bon sang, c'est Mark ! Je vais le…

— Quoi, Brian ? Insulter ce mec qui t'a aidé à avancer jusque-là ? Oui, d'accord, je le déteste. C'est vrai. Il a essayé de te draguer et ça ne me plaît pas parce que ton cul m'appartient. Mais…

Talker commençait à s'agiter, aussi agrippa-t-il son talisman de toutes ses forces.

— … mais c'est une chance de réaliser quelque chose dont tu as vraiment envie, quelque chose pour lequel tu es doué. C'est aussi une chance de foutre le camp de cette putain de ville et d'exister ailleurs, où nous pourrons avoir tous les animaux que nous voudrons. Toi et moi… dans un endroit où il n'y aura pas de brouillard en automne, dans un endroit où nous pourrons respirer.

Assis là, dans le calme de ce dimanche matin, Talker était conscient d'un millier de petits bruits – le bourdonnement des lignes électriques qui passaient au-dessus de l'immeuble, les cliquètements des machines du Starbucks au rezde-chaussée, la circulation, le lointain grondement d'un métro – tout ceci contribuait au tintamarre continuel qu'il avait dans la tête.

— Dans un endroit où nous aurons la paix, termina-t-il d'une voix tranquille.

Brian se frotta les cheveux et se tourna vers lui, manifestement malheureux.

— Et tes cours ? demanda-t-il. Franchement, je vais obtenir mon examen en décembre, un diplôme dont je n'aurais probablement aucun usage. Ce serait chouette qu'un de nous deux obtienne l'éducation dont il rêve, tu ne crois pas ?

Tate fit la grimace.

— Bébé, quelle est ma matière principale ?

— Sociologie, répondit Brian du tac au tac.

Talker se sentit coupable. Lui-même ignorait la matière principale du diplôme de Brian.

— Sociologie, continua Brian, histoire, et…

Il s'arrêta, plissa le front et réfléchit. Tate ne lui en voulut pas d'avoir oublié la suite.

— Pédopsychiatrie, chimie, littérature anglaise… c'est à dire absolument n'importe quoi. Bon sang, Brian, tu te rappelles quand tu m'as retrouvé dans le bureau de la conseillère d'orientation. Elle m'a dit qu'à ce rythme, j'allais être la première personne de toute l'université à obtenir un diplôme dans toutes les matières. Je ne sais même pas laquelle est ma principale. Avouons-le, c'était grotesque de me laisser prendre…

— Foutaises ! cria Brian en colère. Tu es bien plus intelligent que moi. C'est juste que…

— … que j'ai quelques tares, coupa Talker d'un ton sec.

Mais Brian ne se laissa pas interrompre

— … que tout t'intéresse. Je n'y vois aucun mal. Tu veux tout apprendre et c'est magnifique. Moi, je n'ai pas tant d'énergie, et tu le sais. Quand j'ai par hasard une idée, je vais jusqu'au bout. Mais toi, tu…

— Moi, je ne suis pas destiné à être diplômé, dit gentiment Tate. Écoute, bébé, regarde la réalité en face. Je peux apprendre ce que je veux sur Internet. Je peux acheter des bouquins ; je peux prendre des cours au collège communautaire – ce qui me coûtera bien moins cher que l'université. Mais toi, pour être heureux, tu n'as pas autant de choix, ni autant d'endroits… Et voilà qu'une opportunité en or vient s'offrir à toi ! Je serais un copain déplorable si je t'empêchais d'en profiter, tu ne crois pas ?

— Mais…

Brian afficha, en toute franchise, une expression torturée, aussi Talker lui pardonna-t-il de n'avoir jamais auparavant évoqué le sujet avec lui. Si Brian n'avait pas affirmé que lui, Tate, était capable d'atteindre le ciel s'il s'en donnait la peine, quelque part, il en aurait été blessé. D'ailleurs, Talker savait la vérité : il pourrait probablement atteindre le ciel – le seul problème était qu'il lui faudrait d'abord déterminer dans quelle direction aller.

Talker avança à genoux, suffisamment près pour pouvoir poser la tête sur la large poitrine de Brian.

— Je t'en prie, ne te sens pas coupable ; ne te sens pas désolé pour moi ; et ne te crois surtout pas égoïste. Il est temps pour moi de te faire passer en premier, Brian, c'est toujours ce que tu fais pour moi. Il est temps pour moi de te renvoyer l'ascenseur. Il est temps pour moi de grandir et de décider ce que je veux faire de ma vie. Je n'ai jamais trouvé l'inspiration à l'école et une seule chose est évidente : c'est que tout ira bien pour moi tant que je resterai avec toi. D'accord ?

Brian hocha la tête et resserra le bras autour des épaules de Talker.

— Tu sais, si nous achetons des combinaisons, nous pourrons faire du surf toute l'année, dit-il.

— C'est vrai ? Tu as vérifié ?

Alors qu'il scrutait avec attention le visage de Brian, il fut horrifié de lui voir les yeux brillants. Bientôt, ses larmes débordèrent.

— Oui, grommela Brian d'une voix bourrue. Je pensais à toi, tu sais, à ce que tu éprouverais dans l'océan, à l'intimité que nous offrirait le sable, la plage… Mais je ne voulais pas que tu te sacrifies à cause de moi, tu vois ?

Talker sentit ses propres yeux s'humidifier, puis les larmes couler sur ses joues. Contrairement à Brian, il ne tenta pas de tout garder dans sa poitrine.

— Bon sang, Brian, je t'ai, toi. Comment peux-tu parler d'un sacrifice ?

Brian ne répondit pas ; il se contenta de serrer Tate tout en déposant de petits baisers au sommet de sa tête et en frottant sa joue contre les longues mèches droites des cheveux de Tate.

— Alors ? demanda Talker au bout d'une minute.

— Je téléphonerai à Mark après le petit déjeuner, dit Brian.

Talker marqua son approbation d'un signe de tête, mais aucun des deux ne bougea pendant un très long moment.

# VIVRE AU PRÉSENT

ILS AVAIENT déménagé durant l'hiver, juste après le nouvel an. Talker fut surpris de voir combien de gens s'étaient déplacés pour les aider.

D'abord Doc Sutherland, avec deux écharpes tricotées main en guise de cadeau de Noël et de déménagement – l'une faite par lui, l'autre par son épouse. Aucun des deux jeunes hommes ne l'avait jamais rencontrée, mais elle avait tant entendu parler d'eux qu'elle les considérait quasiment comme faisant partie de la famille. Il y avait Tante Lyndie et Craig, bien entendu ; puis, du boulot de Talker, Jed et sa famille ; et Juan, que Brian avait connu à Olive Garden ; et l'ex de Brian, Virginia, et son mari, Alex.

Le déménagement n'avait pas pris longtemps ; le meuble le plus lourd était le sommier métallique du lit qui fut chargé dans le pick-up de Jed avec un des fauteuils rembourrés. Tout le reste fut entassé dans différentes voitures qui formèrent une caravane jusqu'au cottage, en suivant les indications de *Google Maps*.

Mark avait donné à Brian les clés de la petite maison et de l'atelier le jour où Brian avait signé les papiers, environ une semaine avant Noël. Son ex-amant – l'homme responsable de tout ceci – était alors décédé. Brian avait proposé – avec l'accord de Tate, bien entendu – d'inviter Mark le soir du réveillon de Noël, avec tous ceux qui les avaient aidés à déménager. Mark avait décliné. Talker ne sut jamais exactement ce qui s'était dit durant cette conversation ; il ne surprit qu'un commentaire marmonné par Brian :

— S'il veut rester tout seul, c'est son problème. Un mec incapable d'avoir des amis ne mérite pas des amants.

Talker fut très fier d'avoir résisté à la tentation d'aller au cœur des choses. Le mec avait fait son choix. Quant à Brian, il n'avait même pas eu de tentation ; Talker s'en trouvait tout à fait satisfait.

À ce moment-là, il n'avait pas encore vu l'atelier-studio-galerie – qui se trouvait dans la grand-rue de la ville. Il faudrait à Brian un mois – au moins – avant de pouvoir rouvrir. Par contre, la maison, c'était une autre histoire.

— Oh bon sang ! Brian, regarde, s'était exclamé Tate depuis le siège passager de leur petite voiture. C'est deux fois plus grand que notre appartement ! C'est tellement chouette !

C'était le cas, c'était *très* chouette. Il y avait des lambris imperméables d'un doux ton de gris, une fine charpente en bois, le tout posé sur une petite parcelle de pelouse aménagée avec amour sur le sol sablonneux. Il y avait huit mille mètres carrés de terrain constitué essentiellement de sable durci, mais où poussaient de nombreuses plantes grasses – du genre qui possédait des fleurs pourpres et dorées. Au printemps, c'était envahi de coquelicots. Plus tard, Tate se mettrait à ensemencer le terrain chaque fois qu'il trouverait des graines à bas prix ; durant son temps libre, il ferait du jardinage, parce que sa première vue du cottage, si petit, si parfait, avec sa pelouse défraîchie et l'océan en arrière-plan, avait représenté pour lui une peinture de Thomas Kinkade.

Une fois Brian et lui installés, Tate s'était senti tenu de maintenir cette lumière dorée, celle que donnait le soleil glissant à l'horizontale entre les nuages lorsqu'il remplissait leur petit foyer d'un halo lumineux saupoudré d'or.

Mais cette première nuit, rien ne manquait, c'était parfait. Une fois toutes les affaires rangées, quelqu'un s'était rendu en ville pour en ramener des pizzas et nourrir tout le monde. Une pendaison de crémaillère bien tranquille, tous ensembles. Ils mangèrent debout, enveloppés dans d'épaisses chemises et des couvertures, sur le perron de derrière avançant jusqu'au sable, avec comme vue la nuit tombant sur l'océan. Cette nuit-là, Lyndie et Craig avaient squatté le canapé dans un sac de couchage, tous les autres étaient retournés jusqu'à Sacramento, à une heure et demie de route. Brian et Talker avaient réussi à faire leur lit avant de s'écrouler dedans, épuisés, sidérés et heureux.

— Regarde un peu, avait chuchoté Brian.

Effectivement, ils voyaient les étoiles et la lune se refléter sur l'eau à travers la fenêtre à l'arrière du cottage. Plus tard, ils installeraient l'isolation, aussi ne profiteraient-ils de cette vue que quand ça leur plairait, sans se réveiller en tremblant de froid. Ils ajouteraient aussi les tapis et se souviendraient de porter des babouches, parce que le plancher magnifique et naturel du cottage n'était pas toujours bien chaud. Ce soir, cependant, c'était comme si le monde entier s'étendait à leurs pieds, pendant qu'ils se pelotonnaient dans leur lit sous autant de couvertures qu'ils avaient pu en trouver.

— Incroyable, c'est comme si nous pouvions tendre la main et tout toucher du bout des doigts, chuchota Tate avec révérence.

Il repéra alors le bref sourire de Brian dans le noir.

— Attends jusqu'à demain, tu pourras tendre la main et toucher ce que tu voudras.

Tate leva les yeux au ciel.

— Tu sais, tu es censé être un artiste, quelqu'un de délicat, mais à mon avis, il n'y a pas un grain de poésie dans ton âme.

Quand la bouche de Brian avait trouvé la sienne, brûlante et exigeante, Tate n'avait plus rien dit, il n'avait même plus eu la moindre pensée cohérente. Le message était clair tandis qu'ils se blottissaient sous leurs mille et une couvertures dans leurs draps nouvellement baptisés : le sexe était toute la poésie dont l'âme de Brian ait jamais rêvé.

*Ils enfilèrent tous les deux un maillot et un sweat à capuche parce que leurs combinaisons étaient dehors, pendues près de la douche extérieure, sur la barrière. Il faisait un peu trop frais pour traîner en caleçon. Brian mit en route le café afin de le trouver au retour, puis il tourna les talons et sortit devant l'enclos où se trouvaient les animaux. Au même moment, le téléphone sonna. Quand il fit la grimace, Tate lui dit :*

*— Je m'en occupe, bébé. Je te retrouve dans l'eau.*

*Il avait le pressentiment de savoir qui appelait ; il dut cependant serrer les dents en voyant le numéro affiché.*

*— Tate ?*

*C'était bien Jo Ellen – une Noire d'âge mûr, avec une lourde poitrine, des lèvres rouges et colorées, une coupe afro très courte et tout le tralala ; elle avait une grosse voix qui lui correspondait bien. Rien qu'à l'entendre, Tate se sentait à l'aise, accepté. Une chance, parce que Jo Ellen était l'assistante sociale qui gérait les enfants placés dans les familles d'accueil de la région.*

*— Salut, Jo Ellen. Comment allez-vous ce matin ?*

*— Très bien, mon chou. Comment va Brian ? Est-il déjà hyper stressé ?*

*— Nan ! Vous connaissez Brian, il crée des merveilles et prétend ne pas y déverser son cœur et son âme. C'est un vrai roc.*

*Du moins, il en tiendrait le rôle jusqu'à la fin du vernissage. Celui-là serait son quatrième – les trois derniers ayant eu lieu ici, à Petaluma.*

*Chaque fois, c'était la même chose : Brian n'était que zen et sérénité jusqu'au moment où tout le monde retournait chez soi. Ensuite, il commençait à trembler et il avait besoin de Talker avec une intensité qui aurait terrorisé quiconque sur la planète. Mais pas lui.*

— *Eh bien, tant mieux. Je suis passée hier afin d'installer le travail des gamins. Il t'en a parlé ?*

— *Oui, il a dit que c'était superbe.*

*Brian avait effectivement félicité Tate jusqu'à ce qu'il lui dise de la fermer et d'arrêter, parce qu'il n'avait jamais été doué pour recevoir un compliment. Malgré ça, Brian l'avait embrassé jusqu'à lui faire perdre la tête.*

— *Eh bien, tant mieux, mon chou. Tu sais pourquoi je t'appelle, pas vrai ?*

*Tate soupira. Il était un grand garçon, il ne cessait de se le répéter, mais ça ne suffit pas à empêcher sa voix de devenir bourrue.*

— *Les parents de Shelley l'ont récupérée, c'est ça ?*

— *Ouais. Et à l'heure actuelle, l'emmener dans une galerie d'art est le cadet de leur souci. Je suis désolée, mon coco, elle ne sera pas là ce soir. J'ai pensé que tu préférerais apprendre la nouvelle avant le vernissage.*

*Tate hocha la tête et déglutit avec difficulté. Il ressentait différentes douleurs en lui, pas seulement au niveau de la gorge.*

— *Ouais, d'accord. Merci.*

— *Hé, Tate – nous en avons déjà parlé, pas vrai ? Tu te souviens de ce que je t'ai dit sur la façon dont les gens s'attachent alors qu'ils doivent être prêts...*

— *J'ai compris, Jo, ça va aller. D'accord ? Je vous verrai ce soir.*

— *Oui, à ce soir, mon chou. Tous les autres gosses seront avec moi.*

— *J'attends ça avec impatience.*

*Il raccrocha, puis avança lentement jusqu'à l'arrière de la maison où se trouvait sa planche de surf et sa combinaison. Il essaya de prétendre que la déception ne lui brûlait pas les yeux.*

PEU APRÈS le déménagement, Tate trouva presque immédiatement du travail au bar local. Il ne s'agissait pas d'un bar gay, mais pas non plus un rade pour culs terreux. C'était suffisamment petit pour que, très vite, ils le laissent faire le service et préparer les cocktails, aussi faisait-il plus que juste nettoyer et gérer l'arrière-boutique. Comme il l'expliqua à Brian, rien ne changeait vraiment, mais c'était plus chouette de se prétendre 'barman'. Tate aimait étudier les alcools et créer de nouvelles combinaisons ; lui-même n'appréciait pas la boisson en elle-même ; il avait remarqué que tous les barmans n'aimaient pas boire, ils se contentaient de goûter. Après tout, ils étaient les mieux placés pour savoir d'expérience les dégâts que causait l'alcool. Et Tate, qui s'était endormi enfant dans une couverture imbibée de whisky pour se réveiller en un monstre couvert de cicatrices, n'avait pas eu besoin qu'on le lui répète deux fois.

Donc, il avait du travail, mais il avait l'habitude de travailler ET d'aller en cours. Aussi, bien qu'il ait d'abord aidé Brian à installer la galerie, son esprit papillon ne tarda pas à sombrer dans un profond ennui.

Une nuit, après son travail, tandis qu'il se rendait à pied jusqu'à la galerie, il vit un panonceau agrafé à un poteau téléphonique. Il demandait des volontaires pour une foire artisanale organisée pour les orphelins.

Il ramena au pas de course le panonceau à Brian et se lança dans un discours plein d'excitation et quasiment incohérent. Quand Brian réussit enfin à le calmer, il agrippa son talisman et fit émerger son cerveau de son bocal. Il dut se concentrer avant de dire :

— Brian, quand j'ai regardé ça, j'ai entendu comme un carillon.

Brian le fixa avec un gentil sourire.

— Oui, tu serais excellent là-dedans. Que veux-tu que nous fassions ?

Talker eut un sourire timide.

— Eh bien, je crois… Je vais d'abord aller voir. Je sais où se trouve cet endroit. Je suis tout remonté parce que j'ai grandi comme ça, dans cet environnement. Je vais faire ce qui est marqué : me pointer et les aider tous les mardis. Qu'est-ce que tu en penses ?

— C'est une idée géniale. Je sais que tu réussiras.

Quand Talker s'était présenté, c'est Jo Ellen qu'il avait rencontré à la porte. Il se sentit intimidé, peu sûr de lui, en se demandant si un service d'État allait laisser un mec ayant son apparence travailler avec des gamins. Mais Jo Ellen avait passé sa vie à regarder au-delà des apparences ou des carapaces que les gosses présentaient au monde. Elle traversa sans peine les tatouages et les cicatrices de Tate pour voir celui qui se cachait derrière.

— Mon chou, qu'est-ce que je peux faire pour toi ? demanda-t-elle gentiment.

Pendant un moment, il faillit oublier qu'il était un adulte de vingt et un ans.

— Je… hum… Eh bien, j'ai vu ceci… Vous cherchiez des volontaires…

Tout à coup, il se mit à parler à toute allure.

— Je peux vous aider. Mon copain m'a donné un énorme bloc d'argile pour que les enfants puissent s'entraîner à la sculpture ; j'ai aussi des crayons et des pastels, ils pourront écrire. Du matériel. Il vous a donné du matériel. Et j'aimerais vous aider. Est-ce que je peux entrer et vous aider ?

Les yeux bruns chaleureux de Jo Ellen s'éclairèrent en entendant le mot magique, 'matériel', et Tate se retrouva englué dans une étreinte chaleureuse, maternelle et charnelle qui, de façon étrange, lui rappela Tante Lyndie – bien qu'elle soit aussi maigrelette qu'un moineau.

— Nous *adorerions* que tu nous aides. C'est génial. Entre et viens rencontrer toute la bande. Nous ne sommes pas beaucoup, mais ça ne cesse de s'agrandir.

Tate fut ainsi présenté à cinq enfants – trois garçons et deux filles. Tout ce qu'il eut à faire pour gagner sa place fut de s'asseoir à une petite table adaptée à leur taille et de se mettre à la tâche – peindre, sculpter, découper, colorier ou enfiler des macaronis sur un fil. Il adora ce rôle. Il adora écouter les enfants bavarder ; il adora les choses incroyables qui émergeaient de leurs petites bouches ; il adora le fait qu'ils l'acceptent sans discrimination juste parce qu'il se présentait devant eux une fois par semaine – puis deux, puis trois – en étant gentil avec eux.

Jo Ellen avait eu raison, il ne fut pas le seul volontaire. Très vite, il appela par leur prénom diverses femmes, mères, grand-mères ou autres habituées du système fédéral pour enfants, qui se réunissaient, s'asseyaient et jouaient avec les enfants, en s'efforçant de leur donner de l'importance.

Tout ceci donnait à Tate la sensation d'être le roi du monde. Brian était incroyablement fier de lui. Talker le savait parce qu'il le lui répétait quasiment tous les jours.

Bien entendu, même les meilleurs des professeurs ont leur préféré. Pour Talker, c'était Shelley. Elle était là presque depuis le début – à l'époque, elle avait six ans et venait de tomber dans le système. Quand Tate l'avait connue, elle tentait avec difficulté de dessiner avec un bras dans le plâtre.

— Hé, dit Talker en s'asseyant auprès d'elle.

Très délibérément, il enleva la mitaine qui dissimulait sa main massacrée avant de saisir un crayon.

— Hé. Qu'est-ce que tu as sur la figure ?

Tate en avait l'habitude désormais ; ça ne lui posait aucun problème de répondre – et c'était étrange, parce que si un prétendu adulte lui posait la même question quand il était à l'université, il se crispait toujours.

— C'est un tatouage, répondit-t-il avec calme.

Il repoussa la manche de sa chemise et déclara :

— Je n'en ai pas seulement sur la figure, j'en ai aussi sur le bras, le coude, l'épaule.

Le tatouage sur son bras était bien plus vif que celui qu'il avait sur la figure. Brian et lui surfaient beaucoup ; plus sa peau bronzait, moins le tatouage se voyait. Il avait envisagé la dépense de se faire remettre de l'encre partout, puis il s'était ravisé. Désormais, il n'était plus tout à fait le même garçon.

La petite regarda avec attention, lui d'abord, ensuite les boucles qui s'agglutinaient sur le même côté de son oreille et en cachait l'irrégularité.

— Pourquoi tu te mets tout ça ? demanda-t-elle.

Il dessina un cœur avec des petites fleurs tout autour. Il n'était pas un artiste comme Brian, mais à cette époque, il travaillait depuis les quatre derniers mois comme volontaire au centre pour enfants ; il était devenu doué pour dessiner des cœurs, des fleurs, des licornes, des camions, des tigres et Spiderman.

— Parce que j'ai été brûlé quand j'avais ton âge. Je ne voulais pas que les gens regardent mes cicatrices, expliqua-t-il.

La bouche de la petite s'arrondit en O.

— Je peux toucher ? demanda-t-elle doucement.

Il hocha la tête et posa la main sur la table. Il s'était mis à travailler l'argile, comme Brian, et lui aussi, ça l'avait aidé. Bien moins que Brian, mais durant certaines nuits, tandis qu'ils installaient tous les deux pour regarder la télévision, Brian sortait l'argile et ils la modelaient ensemble, créant différentes formes qu'ils assemblaient avant de les écraser et de faire les clowns. Parfois, ces formes étaient abstraites, parfois obscènes – parce que, franchement, un pénis était une des choses les plus faciles à réaliser avec de l'argile. La plupart du temps, c'était pour eux deux un moyen facile de communiquer quand ils n'avaient pas envie de parler. Aussi, les doigts de Tate s'étaient améliorés plus encore qu'il ne l'avait envisagé, il pouvait utiliser ses fonctions psychomotrices mieux que les médecins ne le lui avaient prédit.

Cependant, ils restaient déformés et couverts de tissu cicatriciel. Shelley les caressa de ses petits doigts qui dépassaient du plâtre.

— J'aurai une cicatrice, dit-elle à mi-voix.

— Ah ouais ?

Talker l'avait déjà deviné. Le plâtre était énorme et encombrant ; en général, quand les médecins chargeaient un gosse d'un truc aussi lourd, c'était qu'il y avait de sérieux dégâts.

— Mon os est sorti à travers, c'était dégueu.

Tate grimaça.

— Beurk ! Est-ce que tu as crié ?

La petite secoua la tête.

— Non, parce qu'il aurait été encore plus en colère.

Tate acquiesça.

— Ouais, il vaut mieux ne pas les mettre encore plus en colère. Tu as sûrement été très courageuse.

Shelley hocha la tête, puis caressa encore la peau rugueuse des doigts de Tate.

— Je n'aurais jamais de Prince Charmant, dit-elle, d'une voix si triste que c'était insupportable.

— Parce que tu as des cicatrices ?

Elle leva les yeux, avec des prunelles aussi noires que de l'encre dans son petit visage pointu. Autour de sa tête, ses cheveux blonds platine flottaient comme un nuage.

— Oui.

— Ce n'est pas vrai. J'ai des cicatrices, et j'ai un Prince Charmant.

Elle éclata de rire.

— Tu ne peux pas avoir de Prince Charmant !

Elle ouvrit la bouche, scandalisée.

— Les garçons ne doivent pas avoir de Prince Charmant.

Tate fit un signe de tête, puis il commença un autre dessin. Un chaton, cette fois, parce qu'ils étaient très faciles à faire.

— Oui, dit-il tout doucement, mais les gens ne doivent pas nous donner de cicatrices, tu ne crois pas ? D'après moi, si les gens m'ont fait mal alors qu'ils ne devaient pas, alors j'ai le droit d'avoir un Prince Charmant, même si je ne dois pas. Qu'est-ce que tu en dis ?

La petite se contenta de hausser les épaules, comme si ça ne l'intéressait pas.

— J'aime ce petit chat. Je peux le prendre ?

— Oui, tu peux prendre le petit chat à condition que tu te trouves un Prince Charmant.

205

La petite fille réfléchit un moment.

— D'accord, est-ce que tu vas m'aider à le trouver ?

— Oui.

— Je voudrais danser avec lui, comme Cendrillon.

— C'est vrai ? Connais-tu une chanson sur laquelle tu voudrais danser ?

La petite secoua la tête.

— Non. Je veux juste danser.

Talker y songea un moment, puis il sortit son iPod et plaça ses écouteurs dans les toutes petites oreilles

— Voilà, dit-il. C'est la meilleure chanson de Prince Charmant que je connaisse.

Il choisit comme musique *Kingdom Come* par Coldplay.

Elle écouta avec attention tout en coloriant son dessin ; sa tête se balançait au rythme de la musique. Quand ce fut terminé, elle rendit très poliment à Tate son iPod.

— Merci, dit-elle doucement. Maintenant, je sais qu'il y aura un Prince, parce que tu m'as donné une chanson.

Voilà qui était Shelley.

La première chose qu'elle dessina fut un portrait de Tate – les longs cheveux d'un côté et le crâne rasé de l'autre étaient faciles à reconnaître. Tate le ramena à la maison pour le montrer à Brian, qui acheta un cadre magnétique afin de l'installer sur le réfrigérateur. Tate l'aima encore plus qu'avant d'avoir compris à quel point ça comptait pour lui.

Il y avait maintenant deux ans qu'il connaissait Shelley. Lors de ses deux derniers vernissages, Brian avait donné aux enfants un endroit pour exposer leurs œuvres – un geste qui fit que Tate l'aima encore plus, si c'était possible. Ils avaient cette fois un nouveau vernissage et Shelley avait représenté la mitaine de Talker – qui semblait la fasciner. Elle avait passé beaucoup de temps à envisager un moyen de couvrir le tissu cicatriciel bosselé de son avant-bras trop fin, afin de pouvoir porter une robe qui plaise à son Prince Charmant.

Talker lui dit que le Prince Charmant ne se soucierait pas de ses cicatrices.

Shelley répondit qu'elle préférait quand même les cacher.

*TATE TENTA de ne pas se laisser assommer par la nouvelle. Jo Ellen avait raison – il connaissait le système ; il y avait vécu. Il savait bien*

*que parfois, ce n'était pas de braves gens qui se chargeaient du bien-être des enfants. Maintenant, Shelley vivait avec ses parents. Durant le temps qu'elle passerait avec eux, elle n'aurait plus aucun contact avec le système fédéral. C'était comme si les parents cherchaient à oublier à quel point ils avaient déconné, en niant cette période de sa vie. Tate se répéta qu'il devrait être heureux pour la petite – la plupart des enfants ne rêvaient que de ça : voir Papa et Maman revenir les chercher et réparer le mal qu'ils avaient provoqué. Malgré tout, Tate avait le regard brouillé de larmes en enfilant sa combinaison et ses chaussons de surf. Il récupéra ensuite sa planche et se rua dans l'eau. Il remarqua à peine le choc thermique en plongeant dans l'océan.*

*Il nagea au-delà des brisants, trouva les eaux plus calmes, et resta assis un moment. Fermant les yeux très fort, il chercha désespérément à se reprendre. Malgré l'épaisseur de sa combinaison et ses chaussons, ses pieds commençaient à s'engourdir. De plus, le doux balancement de sa planche le poussait à la somnolence. Malgré son chagrin, il vit Brian et son regard s'éclaircit.*

*Quand il ne travaillait pas l'argile, Brian tenait son épaule comme si elle lui faisait encore un peu mal. Le soir, Tate entendait souvent le cliquètement révélateur des comprimés d'ibuprofène dans leur flacon ; il savait alors que Brian avait sacrément mal, bien qu'il ne se plaigne jamais. Le mec s'était remplumé depuis que Talker l'avait vu pour la première fois – la matérialisation d'un rêve, un garçon magnifique à la mâchoire carrée et aux yeux de ciel, assis tout seul sur un siège de bus scolaire. Aujourd'hui, si Brian avait la poitrine plus large, il gardait des hanches étroites parce qu'il courait et surfait quasiment tous les jours. Tate savait déjà qu'en vieillissant, Brian devrait s'exercer dur pour ne pas s'alourdir. En fait, Tate attendait ce moment avec plaisir. Brian était si solide, ce serait merveilleux de voir sa stature exprimer cette stabilité que Tate ressentait en son cœur.*

*Il avait encore les cheveux trop longs. C'était parce qu'il les coupait très courts, puis les laissait pousser jusqu'au moment où il ne pouvait plus les supporter. Quant à ses yeux, ils étaient toujours de ce bleu incroyablement pur, ils regardaient toujours Talker comme s'il s'agissait du seul et plus beau mec que Brian ait jamais vu. D'après ce que Talker en savait, Brian vieillirait et mourrait sans jamais avoir regardé un autre homme – et ceci lui convenait parfaitement. Talker était quasiment certain que lui-même ne verrait jamais un autre de la même façon qu'il voyait Brian.*

*Tout à coup, une vague plus grosse que les autres souleva Tate et le fit retomber dans le creux. Il pensa alors qu'il pouvait sans doute surfer sur la prochaine. Brian et lui avaient eu du mal à apprendre les rudiments du surf, mais se retrouver dans ces eaux froides, et ramener la planche jusqu'à la grève... c'était une sensation unique et vraiment forte. Peut-être éprouvaient-ils ce sentiment parce qu'ils avaient plutôt l'habitude d'être écrasés par les vagues, parce que ça leur était arrivé trop souvent, à chacun d'entre eux. Aussi, être capable de rester debout au sommet des flots, en sachant qu'ils se relèveraient même s'ils tombaient... ça représentait pour eux un sacré progrès.*

*Une fois de plus, Tate s'essuya les yeux, puis il chercha la prochaine vague. Il pensait toujours à Shelley, mais il lui faudrait vivre avec ce chagrin. La gamine était solide. Peut-être tomberait-elle, mais elle se relèverait une fois de plus. Et si ce n'était pas le cas, elle pouvait compter sur Tate et Jo Ellen – et peut-être un jour sur le Prince Charmant qui viendrait à la rescousse.*

*Dorénavant, Tate garderait confiance – il le fallait. Parce que, oui, Brian et lui avaient été jetés à terre, et, oui, souvent, Tate avait bien cru ne pas être capable de se relever sans l'aide de Brian. Mais parfois aussi, c'était Brian qui avait eu besoin d'un coup de main, et lui, Tate était là pour ça.*

*Il préférait croire que ce n'était pas un coup de chance ou un truc du genre. Il préférait croire que, si Tate Walker avait trouvé Brian, les autres Talker et Shelley du monde trouveraient, un jour, une main tendue pour les aider. C'est ce qui rendait le monde supportable. Parce que s'il n'y avait aucune main charitable tendue vers ceux dans le besoin, la terre n'était qu'un endroit effroyablement solitaire.*

*Tate voulait garder la foi.*

*Brian leva les yeux, sa main les protégeant contre l'éclat du soleil, puis il fit un grand geste. Talker lui rendit son salut comme s'il s'agissait d'une confirmation de son vœu de garder confiance. Ensuite, il vit arriver la vague parfaite – du moins, pour la côte de Californie du Nord. Sinon, même lui devait avouer que cette vague-là était plutôt petite. Il adressa à Brian un grand sourire, puis se redressa sur sa planche au moment où la mer gonflait sous ses pieds. Trouvant son équilibre, il savoura le vent qui lui soufflait au visage et la joie de surfer sur l'océan qui le ramènerait chez lui.*

AMY LANE est mère de deux grands enfants, deux enfants pas encore adultes, deux petits chiens et d'un groupe de chats. Tricoteuse compulsive qui écrit parce qu'elle ne peut pas faire taire les voix dans sa tête, elle adore les bébés à fourrure, tricoter des chaussettes et les hommes torrides, mais elle n'aime pas les mites, les litières pour chat et les imbéciles finis. Elle se hasarde rarement à cuisiner, faire le ménage ou les tâches ménagères, mais elle est connue pour tricoter en urgence bonnet/couverture/paire de chaussettes pour n'importe quelle occasion, ou parfois sans aucune raison. Elle a été récompensée pour son écriture qui comporte trois couleurs : le violet tortueux de l'univers alternatif, l'orange angoissé du contemporain et le jaune soleil du bonheur. Par nécessité, elle a appris à taper à la vitesse de l'éclair. Elle est mariée depuis plus de vingt-cinq ans à son Mate adoré et croit toujours au Grand Amour, avec un G et un A majuscule, et ne voit aucune raison pour que ça change.

Site internet : www.greenshill.com
Blog : www.writerslane.blogspot.com
E-mail : amylane@greenshill.com
Facebook : www.facebook.com/amy.lane.167
Twitter :@amymaclane

Par Amy Lane

Ce n'est pas du Shakespeare
Coup d'envoi
De la nourriture pour l'esprit
Feu de joie
Les joueurs
Super Sock Man

DREAMSPUN DESIRES
Un manny si innocent

PROMESSES
Le rocher aux promesses
La valeur d'une promesse

TALKER
Talker
Talker, la rédemption
Talker, la décision
Talker : Intégrale

Publié par DREAMSPINNER PRESS
www.dreamspinner-fr.com

DREAMSPUN
DESIRES

# UN MANNY
# SI INNOCENT
## Amy Lane

*Les mannies*

*Grandir et tomber
amoureux*

## Les mannies

Grandir et tomber amoureux.

La famille, c'est parfois une bénédiction et parfois une malédiction. Surtout une malédiction se dit Tino Robbins lorsqu'il se fait enrôler par sa sœur pour l'aider à livrer ses plats italiens tout prêts alors qu'il devrait étudier, pour ses partiels. Mais une seule livraison peut tout changer.

La vie bienheureuse de Channing Lowell change brutalement lorsque sa sœur décède en lui laissant la garde de son neveu de sept ans. Channing s'engage à faire ce qu'il y a de mieux pour Sammy… mais il va avoir besoin d'aide. De beaucoup d'aide. Lorsque Tino apparaît sur son perron, Channing est déterminé à le faire intégrer la Team Sammy.

Tino ne veut pas perdre le bénéfice de son diplôme – même si cela signifie renoncer à avoir une relation –, mais plus il tombe amoureux de son patron, plus il commence à se demander s'il doit laisser derrière lui sa toute nouvelle famille au profit d'une carrière prometteuse.

# www.dreamspinnerpress.com

# Feu de joie

# AMY LANE

Dix ans auparavant, le Shérif adjoint Aaron George a perdu sa femme et a déménagé à Colton, pensant qu'il serait mieux pour ses en-fants de grandir dans une petite ville. Il a appris à connaître sa commu-nauté, y compris monsieur Larkin, le sympathique et dynamique profes-seur de sciences. Lorsqu'on l'oblige à prendre un poste de direction, Larx arrête d'entraîner l'équipe de course à pied et commence à courir en soli-taire. Aaron, qui pensait que la vie commençait et se terminait avec ses enfants, est distrait par une poitrine brillante et un principal courant sur une route dangereuse.

Larx a vécu, lui aussi, pour ses enfants... et ses étudiants du lycée de Colton. Il n'est pas prêt à être charmé par Aaron, cependant, lorsqu'ils commencent à courir ensemble, il apprécie la solidité du représentant de la loi, son humour et sa compréhension parfaite de ses priorités : les en-fants d'abord, le travail ensuite et enfin, arrivant tristement en dernier, ses propres intérêts.

Il suffit d'un baiser pour que les deux hommes, approchant de la cinquantaine, commencent à se comporter comme des adolescents amou-reux, même avec toutes leurs responsabilités. Puis un acte violent met en danger leur relation naissante. Leurs responsabilités sont maintenant es-sentielles pour empêcher leur ville d'exploser. Lorsque les choses de-viennent critiques, ils réalisent que leur famille nouvellement forgée pourrait être ce qui empêche leur monde d'échapper à tout contrôle.

## www.dreamspinnerpress.com

Les jeux qui importent ne se
passent pas sur le terrain.

# Coup d'envoi

# AMY LANE

Les saisons, numéro hors série

Au cours d'une adolescence malheureuse et d'une vie adulte solitaire, Skipper Keith n'a rêvé que d'avoir une famille. Il trouve ce qui s'en
approche le plus avec l'équipe de football qu'il entraîne après le travail et
son meilleur joueur et meilleur ami, Richie Scoggins.

Un soir venteux d'octobre, le partage pratique d'une voiture d'après
l'entraînement se transforme en une rencontre sexuelle qu'aucun d'eux
n'attendait et ne veut oublier. Bientôt, Skip et Richie vivent pour les
week-ends, leurs matchs de football de la saison d'hiver et les jeux qu'ils
apprécient hors du terrain. Grâce à des nez brisés, des décorations de fêtes
et une grippe sévère, ils en apprennent davantage l'un sur l'autre que ce
qu'ils auraient pu rêver.

Chaque nouvelle découverte les emmène au-delà des limites du terrain de football vers les possibilités infinies de la meilleure relation de la
vie de Skipper.

Skipper ne peut pas rêver d'une meilleure famille que Richie, mais
celui-ci a de vrais problèmes familiaux dont il ne peut pas se dépêtrer.
Skipper doit le convaincre de rester avec lui au-delà du coup d'envoi du
tournoi d'hiver, afin que la relation qu'ils ont débutée sur le terrain se
transforme en un avenir heureux dans la vraie vie !

# www.dreamspinnerpress.com

# De la nourriture
# POUR L'ESPRIT

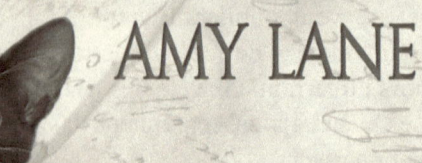

## AMY LANE

Contes d'un étrange livre de cuisine, numéro hors série

Emmett Gant avait l'intention de dire à son père quelque chose de vraiment important un dimanche matin… Mais son père est décédé avant qu'il ait pu le lui dire. À présent, près de trois ans plus tard, il ne semble pas savoir avec qui il devrait être… la fille aux joues comme des pommes et son impressionnante famille ou Keegan, son voisin narquois, qui ne voit jamais sa famille, mais qui le rend vraiment heureux juste en venant discuter avec lui.

Emmett a vraiment besoin de clarté.

Heureusement pour lui, la mère de son meilleur ami a un livre de cuisine qui promet de lui donner de la bonne nourriture et de la perspicacité. Emmett est intrigué. Le livre le suit chez lui et Keegan et lui déci-dent de faire la recette « Pour plus de clarté » et ce qui s'ensuit est à la fois très clair et un peu surprenant, surtout pour la petite amie d'Emmett. Ce dernier va devoir réfléchir à son passé et à la chose vraiment impor-tante qu'il n'a pas pu dire à son père s'il veut obtenir la recette de l'amour juste.

# www.dreamspinnerpress.com

# LE ROCHER AUX PROMESSES

## AMY LANE

Promesses, tome 1

Carrick Francis a passé la majeure partie de sa vie à sauter à pieds joints dans les problèmes. La seule chose qui l'a sauvé de la prison, ou pire, est sa dévotion absolue envers Deacon Winters. Deacon a été sa raison et son salut durant une enfance misérable de maltraitance, et Crick ferait tout pour rester à jamais avec lui. Aussi, lorsque le père de Deacon meurt, Crick suspend ses projets universitaires pour aider Deacon, tout comme Deacon l'a aidé auparavant.

Le plus grand souhait de Deacon est de voir Crick échapper à ses souvenirs et à la ville où ils ont grandi, afin que Crick puisse jouir d'un avenir plus rayonnant. Mais après deux ans de sentiments refoulés et de tentations, le maladivement timide Deacon succombe finalement aux avances insistantes de Crick et reconnaît se voir faire partie de la vie du jeune homme.

Alors Deacon est presque détruit en découvrant que Crick attendait qu'il le repousse, exactement comme la famille de Crick l'avait fait par le passé. Quand le don de Crick pour prendre des décisions sur des coups de tête le conduit loin de chez lui, Deacon finit abandonné, traumatisé et seul, luttant pour reforger son cœur dans un monde où l'amour avec Crick est une promesse, mais en aucun cas une certitude.

# www.dreamspinnerpress.com